TOD IM EMMENTAL

Gabriel Anwander, geboren und aufgewachsen in der Ostschweiz, absolvierte die Fachhochschule für Landwirtschaft und arbeitete in unterschiedlichsten Berufen in Kanada, Indien, Kamerun und schliesslich lange Jahre im Emmental. Dort lebt er heute gemeinsam mit seiner Frau.

GABRIEL ANWANDER

TOD IM EMMENTAL

Kriminalroman

emons:

Bibliografische Information der Deutschen Nationalbibliothek
Die Deutsche Nationalbibliothek verzeichnet diese Publikation in der Deutschen Nationalbibliografie; detaillierte bibliografische Daten sind im Internet über http://dnb.d-nb.de abrufbar.

MIX
Papier aus verantwortungsvollen Quellen
FSC® C083411
FSC
www.fsc.org

Umschlagmotiv: fotolia.com/berner51
Umschlaggestaltung: Nina Schäfer, nach einem Konzept von Leonardo Magrelli und Nina Schäfer
Umsetzung: Tobias Doetsch
Gestaltung Innenteil: César Satz & Grafik GmbH, Köln
Lektorat: Irène Kost, Biel/Bienne (CH)
Druck und Bindung: CPI – Clausen & Bosse, Leck
Printed in Germany 2018
ISBN 978-3-7408-0415-2
Originalausgabe

Für Brigitte.
Was wäre das Emmental für mich ohne dich?

EINS

Ich hatte den Eingang gefunden.

Es war eine schäbige Tür am Ende einer langen schäbigen Rampe. Auf der Tür stand in blassblauer Farbe: «Boxclub Emmental».

Die Rampe gehörte zum grössten Lagerhaus auf dem Güterbahnhof in Langnau. Es war ein graues zweistöckiges Gebäude, gross wie ein Baumarkt und alt wie der Mond; gebaut, um diese massigen Käselaibe zu lagern, ehe sie mit der Dampfbahn aus dem Herzen des Emmentals in die Welt verfrachtet wurden. Drei Familien hatten glänzende Geschäfte damit gemacht und sich eine goldene Nase verdient.

Doch das ist lange her. Heute dienen die Hallen als Umschlagplatz für Altpapier, Karton, Konservendosen, gebrauchte Batterien, Altglas, defekte Sparlampen, Plastikflaschen und ausgesonderte Bücher.

Es ging gegen vierzehn Uhr, ich wurde im Obergeschoss erwartet. Der Boxchampion von einst trainierte dort die Boxchampions von morgen. Die meisten kannten ihn unter dem Namen «Hammer-Joe», in Wirklichkeit hiess er Josef Kovács. Am Telefon hatte er mir erklärt, er vermisse einen seiner Schützlinge und suche einen Privatdetektiv, der diesen für ihn aufspüre.

Der Gestank, der die Luft weit über die Rampe hinaus verpestete, trieb mich zur Eile. Ich riss sie auf, die Tür mit der Aufschrift, trat ein, zog sie rasch wieder hinter mir zu und stieg die Betontreppe hoch. Je höher ich kam, desto stärker verdrängte der Geruch von Schweiss, Betonstaub und Ehrgeiz den Gestank der gesammelten Abfälle. Oben traf ich auf eine Pendeltür. Danach war aller Mief weg. Eine Lüftung, die anscheinend was taugte, erzeugte ein Gefühl der Frische. Zudem war es angenehm kühl, ich beschloss, meine Jacke anzubehalten.

Zwei Doppelreihen Neonröhren an der Decke sorgten für schattenfreies Licht.

Ein Mann lehnte am Ringpfosten. Das Schaben und Klatschen der Pendeltür musste er gehört haben, es liess ihn kalt. Er kehrte mir den Rücken zu und brüllte gezielt Anweisungen in den Ring. Er hatte nur Augen für den schmächtigen, sehr weissen Jungen, der mit neuen knallroten und übergrossen Handschuhen gegen einen Sportskerl anrannte. Der Sportskerl, sonnengebräunt und hochgeschossen, trug abgewetzte Schildhandschuhe, mit denen er das wilde Gehaue des Schmächtigen geschickt abwehrte.

«Lass ihn mal näher ran, Gregi», rief der Mann am Pfosten. Sein Oberkörper füllte ein blassblaues T-Shirt aus. Das Gewebe spannte sich über die Muskeln an Nacken, Schultern und Brust wie die Segel an einem Zweimaster auf offener See bei Windstärke drei, ungefähr.

Ich stellte mich neben ihn, hängte meine Arme ins obere Ringseil und sagte laut und deutlich: «Guten Tag, alle zusammen.»

Der Knabe boxte unbeholfen, ohne Wucht, ohne Stil und ohne jede Eleganz. Ein einziger Gegenschlag hätte ihn aus dem Ring und für alle Zeit aus dem Boxsport geschleudert.

«Vergiss deine Beine nicht, Bubi», rief der Mann am Pfosten.

«Der Junge boxt wie ein gekochter Spargel», sagte ich.

Der Mann drehte den Kopf in meine Richtung. Seine Augen tasteten mich ab, vom Scheitel bis zu den Schuhen, worauf sein Blick wieder hochschnellte und sich tief in meine Augen senkte.

«Boxen Sie?», fragte er.

«Ich bin Polizist gewesen.»

«Länger?»

«Sieben Jahre.»

Er verzog sein Gesicht und brummte: «Ahammm.» Es war kein Grinsen, mehr so ein mitleidvolles Lachen.

Seine Augen liessen nicht mehr von mir ab, seine Pupillen waren Teertropfen im Schnee.

«Haben Sie eine Karte?», fragte er.

Ich holte mein Portemonnaie hervor, zog eine Karte und legte sie ihm in die Hand.

Er hielt sie in den Fingern, streckte seinen Arm aus, kniff die

Augen zu und las übertrieben langsam: «Alexander Bergmann. Ermittlungen aller Art. Privat und diskret».

Egal, ob er brüllte oder redete, er tat es langsam und in einer Stimmlage, die an das Brüllen und Schnurren eines Pumas erinnerte.

«Sie haben mich angerufen», sagte ich.

«Richtig», sagte er, schob seine Golfermütze in die Stirn – auch sie war in blassem Blau – und kratzte sich mit dem Daumennagel am Hinterkopf. Er wendete die Karte mindestens dreimal, um zu prüfen, ob auf der Rückseite vielleicht der Zahlencode meiner Kreditkarte stand, der Name meiner Freundin, die Adresse meiner Mutter oder sonst etwas, das man leicht vergisst.

Er rückte die Mütze wieder an ihren Platz, und da *hörte* ich zum ersten Mal seinen richtigen Namen: «Ich heisse Josef Kovács. Für dich nur Joe.»

«Alexander», sagte ich, und da ich keinen Hut trug, streckte ich ihm die Hand hin.

Er steckte die Karte in seine Gesässtasche und schlug ein. Ich spürte eine schwere, warme Pranke, die sehr kräftig zupackte.

«Was dagegen, wenn ich dich Alex nenne?»

«Geht in Ordnung, Joe.»

Später hatte ich herausgefunden, dass er aus Ungarn stammte. Seine Mutter war im Jahr 1972 mit drei Kindern aus Budapest in die Schweiz geflohen, hatte sich in Bümpliz niedergelassen und in Bern ein Taxiunternehmen gegründet.

Er rief dem Jungen zu: «Weiter so, Bubi, bleib in Bewegung», und mir deutete er an, ihm zu folgen.

Im Hintergrund mühten sich sieben oder acht Jugendliche mit Sandsack, Springseilen, Gummibändern und Punchingball ab.

«Ich vergesse die Namen dieser Kinder laufend», sagte er, «die meisten bleiben sowieso keine drei Monate.»

Er ging in sein Büro, das so gross war wie die Besenkammer in einem Fast-Food-Restaurant. Ich zwängte mich hinter ihm hinein und machte die Tür zu. Er bot mir den einzigen Stuhl an.

Rechts standen ein schmaler Aktenschrank und ein Schreibtisch. Auf dem Schreibtisch lagen Briefe, Karteikarten, Zeitungen, ein offenes Wörterbuch und vergraben unter alldem Zeugs: ein Laptop. An der Wand hing ein Kalender, der Samstag, den 12. September anzeigte.

Ich fragte: «Ist heute nicht Sonntag, der 13.?»

«Doch. Warum?»

«Der Kalender geht nach.»

Er riss das Kalenderblatt ab und warf es zerknüllt in den Papierkorb.

An der Wand gegenüber hingen in einer langen Reihe gerahmte Fotos von Helden, die um Rang und Namen geboxt hatten, als das Schweizer Fernsehen die Kämpfe noch in voller Länge ausgestrahlt hatte, wenn auch zeitverschoben. Das heisst, nicht selten drei, vier Stunden nach Mitternacht.

In einem Glasschrank neben dem Fenster beeindruckten mindestens ein Dutzend Pokale. Darunter, in der linken Ecke, behauptete sich ein antiquierter moosgrüner Geldschrank, der genau durch das Fenster passen würde, falls das jemanden interessiert.

Er zerrte die Schreibtischschublade auf, schubste einen alten Revolver zur Seite, klaubte ein Foto heraus und gab es mir. Es zeigte das Porträt eines Mädchens.

«Magdalena», sagte er. «Gestern Morgen hätte sie antanzen sollen. Wir haben vorgehabt, eine Woche in den Jura zu fahren. Intensivtraining. Mit fünf Junioren. Ab November finden Ausscheidungskämpfe statt. Am Neujahrstag geht es um den Meistertitel. Magdalena steht zuoberst auf meiner Liste.»

Sie hatte einen kurzen Haarschnitt, eng zusammenliegende Augen, schmale Lippen und einen entschlossenen Gesichtsausdruck.

«Du trainierst Mädchen?»

«Was dagegen?»

«Wie alt ist sie? Sechzehn?»

«Achtzehn.»

«Wie heisst sie?»

«Sagte ich doch, Magdalena.»

«Mit Nachnamen.»

«Fellmer.»

«Sie hat sich's wohl anders überlegt», sagte ich.

«Blödsinn. Die will boxen. Sie hat alles, was es dazu braucht: Disziplin, Ausdauer, Kampfgeist, Instinkt; und sie ist verdammt schnell. Sie kann jede schlagen und den Titel holen. Vorher muss sie mit uns in den Jura. Wir müssen ihr ein paar Dinge beibringen. Taktik zum Beispiel. Und ich will sie vorbereiten.»

«Vorbereiten auf was?»

«Auf ein paar unschöne Sachen.»

«Unschöne Sachen?»

«Die Meisterschaft ist kein Streichelzoo.»

«Lass mich raten: Es wird geboxt.»

«Ja, mach nur dumme Sprüche. Boxen ist ein ehrlicher Sport. Ich spreche von Unsportlichkeiten. Nicht alle boxen fair, es gibt brutale, hinterhältige, gemeine Schlägerinnen. Manch einer ist jedes Mittel recht, um zu gewinnen.»

«Dafür gibt es den Ringrichter.»

«Ja, im Prinzip schon, da hast du recht, dafür ist die Ringrichterin da. Sie geht dazwischen, sie mahnt, sie zählt aus, notfalls bricht sie ab. Nur: Die beste Ringrichterin sieht nicht alles. Ich weiss, wovon ich rede. Niemand kann rückwärts im Kreis gehen und zwei flinke Boxer ständig im Blickfeld behalten. Einer fiesen Gegnerin beizukommen mit legalen Mitteln, das verlangt nicht nur Taktik, Technik und Talent. Man muss auf unerlaubte, verdeckte Schläge gefasst sein, wie zum Beispiel Ellbogen in die Leber. Da gilt es, auf der Hut zu sein, dauernd, und so einer auf die Schliche zu kommen, bevor es zu spät ist. Im Ring ist Magdalena ganz auf sich gestellt. So ein Treffer setzt einem zu. Eine Runde wird damit verdammt lang. Ich will und muss sie darauf vorbereiten.»

«Das hast du ihr gesagt.»

«Natürlich», sagte er beiläufig und tastete umständlich in der Schublade nach einem Couvert.

Ich hatte genug gehört und glaubte zu wissen, was Hammer-Joe wollte. Eine pubertierende Göre war seiner Einladung ferngeblieben, weil sie befürchtete, ihr hübsches Näschen könnte

Schaden erleiden. Er wollte, dass ich sie aufstöberte und gegen ihren Willen zu ihm schleppte. Hatte er deswegen jemanden wie mich kommen lassen? War das ein Fall für einen privaten Ermittler? Hoffte er, ihre Fähigkeiten würden mein Ehrgefühl, meinen Berufsstolz wecken? Vielleicht ganz allgemein meine Begeisterung für den Boxsport neu beleben?

Seine Sorgen berührten mich ehrlich gesagt kein bisschen. Aus welchem Grund sollte sich eine begabte Spürnase wie ich für diesen kindischen Auftrag erwärmen?

Ich war drauf und dran, abzulehnen. Ich stand auf, legte das Foto auf das Pult und sagte: «Von mir aus gesehen ist das ein Fall für die Polizei.»

Als hätte er mit dieser Reaktion gerechnet, entnahm er dem Couvert vier neue Hunderter und zählte sie direkt auf dem Foto ab.

Fürwahr, das machte ihn sympathischer.

Dazu kam, dass in meinen Auftragsbüchern Flaute herrschte. Seit über einer Woche lungerte ich in meiner Agentur herum, kritzelte Strichmännchen auf den Rand von Gratiszeitungen, baute auf dem Schreibtisch meterhohe Kartenhäuser oder stand am Fenster, sah auf den Gemüsemarkt hinunter und beobachtete die Händlerinnen, die ihren Salat besprühten, mit dem Schürzenzipfel Tomaten und Auberginen polierten und dabei telefonierten.

Kurz: Ich hatte Zeit und brauchte Geld.

Ich beschloss, Hammer-Joe den Gefallen zu erweisen. Die vier blauen Scheine waren vier handfeste Argumente, sie verschafften dem Auftrag eine Basis, auf der sich eine Annahme des Falls rechtfertigte.

Es dürfte nicht allzu schwer sein, Magdalena aufzuspüren, dachte ich, und es spielte keine Rolle, aus welchen Gründen sie seiner Aufforderung nicht gefolgt war: Ich würde sie finden und sie bei ihm abliefern.

Er hatte derweil das Laptop ausgegraben.

Ich setzte mich wieder und zog das Foto und das Geld vorsichtshalber in meine Nähe.

Er schaltete das Ding ein, schickte eine Scheibe in den Schlitz, richtete den Bildschirm in einen günstigen Winkel, drückte auf Abspielen und lehnte sich mit verschränkten Armen an den Türrahmen.

Das Video zeigte einen Boxkampf. Zwei blutjunge Frauen traten gegeneinander an. Das Oberteil und die Kniehosen der einen waren marineblau, die Sachen der anderen kirschrot. Die Boxhandschuhe waren gelb. Sie glänzten wie der rohe Dotter eines Hühnereis vom Lande.

Das Mädchen in Rot war breiter und muskulöser. Sie trug einen roten Kopfschutz, aus dem hinten ein schwarzer Haarstummel herausragte.

Das Mädchen in Blau war Magdalena. Wegen des blauen Kopfschutzes erkannte ich sie erst nach dem Ende der ersten Runde. Sie versuchte auf dem kurzen Weg in ihre Ecke, in die Kamera zu lächeln.

Die Ringrichterin in langen schwarzen Hosen, weissem Hemd und mit einer schwarzen Fliege überragte beide um Kopfgrösse.

Zu Beginn der Runde marschierte die Rote forsch in die Mitte und eröffnete den Kampf mit einer gestreckten Geraden.

Magdalena parierte mit Mühe. Sie hielt ihren linken Arm angewinkelt, stemmte den Ellbogen schräg nach aussen und schützte mit den Fäusten in erster Linie ihren Kopf. Sie lauerte hinter ihrer Deckung auf die Gelegenheit zu einem Konter, hoffte auf eine Unachtsamkeit ihrer Gegnerin. Sie lauerte auf eine Gelegenheit, die nie kam.

Die Rote griff fortwährend an. Sie bewegte sich wendig und boxte furchtlos, stocherte mit der Linken in Magdalenas Deckung und schlenzte einen Schwinger von rechts in Richtung Kopf.

Reflexartig stemmte Magdalena ihren Ellbogen dagegen. Die Faust klatschte auf den Oberarm und rutschte über Schulter und Kopf ins Leere, wo die Wirkung verpuffte. Es war ein furchterregender Hieb gewesen.

Ich fand die Klatschgeräusche und vor allem das Ächzen, Japsen und Wimmern unerträglich und bat Hammer-Joe, den Ton leiser zu stellen.

Die Rote fing sich auf und versuchte zur Abwechslung, eine gestreckte Gerade im Gesicht zu landen.

Magdalena krümmte sich nach hinten weg, blitzschnell. Im Wegtauchen war sie äusserst gewieft, trotzdem schien sie mir übers Ganze gesehen weniger aktiv.

Die Rote bedrängte Magdalena hartnäckig, trieb sie vor sich her und gewährte ihr weder Zeit noch Raum für einen Gegenangriff. Beharrlich setzte sie ihre Tupfer mit der Linken und feuerte manch einen Schwinger von rechts ab. Zur Abwechslung versuchte sie es mit einem linken Haken ans Kinn.

Wieder gelang es Magdalena, rechtzeitig auszuweichen. Sie berührte das Ringseil mit ihrem Rücken und tastete sich im Krebsgang in die Ecke. Vor ihr bezog die Rote Position, plusterte sich auf, sah sich als Königin im Ring und Magdalena geschlagen, ausgestreckt auf der Matte. Plötzlich geschah etwas Unerwartetes: Die Rote kassierte einen Schlag. Einen Treffer, der es in sich hatte, direkt aufs Jochbein.

Und da – zack – ein zweiter Streich. An den Kopfschutz im Bereich der Schläfe. Und gleich darauf ein wuchtiger Haken von unten ans Kinn.

Die Rote taumelte zurück. Wankte sie? Gab sie sich geschlagen?

Die Ringrichterin war mit ausgebreiteten Armen dazwischengegangen.

Magdalena hatte in der Deckung der Roten eine Lücke gesehen und sie aufgesprengt. Ihre Arme waren vorgeschnellt, links, links, rechts. Jäh, präzis und mit einer erstaunlichen Wucht. Zwei Stahlfedern unter Hochspannung.

Die Rote atmete aus, sammelte sich, nahm die Fäuste wieder hoch und nickte der Ringrichterin zu. In diesem Moment rettete sie der Pausengong.

Ich schaute zu Hammer-Joe. Er kaute Kaugummi, das hatte ich bisher übersehen.

«Und?», fragte er.

«Hat Magdalena ein Handy?»

«Sicher.»

«Hast du versucht, sie anzurufen?»
«Ihr Handy ist ausgeschaltet.»
«Wo wohnt sie? Bei ihren Eltern?»
«Beim Vater. Die Mutter sitzt im Knast.»
«Ach, das ist *die* Fellmer!»
«Wer denn sonst?»
«Und der Vater? Was sagt der?»
«Ich rufe nie zu Hause an. Mann, sie ist alt genug.»
Ich brauchte ihn nur fragend anzusehen.
«Also gut, sie hat es mir verboten», brummelte er.
«Sie hat ... was hat sie?»
«Sie will nicht, dass ich bei ihr zu Hause anrufe. Ihr Vater hält nichts vom Boxen – und noch weniger von mir.»
«Ist das der Grund, weshalb ich hier bin?»
«Ist das ein Problem für dich?»
«Nein», sagte ich, versuchte, nicht gelangweilt auszusehen, und fragte: «Weiss die Mutter, wo sie ist?»
Er winkte ab.
«Hast du mit ihr gesprochen?»
«Klar. Hab sie angerufen.»
«Du hast sie angerufen, in der Anstalt Hindelbank?»
«Wo denn sonst?»
«Die haben dich tatsächlich mit ihr verbunden?»
«Zuerst nicht. Ich musste fragen, auflegen und eine Stunde später ein zweites Mal anrufen.»
«Am Ende hat sie sich was angetan», sagte ich.
«Wie kommst du darauf? Meinst du, weil sie eine Mutter hat, die im Knast hockt, und einen Vater, der trinkt, schneidet sie sich die Pulsadern auf?»
«Sie wäre nicht die Erste», sagte ich. «Mädchen in ihrem Alter ...»
«Blödsinn! Ein schwieriges Zuhause ist kein Nachteil.»
Mir rutschte ein unbedachtes «Was?» über die Lippen.
«Boxen befreit. Warum, meinst du, steigt jemand in den Ring? Stell dir eine Bilderbuchfamilie vor, Alex. Kinder, die in einem schönen Haus aufwachsen, alles haben, alles dürfen

und nichts müssen. Solche Kinder bekommen einen Hund geschenkt, gehen in die Musikschule und lernen Klavier, Geige, Schlagzeug, Gitarre spielen. Die Mutter fährt sie ins Ballett, zum Schwimmen, zum Reiten. Oder sie dürfen mit Vati zum Tennis. In einer glücklichen Familie, Alex, hat es niemand nötig zu boxen. Was meinst du, welcher Boxer hat ein schönes, sorgenloses Daheim gehabt? Ist behütet und gehätschelt aufgewachsen? Also ich kenne keinen einzigen, und ich kenne eine Menge Boxer.»

Die Pause war um, es folgte die dritte Runde.

Wieder marschierte die Rote in die Mitte und konnte es kaum erwarten, auf Magdalena einzudreschen.

«Und der Junge da draussen?», fragte ich.

«Vergiss diesen Bubi. Sein Vater bringt ihn her und holt ihn wieder ab. Jeden Sonntag. Es geht ihm nicht ums Boxen. Er will, dass der Kleine lernt, sich zu behaupten. Nein, Alex, richtig boxen, sich wettkampfmässig vorzuwagen, das macht kein Mensch aus freien Stücken. Weisst du, warum? Angst vor den Prügeln? Nein. Weil es primitiv ist, sich zu schlagen? Nein. Boxen ist für die, die nichts zu verlieren haben. Boxen verleiht dir weder Achtung noch Anerkennung. Du erfährst keine Wertschätzung. Wer geachtet ist, kann die Achtung nur verlieren. Und wenn's schlimm kommt, dazu jede Würde. Ein vernünftiger Mensch steigt nicht in den Ring, wenn ihm das Leben andere Möglichkeiten bietet. Schon gar nicht gegen eine harte Nuss. Klar, wer boxt, wird bekannt – auch wenn er verliert.»

Die beiden auf dem Bildschirm kämpften schneller, härter, wilder, das Rangeln um den Sieg wurde verbissener.

Magdalena war erwacht. Sie sprang vor und zurück, haute rein, musste sich ducken, hüpfte locker weg und wieder heran, schlug zurück, wich aus, tastete sich aufs Neue vor und stach abermals zu. Die Vormacht der Roten bröckelte.

Hammer-Joe redete ununterbrochen weiter: «Respekt verschafft man sich nur mit einem Titel. Das bringt obendrein ein bisschen Ruhm. Geld liegt auch drin, sicher. Um richtig Kasse zu machen, musst du aber einen internationalen Titel holen. Das heisst, wer mit Boxen Kasse machen will, muss hart ran. Sehr, sehr hart.»

Ich sagte bloss: «Ah, ich verstehe.»

Meine Bemerkung kratzte an seiner Würde oder an seinem Stolz oder an sonst einer empfindlichen Stelle seines Gemüts.

Er kam mir zu nahe und fuhr mich an: «Du verstehst? Ja? Du verstehst und weisst, wie sich das anfühlt, in gebrauchten Kleidern aufzuwachsen? Mit zwei Schwestern tagsüber still sein in einer winzigen, verrauchten Wohnung, weil die Mutter schläft? Weil sie nachts in ihrem Taxi Leute nach Hause fährt? Trunkenbolde, die in den Fond kotzen, während sich ihre eigenen Kinder daheim vor Hunger in den Schlaf weinen? Zu dritt in einem Bett? Oder junge Flegel in teuren Klamotten, die sich zu viert ins Taxi quetschen und für ein Trinkgeld um den Block chauffiert werden wollen? Nur so zum Spass? Oder ein Flittchen, das heult und sich die Pelzjacke vollsabbert, weil ihm ein Fingernagel abgebrochen ist? Du verstehst also und weisst, was das für ein Gefühl ist, ja? Wenn kleine Kinder erleben, wie sich ihre Mutter am Morgen zur Tür hereinschleppt? Müde und entnervt? Und das Geld, das sie heimbringt, trotzdem nicht reicht? Ich habe mir vor jedem Kampf, vor jeder neuen Runde dieses Elend in Erinnerung gerufen. Der Geruch, nur schon der widerwärtige, säuerliche Geruch in dieser winzigen Küche … Grahhh!» Er schüttelte sich und hämmerte die Faust unter einem Porträt an die Wand. Das Bild fiel zu Boden. «Ohne den Traum vom besseren Leben, ohne diesen Zwang, da herauszukommen, hätte ich ‹Hardy the Cutter› niemals besiegt! Zwei Mal hat er mich niedergeschlagen, beide Male bin ich wieder aufgestanden. In der letzten Runde habe ich ihn erwischt. Ein Punch an die Schläfe, und er ist gestürzt wie ein getroffener Bär.» Er hob das Bild auf und strich mit dem Handrücken über das Foto. «Vor einem Jahr ist er gestorben.»

Er tippte auf das Foto daneben. «Und den hier, Ferdinand, der Stier. In der zweitletzten Runde hat sein Trainer das Handtuch geworfen. Wir haben beide geblutet, ich hätte niemals aufgegeben. Mann, bin ich fertig gewesen nach dem Kampf.»

Ich hatte genug gesehen. Wer konnte Gefallen finden an einem Faustkampf Mädchen gegen Mädchen? Wer mochte sich ergötzen an kindlichen Gesichtern mit verkniffenen Augen, geschwollenen Lippen, blutenden Nasen? An Schreien, Ächzen und Stöhnen in den höchsten Tönen?

Ich faltete das Geld zusammen, nahm das Foto, steckte beides ein und wollte aufstehen.

Seine Hand lastete auf meiner Schulter, sie zwang mich, sitzen zu bleiben.

«Das Ende», sagte er ruhiger, «du musst dir das Ende ansehen, den Ausgang des Kampfes. Gleich ist es so weit.»

Die Rote näherte sich Magdalena steifbeinig. Ihre Beherztheit war am Zerfallen, und ihre überhöhte Deckung verriet, dass ihre Überzeugung in Zweifel und Kleinmut umgeschlagen war. Die Angriffslust war weg. Etwas wie Furcht hatte sie erfasst. Sie schien nahe am Aufgeben.

Die Kamera hatte sich auf ihr Gesicht eingeschossen: Ihre Augen flackerten müde im Licht der Scheinwerfer, ihre Wangen glichen einer geschälten Tomate.

«Das ist nicht irgendwer, das ist Auri Komlosic. Die rumänische Landesmeisterin», enthüllte er. «Sie ist ein Jahr älter, acht Zentimeter grösser und mindestens zwei Kilogramm schwerer.»

Magdalena, genauso verschwitzt, deutlich weniger gezeichnet, griff an. Sie täuschte, köderte, stichelte und sperrte die Rumänin in die Ecke. Dort trommelte sie kurz auf ihre Deckung ein. Das brachte die Rote zur Explosion.

Blindwütig und mit einem schauderhaften Schrei stürzte sie aus der Blockade und setzte alles daran, den Kampf endlich zu entscheiden.

Vergeblich. Ihre Hiebe kamen in regelmässigen Abständen, links, rechts, links, rechts, und von zu weit aussen. Sie wurden dadurch abschätzbar und in der Folge wirkungslos. Es reichten weder Schwung noch Kraft, um Magdalenas Abwehr zu schwächen, geschweige denn zu knacken. Sie wurde von keinem einzigen Schlag ernsthaft behelligt.

Anscheinend vergass die Rumänin zu atmen, ihr Feuerwerk verglühte, ihre Arme wurden schwer und schwerer.

Magdalena konterte prompt und mit äusserster Härte. Sie vernachlässigte ihre Deckung, wagte sich vor, jagte ihre Rechte einmal mehr auf das Jochbein, rammte blitzschnell einen Haken ans Kinn und knockte die Landesmeisterin mit einem Crosshaken an die Schläfe aus.

Das war es also: Hammer-Joes angekündigtes Ende. Der Kopf der Rumänin schwang herum, der Mundschutz spritzte heraus, ihre Arme schlafften ab, ihre Knie knickten ein. Sie versuchte mit letzter Kraft, auf den Beinen zu bleiben, wie jemand, der bestrebt ist, aus einem sinkenden Ruderboot zwei überschwere Taschen zu bergen.

Die Schiedsrichterin streckte ihren Arm vor, hielt Magdalena auf Distanz und sprach die Rumänin an.

Die gab keine Antwort. Sie drehte sich ab, drohte seitlich wegzukippen und wurde vom hinzugeeilten Trainer im Fallen aufgefangen und in ihre Ecke geleitet.

Hammer-Joe klappte das Laptop zu.

Nach einigem Nachdenken sagte er: «Magdalena will die Nummer eins werden in Europa. Hat sie selbst gesagt. Die hat sich's nicht anders überlegt. Kann ich mir nicht vorstellen. Nein, Alex. Ich bin sicher, da mischt sich jemand ein. Verstehst du, was ich meine? Jemand hält sie davon ab, weiterzutrainieren. Gegen ihren Willen.»

«Hast du einen Verdacht?»

Er schüttelte den Kopf. «Wenn ich einen hätte, wärst du nicht hier.»

«Hast du ein Verzeichnis mit den Namen, gegen die sie antritt? Können wir uns die mal ansehen?»

«Daran habe ich auch gedacht. Ich kenne nicht jede Boxerin, ich kenne die Teams und die meisten Trainer. Hier, da drin steckt die Liste mit den Auslosungen der Kämpfe.»

Er drückte mir das Couvert, dem er die vier Noten entnommen hatte, in die Hand.

«Für mich kommt keiner in Frage. Das muss jemand anders

sein. Es ist nicht die erste Meisterschaft, die in der Schweiz abgehalten wird. Ich kann mich nicht erinnern, dass es so was gegeben hat.»

Er begleitete mich zur Pendeltür, hielt sie für mich auf und sagte zum Abschied: «Je schneller du sie findest, desto besser. Egal, wer sie festhält, ich werde diesem Halunken zeigen, was es heisst, sich mit mir anzulegen.»

ZWEI

Kaum sass ich im Wagen, begann es zu regnen.

An jedem Tag im August und in den ersten beiden Septemberwochen war es ununterbrochen heiss gewesen. Das Gras auf den Kuppen und an den Hängen war dürr und bräunlich geworden, der Waldboden bis tief in die hintersten Gräben knochentrocken und hart. Mit einem Donnerschlag hätte der Wetterwechsel einsetzen können, mit einem Kältesturz, mit Niederschlag, der den Namen verdiente. Stattdessen zogen die Wolken langsam, fast vorsichtig auf, die ersten Tropfen fielen höflich und sanft. Weder Sturm noch Blitz und Donner, bloss ein Wind, der ein leises Zischen erzeugte. Auf der verstaubten Fahrbahn bildeten sich Blasen, die sofort wieder platzten. Am Strassenrand sammelte sich ein Gesülze, das gemächlich den Schächten zuströmte, und über dem heissen Asphalt begann es zu dampfen. Der unverwechselbare Geruch drang bis in meinen Wagen vor.

Ich nahm die Hauptstrasse aus dem Dorf hinaus Richtung Burgdorf. Die Fahrbahn folgte in sanften Kurven dem Lauf der Emme. Mit den Häusern blieben auch die Hügel zurück, das Sichtfeld auf den Horizont weitete sich und hätte ab und an einen Blick auf den Jura erlaubt, auf diese lange Kalksteinfalte im Norden, wäre da kein Regen gewesen.

Fünf Kilometer weiter bog ich links ein, der Weg führte über weites Schwemmland zu einem länglichen Weiler. Die sandig kargen Kiesböden eigneten sich schlecht für die Landwirtschaft. Sie waren durchlässig wie ein Sieb, trockneten daher rasch aus und speicherten so gut wie keine Nährstoffe. Trotzdem bauten die Bauern Kartoffeln an und säten Mais.

Jetzt waren die Äcker durchwühlt, die Felder der Knollen beraubt. Einzig die Stauden lagen herum, die Stängel gebrochen, die Blätter zerquetscht und faulig, und in den Fahrrinnen der Erntemaschine entstanden lange, schmale Pfützen.

Dem Mais stand die Ernte bevor. Die mannshohen Pflanzen warteten in militärischen Reihen, ausgereift, mager, fast traurig.

Ich erreichte den Weiler, der verdeckt hinter einem Erlenhain direkt am Damm lag. Die Gebäude, eine Handvoll Wohnbauten mit den dazugehörenden Ställen, Speichern, Bienenhäusern und Garagen, standen orientierungslos in der Ebene. Miststöcke behaupteten sich neben eingezäunten Gemüsegärten, beigepflanzte Nussbäume oder Winterlinden schützten vor Wind und Sonne. Der Fahrweg führte an einem Gehege für Kälber vorbei. Sechs dieser hochbeinigen Tiere gafften mir nach, Wasser tropfte von ihren Ohrmarken.

Die dunklen Wolken verstärkten jene nach Armut riechende Schwermut, die von den tief herabgezogenen Dächern ausging. Wer auf dieser Ebene sein Auskommen suchte, in der Gefahrenzone der Emme, auf der Schattenseite des Tales, ausserhalb des Gemeinsinns des Dorfes, dem fehlte das Geld und die Musse für eine fachmännisch angelegte und liebevoll gepflegte Gartenanlage. Hier gab es keine Holzterrassen, keine Gartenlauben, weder Ziersträucher noch Rasenflächen, schon gar keinen Schwimmteich, nicht einmal Vogelbäder. Geranien vor den Fenstern, das wohl, doch nirgends eine blühende Rose.

Die Dämmerung setzte ein, kein Mensch war zu sehen.

Fellmers Hof war der hinterste in der Sackgasse. Das zweihundert Jahre alte Bauernhaus klebte förmlich am Damm. Auf diesem Hof, hatte Hammer-Joe gewusst, war Magdalena aufgewachsen.

Ich parkierte meinen Wagen auf dem Kiesplatz zwischen Garten und Brunnen, am Rande des Lichtkegels, der aus dem Schopf fiel.

Ein Schatten tauchte auf, gleich darauf trabte eine Hündin heran, ihr hängendes Gesäuge mit den rosa Zitzen schwang hin und her. Sie stellte sich vor mein seitliches Autofenster, streckte ihre Fahne stramm gegen den Himmel, legte die Ohren an und fletschte die Zähne.

Sie blinzelte und bellte mal den Rückspiegel, mal den Türgriff an, und ich begriff, dass sie mich im Regen und bei dem diffusen

Licht im Wagen weder sehen noch riechen konnte. Das stimmte mich zuversichtlich. Ich öffnete die Tür.

Sie schnappte nach meinem Ellbogen, ihr heisser Atem streifte meinen Hals. Sie schien mehr als aufgebracht, und ich weiss nicht, welche Haare sich stärker sträubten, ihre oder meine.

Ich riss die Tür wieder zu, rückte auf den Beifahrersitz und stieg dort aus.

Sie war nicht dumm. Sie hetzte um das Heck herum wie eine hungrige Wölfin. Ich rettete mich mit einem Sprung über den Zaun in den Garten. Sie war mit wenigen Sätzen da, stellte sich auf die Hinterbeine, stützte sich mit ihren Vorderpfoten auf der Querlatte ab und kläffte mir respektlos ins Gesicht.

Gehörte diese Hündin nicht an die Kette? Oder in einen Zwinger? Wäre ich stehen geblieben, sie hätte mir die Zähne in die Wade geschlagen. Oder weit schlimmer: ins Sitzfleisch. Ihr Verhalten liess mich keinen Augenblick daran zweifeln: Sie wollte mich weghaben. Mein Pulsschlag kletterte schätzungsweise auf hundertachtzig, ich bekam heisse Ohren, obwohl sich die Nässe im Nacken und auf den Schultern kalt anfühlte.

Die Gartentür befand sich wenige Meter weiter links. Sie bestand aus einem Metallrahmen und Holzlatten, die senkrecht daran festgeschraubt waren. Die Oberkante reichte mir bis zum Brustbein. Sie liess sich gegen aussen öffnen. Ich drückte sie auf, gerade so weit, dass die Hündin durch die Lücke schlüpfen könnte.

Sie verfolgte meine Bewegungen. Sie verstand den Durchlass als Einladung, nahm ihre Pfoten vom Zaun und jagte auf mich zu. Die Tür war schwer, der Rahmen widerstandsfähig, und ich war bereit und entschlossen: Sobald ihr Kopf durch die Lücke war, würde ich zuziehen, je ungestümer sie heranpreschte, desto übler würde es sie erwischen.

Es klappte nicht. Natürlich klappte es nicht, sie war hier zu Hause und hatte ihre Erfahrungen gesammelt mit den Tücken dieser Gartentür. Eine Hundelänge davor stoppte sie, duckte sich tief, robbte mit gefletschten Zähnen heran, hielt immer wieder inne, bis sich ihre Schnauze gefährlich nah vor meiner Hand befand. Sie hörte auf zu belfern und zu blinzeln und hielt ihren Blick starr zu mir hochgerichtet. Ihre Knopfaugen glühten, dass ich glaubte, der Regen würde darin verdampfen.

Ich war enttäuscht, das muss ich zugeben, und gleichzeitig erleichtert, das kann ich nicht leugnen.

«He, Sie, was tun Sie in unserem Garten?», rief eine Frauenstimme von der Haustür herab.

«Entschuldigen Sie», rief ich zurück, «Ihre Hündin hätte mich fast gefressen.»

Es regnete stärker, das Getöse nahm zu, wir mussten schreien, um uns zu verstehen.

«Haben Sie sie gefoppt?»

«Gefoppt? Nie und nimmer.»

«Tun Sie das nie wieder!»

«Ich werde nass, rufen Sie sie zurück.»

«So machen Sie jeden Hund verrückt.»

«Die gehört eingesperrt.»

«Was?»

«Einsperren. Sperren Sie sie ein!»

«Einsperren? Niemals. Sie tut niemandem was, glauben Sie mir.»

«Das sagen alle.»

«Was?» Die Frau lief die vier Stufen hinunter und rief: «Naxa! Naxa, komm her!»

Die Hündin schüttelte sich die Nässe aus dem Fell, trottete auf die Frau zu und liess sich am Kinn kraulen. Sie leckte der Frau die Hand und folgte ihr wie ein Lamm zum Schopf. Kaum waren die beiden ins Licht eingeschwenkt, vor dem Eintreten in den Schopf, blieben sie stehen und drehten ihre Köpfe. In einer Harmonie. Die Frau machte ein Zeichen mit der Hand und rief mir ein paar Worte zu, die ich nicht verstand. Die Hündin indes, das könnte ich beschwören, die Hündin grinste.

Gleichzeitig prasselte der Regen, von Windböen gebeutelt, wild und roh hernieder. Ich flüchtete mich unter die Traufe und drückte mich an die Wand, die weitesten Spritzer erreichten gerade eben meine Schuhspitzen. Ein Schwall nach dem anderen rauschte heran. Die Scheiben, das Blech, die Lampen, das ganze Auto wurde überspült mit einem Gemenge aus Schaum und Gischt.

Ich war stellenweise nass bis auf die Haut.

Die Frau trat aus dem Schopf, liess das Licht brennen, zog das Tor zu, bis auf einen schmalen Spalt, und kam unter der Traufe langsam näher. Sie blieb zehn Schritte vor mir stehen, hielt die Hände seitlich abgewinkelt und rief: «Was wollen Sie?»

Wir waren ungefähr gleich gross und schätzungsweise im selben Alter. Ihre Haare trug sie aufgesteckt, dazu einen verfilzten roten Pullover und blaue Latzhosen, die nie in Mode gewesen waren. Ihre Füsse steckten in grünen Gummistiefeln. Ihre Augen konnte ich nicht erkennen, sie lagen in dunklen Höhlen.

«Ich möchte zu Herrn Fellmer», brüllte ich zurück.

«Ist nicht da.»

Die Zeit der Dämmerung war vorbei, rundherum herrschte Nacht, wir standen im Schein der Lichter, die aus den Fenstern fielen.

Ich hasste dieses gegenseitige Anschreien und ging auf sie zu. «Ich suche seine Tochter, Magdalena.»

«Ist auch nicht da.»

«Sie hat sich für eine Trainingswoche eingeschrieben. Beim Boxclub Emmental. Wettkampfvorbereitung. Eine Woche Jura. Sieben Tage fort von zu Hause. Haben Sie davon gewusst?»

«Sicher.»

«Sie hat sich angemeldet, ist aber zum Zeitpunkt nicht erschienen.»

«Schickt Sie Hammer-Joe?»

«Ja. Er wartet auf Magdalena. Das heisst, das ganze Team wartet auf sie.»

Wir standen uns gegenüber, so nah, dass ich sie an den Schultern hätte fassen können. Trotzdem war nicht zu erkennen, wohin sie schaute. Dass sie angestrengt überlegte, das war unverkennbar. Ich streckte die Hand aus zum Gruss. «Alexander Bergmann.»

Ihre Hände blieben an ihrer Hosennaht. Schliesslich gab sie

sich einen Ruck, huschte durch den Regen zum Brunnen, wusch sich die Hände, wischte sie an den Hosen ab, kam zurück und gab mir die Hand.

«Gloria Egli», sagte sie.

Ihre Finger waren eiskalt.

«Bergmann», wiederholte ich.

«Es ist niemand da. Kommen Sie morgen wieder. Ich werde ihm sagen, dass Sie hier waren. So gegen zehn Uhr wird er hier sein, denke ich.»

Ich lächelte.

Sie bemühte sich, freundlich auszusehen, und sagte: «Auf Wiedersehen, Herr Erdmann.»

Ich sagte: «Sie hat Junge, nicht wahr?»

Endlich drang ein Lächeln durch, begleitet von einem zögerlichen Nicken.

«Wie viele sind es?»

«Fünf.»

«Kann ich sie mal sehen?»

Sie ging rückwärts, zwei, drei Schritte, sagte schliesslich: «Gut, kommen Sie», und stiefelte voraus in den Schopf.

Ich musste mich sputen, um ihr zu folgen.

Die Glühbirne an der Decke blendete, und es roch nach Heu und Hundepisse. Sie wartete, bis ich eingetreten war, und wuchtete das Tor zu, bis der Riegel einrastete. Damit verminderte sie das Tosen und ermöglichte uns eine Unterhaltung in Ruhe.

Im hinteren Bereich hatte sie mit hüfthohen Gitterelementen ein Rechteck abgeriegelt. Die Hündin lag ausgestreckt in Seitenlage auf einem alten Teppich. Am Bauch hingen fünf Winzlinge. Sie hatte uns kommen hören und den Kopf gehoben. Das Licht kam nun von hinten, wir standen am Gitter und warfen lange Schatten in die Welpenstube.

Sie sagte: «Ja, Naxa. Ist ja gut, Naxa. Brave Naxa.»

Naxa legte den Kopf wieder ab, allerdings so, dass sie uns betrachten und unsere Bewegungen verfolgen konnte. Für sie gab es ein Schlupfloch mit einer Schwelle, die für die Welpen einige Zeit unüberwindbar bleiben dürfte.

Es waren fünf wuschelige Zotteltiere mit spitzen Schwänzen, breiten Köpfen und breiten Pfoten. Vier hatten weisse Flecken an Hals und Brust, das fünfte war vollkommen schwarz. Alle saugten an einer Zitze. Wenn wir schwiegen, konnten wir hören, wie sie schmatzten.

Das Schwarze lag zuhinterst. Es fiel ab, winselte, hob den Kopf, versuchte über alle Geschwister nach vorn zu kraxeln, kullerte seitlich weg und fiepte verärgert. Ein Weilchen zeigte es uns seinen dicken Bauch mit der rosa Haut. Wenig später hatte es sich die vorderste Zitze erobert, an der anscheinend mehr Milch zu holen war. Dafür fing das Abgedrängte an zu winseln und zu klagen und suchte sich weiter vorn eine neue Zitze. Fehlanzeige. Es besann sich, tappte um die anderen herum nach hinten, schmiegte sich zwischen die Schenkel an den Bauch der Hundemutter und schlief ein.

«Wie alt sind die? Fünf Wochen?»

«Viereinhalb.»

«Schon alle vergeben?»

«Bis auf den Schwarzen. Ein Rüde. Geben Sie ihm einen Namen, und ich reserviere ihn für Sie. Er wird Sie nie enttäuschen.»

Ich schüttelte den Kopf, lachte und sah zu ihr hinüber. Sie warf mir einen Seitenblick zu, den zu deuten mir misslang.

Dafür konnte ich ihre Augen sehen. Kastanienbraun. Die Farbe passte zu ihrem von Sonne und Landluft gegerbten Antlitz. Ihr Blick, die Stirn, die Wangen, die Lippen; ihr Gesicht wirkte bedeutend jünger und freundlicher als ihre Körperhaltung. Sie litt offensichtlich unter Kummer, vielleicht unter der Bürde der Arbeit, oder, und das hätte mich am wenigsten erstaunt, unter den angehäuften Sorgen mit der Familie.

Ich holte Magdalenas Foto, das am unteren Rand feucht geworden war, hervor und hielt es so, dass wir es beide sehen konnten.

«Mich dünkt», sagte ich, «sie haben die gleichen Augen, nur nicht denselben Blick.»

Sie schaute auf das Bild. «Magdalena! Woher haben Sie das Foto?»

«Sind Sie mit ihr verwandt?»

«Sie ist meine Nichte. Astrid, ihre Mutter, ist meine ältere Schwester.»

«Frau Fellmer sitzt in Hindelbank, nicht wahr?»

Sie senkte den Kopf und drehte sich ab. Ich hatte den Eindruck, es fehlte wenig, und sie hätte geweint. Sie musste zur Decke sehen und sich mit dem Handrücken über Stirn und Wangen wischen, bevor sie meine Karte zu lesen vermochte. Ich hatte gewartet, bis sie sich räusperte, und überreichte ihr die Karte. Mein Taschentuch konnte ich ihr nicht leihen, es war schon feucht.

«Ach: Bergmann. Hab Erdmann verstanden.»

«Alexander, wenn Sie nichts dagegen haben.»

«Gloria.»

«Und nun, Gloria, lebst du hier, bis deine Schwester entlassen wird?»

«Sie hat mich gebeten, täglich herzukommen. Hier einziehen, das kommt nicht in Frage.»

«Verstehe.»

Sie nickte und wusste nicht, wohin mit der Karte. «Vor allem wegen Naxa und den Jungen. Und die Wäsche, der ganze Haushalt, der Garten ...» Ihre Handbewegung schloss den halben Hof mit ein.

Ich nahm die Karte wieder an mich, steckte sie zusammen mit dem Foto ein und sagte: «Das Foto hat mir Hammer-Joe geliehen.» Ich wollte wieder auf Magdalena zu sprechen kommen und fragte behutsam: «Eine Ahnung, wo sie sein könnte?»

«Nein», hauchte sie und legte sich die Finger an die Schläfen.

Ich dachte daran, wie kalt ihre Hände gewesen waren.

Sie gab sich einen Ruck, den dritten, seit ich da war, und drehte mir ihr Gesicht zu. «Die Polizei hat ihren Roller gefunden. Beim Bahnhof. Sie stellt ihn immer beim Bahnhof ab, wenn sie in den Club fährt.»

Ich wandte mich den Hunden zu. Der Schwarze hatte aufgegeben. Er torkelte ein paar Schritte von seiner Mutter weg und drehte sich im Kreis, bis die Beine nachgaben.

«Sie stellt ihren Roller jeweils in den Unterstand. Beim Club wäre er ungeschützt, und sie kann es nicht ausstehen, wenn er im Regen steht.»

Ein weiterer Welpe löste sich, trippelte zum Schwarzen hin, schnupperte an seinem Ohr, gähnte und warf sich an seinen Rücken. Einer nach dem anderen pilgerte rüber. Sie schnupperten erst, drängten sich dicht heran und plumpsten hin, Rücken an Bauch, Rücken an Stirn, Kopf auf einem Schenkel.

Die fünf bildeten ein Knäuel und gaben sich ganz dem Verdauen hin.

Polizeihund, dachte ich, bestimmt hatte die Polizei einen Spürhund eingesetzt und den Unterstand und die Umgebung abgesucht. Offenbar ohne Ergebnis. Das konnte nur bedeuten, dass Magdalena in den Zug, den Bus oder in ein Auto gestiegen war. Oder auf ein anderes Motorrad. Freiwillig? Unfreiwillig?

«Magdalena hat sich gefreut.» Glorias Stimme gewann an Kraft. «Ich habe ihr beim Packen geholfen, darum kann ich es sagen: Sie hat sich riesig auf die Woche gefreut. Sie hat getanzt und ‹Boxen! Boxen! Boxen!› gerufen. ‹Eine ganze Woche nichts als boxen.›» Sie lachte. «Sie ist spät zu Bett gegangen und am Samstagmorgen viel zu früh los.»

Naxa stand auf. Sie beschnupperte ihren Nachwuchs, leckte einem über die Schnauze, dem Nächsten über die Ohren, kam ans Gitter, schnupperte an meinen Schuhen und Hosenstössen, schaute zu mir hoch, wedelte freundlich und verzog sich in die hintere Ecke. Sie beachtete uns nicht weiter, leckte sich den Bauch und schlief ein.

«Hat sie eine Freundin – oder einen Freund?»

«Bin mir nicht sicher. Sie hat mehr so … Kolleginnen. Sie trainiert fünfmal die Woche, weisst du, da bleibt wenig Zeit.»

«Kann ich mal ihr Zimmer sehen?»

Gloria zögerte keinen Augenblick. Sie führte mich ins Haus, schlüpfte neben der Tür aus den Stiefeln, stapfte eine Treppe hoch, bei der jeder Tritt knarrte, und ging zu einer Tür am Ende der Diele. Offenbar klemmte das Türschloss oder der Rahmen, denn sie legte beide Hände auf die Klinke, drückte sie nieder und verpasste ihr einen Stoss.

Sie knipste das Licht an und gestattete mir, an ihr vorbei in die Kammer zu treten. Die Luft roch nach reifen Äpfeln, nach Fensterkitt und Lederöl.

Ich dachte an meine Zeit zurück: Meine Boxhandschuhe hatte ich nie mit Lederöl oder dergleichen gepflegt. Tat sie das? Zu sehen waren weder Lederöl noch Handschuhe, weder Kopfschutz noch Sportschuhe, auch keine verschwitzten oder sauberen Sportkleider. Nicht einmal eine Sporttasche fläzte hinter der Tür oder auf dem Schrank.

Längs der einen Wand stand ein Bett, gegenüber der Schrank, vor dem Fenster ein Tisch, ein Stuhl, und in der Ecke ein schmales Bücherregal. Darauf ein paar Ringordner, DVDs, Bücher und zuoberst drei Pokale.

Auf dem Tisch lag ein Buch mit dem Titel «Boxen Basics». Abgegriffen, fast schon am Auseinanderfallen.

Ich musste befürchten, meinen Kopf an der Decke anzustossen, bewegte mich daher langsam und in gebückter Haltung.

«Führt sie ein Tagebuch?», fragte ich.

«Sie verbucht ihre Leistungen, wenn du das meinst. Sie hat eine Sportuhr und ein Laptop. Sie hat alles eingepackt und mitgenommen.»

Der Raum gab wenig her. Ich hätte den Schrank öffnen und ihre Sachen durchwühlen, die Tischschublade herausnehmen, das Kissen durchkneten, die Matratze wenden und abtasten, unters Bett schauen, die Ordner und Bücher durchblättern oder ausschütteln, Bodenbretter untersuchen und die Wände abklopfen müssen. Das eine wie das andere wäre unschicklich gewesen unter der Aufsicht der Tante.

Im Übrigen ist es verzwickt und langwierig, in einem Zimmer etwas zu finden, wenn man keine Ahnung hat, wonach man eigentlich sucht. Darum behielt ich meine Hände in den Taschen und stöberte allein mit den Augen.

Hinter der Tür hing ein Spiegel in Körpergrösse. Der Rahmen war versilbert und von oben bis zur Hälfte hinab mit Zettelchen geschmückt. Darauf handgeschriebene Notizen, Kritzeleien, die sich ausschliesslich ums Boxen drehten.

«Nicht in den Fäusten, nicht in den Beinen – im Kopf steckt der Sieg!», stand da.

Oder: «Wirf alle Sorgen ab, wenn du in den Ring steigst, und kämpfe!»

Oder: «Überwinde die Angst! Sie ist der Morast auf dem steilen Pfad zum Sieg!»

Oder: «Technik und Taktik sind unerlässlich für den Anfang, Mut und Entschlossenheit unerlässlich für den Sieg!»

Oder: «Durchbreche die Mauer der Gegenwart und sei der Rivalin immer einen Schritt voraus!»

Die Kammer bot wenig Raum. Nur wenn Magdalena den Stuhl auf den Tisch stellte, dürfte sie hinreichend Platz gefunden haben für Bodenübungen wie Liegestütze. Für Übungen mit dem Springseil war die Decke zu niedrig und der Holzboden zu nachgiebig, zu federnd.

Mir wäre die Kammer für sportliche Betätigungen obendrein zu düster gewesen: Die Sonne drehte ihre Bahn auf der falschen Seite des Hauses.

Am Fussende des Betts hatte sie ein Poster an die Wand geheftet. Das Porträt einer Boxerin. Sie trug ein rotes Trägershirt und rote Boxhandschuhe, hatte hohe Wangenknochen, schöne, geschminkte Lippen, ein markantes, scharf geschnittenes Kinn und einen forschen Blick. «RING FREI!», stand in riesigen Lettern über ihrem Haarschopf und unten rechts ihr Name: «Cecilia Braekhus alias First Lady.»

Sie blickte herausfordernd über die Handschuhe und setzte ihren rechten Arm gekonnt in Pose. Die Achsel war prall und rund, am Oberarm traten die Muskeln hervor, und der Unterarm bestand unter der Haut dem Anschein nach nur aus Sehnen und Knochen. Wer es wagte, gegen diese «First Lady» den Kampf aufzunehmen, musste mehr als nur «die Angst verbannen». Gewandtheit, Kondition, technisches Können, Standhaftigkeit und eine gewaltige Schlagkraft sollte man schon mitbringen.

Das Plakat hing zu hoch – für mein Empfinden –, die Oberkante verlief einen Fingerbreit unter der Decke.

«Ist sie immer so ordentlich?», fragte ich.

«Fast krankhaft.»

Ich löschte das Licht und zog die Tür zu, was mir erst beim dritten Anlauf gelang.

In der Küche setzte Gloria mit dem Selbstverständnis einer Gastgeberin aus dem Emmental Wasser auf und entnahm dem Küchenschrank Tassen, Löffel, eine Zuckerdose und ein Glas mit löslichem Kaffeepulver. Ich zwängte mich hinter den Tisch auf die Eckbank und schaute zu, wie sie Pulver abmass, es auf die beiden Tassen verteilte und mit gestrecktem Arm und ungewohnter Höhe kochendes Wasser darüber goss. Langsam, fast träufelnd. Die Brühe schäumte. Sie stellte einen Krug aus dem Kühlschrank hinzu und hiess mich, Rahm und Zucker nach meinem Geschmack beizugeben.

Es war warm in der Küche, und ein wohliges Gefühl überkam mich, ein Behagen, das ich seit meiner Jugend – in einer Nacht am Lagerfeuer – nie mehr verspürt hatte. Rot-weiss karierte Vorhänge, eine tickende Wanduhr, ein Sammelsurium von Alltagsgegenständen auf den Ablagen, vom Kugelschreiber bis Schmerztabletten. Das Herdfeuer am Verglühen und an der Wand hinter dem Herd und an der Decke darüber eine schwärzliche Patina: Spuren des Qualms. Nebst dem leicht beissenden Rauch hing der Geruch von frisch gebackenem Brot in der Luft. Der Rahm war dick wie Honig.

Sie platzierte einen Hocker vor den Tisch, setzte sich darauf und legte die Unterarme auf die Tischplatte. Hier fühlte sie sich trotz allem zu Hause, das verriet ihre lockere Offenheit; und ihr aufdringlich erwartungsvoller Blick ermunterte mich, ihr weitere Fragen zu stellen. Ich schlürfte den Kaffee und besann mich auf den Grund meines Hierseins: Seit gestern Morgen wurde ihre Nichte vermisst.

«Du meinst also», begann ich, «Magdalena hat ihr Verschwinden nicht vorgetäuscht.»

Sie schüttelte den Kopf.

«Könnte es sein, dass sie sich versteckt hält, aus einem Grund, den wir nicht kennen?»

«Unmöglich.»

«Was macht dich so sicher?»

«Sie hat keine Geheimnisse, weder vor mir noch vor ihrer Mutter.» Sie spreizte die Finger, hob die Hände und verteidigte ihre Überzeugung. «Sie hat am Freitagabend von nichts anderem mehr geredet. Wir haben Astrid angerufen, nach dem Packen. Magdalena hat ihr schon früher erzählt, dass sie für eine Woche in den Jura fährt, und an dem Abend hat sie ihr das ganze Programm vorgelesen. Sie hat stolz erklärt, Hammer-Joe hätte betont, er wolle sie unbedingt dabeihaben. Ich wollte Astrid über ein paar Dinge im Tiefkühler fragen. Da sind ein paar Packungen mit Beeren, Fleisch, Brot und Gemüse. Es ist nichts angeschrieben, ein paar Sachen sehen steinalt aus. Abends sind Anrufe in die Anstalt zeitlich begrenzt. Ich bin nicht mehr dazu gekommen, Magdalena hat mir den Hörer sehr spät überlassen. Sobald ich sie am Hörer gehabt habe, hat sie angefangen zu flennen. Sie hat es knapp geschafft, zu sagen, sie sei stolz auf ihre Tochter, dann hat sie geheult, bis jemand die Verbindung unterbrochen hat. Vielleicht hat sie auch selbst aufgelegt. Glaub mir, Magdalena würde mich niemals belügen. Ich fühle es, jemand hält sie gefangen.»

«Hast du einen Verdacht?»

«Nein.»

«Eine Vermutung?»

«Auch nicht, nein.» Sie holte tief Luft und zögerte lange. «Ich habe keine Vermutung, nein. Ich kann es nicht erklären, tut mir leid.»

Einer vorschnellen Antwort hätte ich misstraut. Ich schob ihr meine Karte rüber, zum zweiten Mal. «Entführer melden sich. Immer. Manchmal rufen sie an, manchmal senden sie eine Botschaft. Ein Brief, ein Paket, ein Zeichen, egal was kommt, egal wer sich meldet, egal wann und wie: Sag es mir. Ruf mich an. Jederzeit. Da steht meine Nummer.»

«Gut», sagte sie, besah sich die Karte ein weiteres Mal und steckte sie ein.

«Was sagt die Polizei?»

«Keine Ahnung.»
«Was?»
«Er hat mit denen geredet.»
«Wer er? Fellmer?»
Sie nickte. «Er ist zur Polizeiwache gefahren, um eine Vermisstenmeldung aufzugeben. Hat er jedenfalls behauptet.»
«Verstehe.»
«Es ist keine Stunde her, da hat er mich von Burgdorf aus angerufen und gesagt, sie hätten ihren Roller gefunden.»
«Am Bahnhof.»
«Ja, wie gesagt.»
Das hatten wir bereits. Ich trank den Kaffee aus und dachte ans Gehen. Sie kratzte an den Schwielen ihrer Handflächen, ihre Fingernägel hatten dunkle Ränder und waren rissig.
War da noch was? Ich wartete.
Sie sagte: «Er hat gesagt, falls die Schlampe zu Hause auftauche, solle ich sie festhalten und ihn anrufen.»
«Er ist kein Freund der Polizei, was?»
Sie strich sich eine Strähne hinters Ohr. «Ach, der ärgert sich über alles und jeden. Den nimmt schon lange niemand mehr ernst. Wenn er was taugen würde, sässe meine Schwester nicht in Hindelbank.»
Sie sah mich an, ihre Augen waren feucht. Die Küchenuhr hackte Kerben in die Stille.
«In Wahrheit hat er sich nie um Magdalena gekümmert. Mir, verstehst du, mir bedeutet sie viel.» Sie legte ihre Hand aufs Herz. «Ich vermisse sie. Ich vermisse sie wie meine eigene Tochter.»

DREI

Am nächsten Morgen begab ich mich früh in meine Agentur. Ich fühlte mich munter und angetrieben, ja begierig auf den neuen Auftrag. Selbst die Leere im Briefkasten – ausgenommen von einer bunten Werbung – vermochte mein Hochgefühl nicht zu schmälern.

Ich hatte eine Idee für einen Plan. Daran wollte ich arbeiten.

Die drei Stockwerke nahm ich im Fluge, öffnete die beiden Fenster im Büro und warf die Werbung auf den Stapel der Gratiszeitungen, da entschlüpfte dem Faltblatt ein Gutschein. Das Nagelstudio im Erdgeschoss verschenkte zur Neueröffnung eine halbe Stunde Nagelpflege – mit Paraffinbad. Ich dachte, das wäre ein Geschenk für Gloria und ihre Fingernägel, bis ich die Anschrift las: Der Gutschein galt mir persönlich.

Ich bezweifelte, dass eine halbe Stunde Nagelpflege meine Hände in den Stand der Anmutigen, der Gentilen heben könnte. Zu meiner Freude bestand der Talon aus leichtem, stabilem Papier und war in einem perfekten Format.

Ich setzte mich an den Schreibtisch, faltete aus dem Bogen einen Papierflieger, kletterte auf den Stuhl und warf den kleinen Jäger Richtung Zimmermitte. Er stieg hoch, streifte die Decke, bog um die Lampe, pumpte ein-, zweimal und flog zielgenau durch das offene Fenster hinaus in den Morgen.

Ich stürzte ans Sims und sah ihm nach.

Er flog in grosser Höhe über den leeren Platz, auf dem freitags die Gemüsehändlerinnen ihren Wochenmarkt aufbauten, zog unter den ersten Sonnenstrahlen eine ausgedehnte Schlaufe, schwebte schräg über den Parkplatz zurück, tauchte in den Schatten der mächtigen Kastanie, verlor sofort an Höhe und knallte ins Schaufenster des Nagelstudios.

Ich eilte hinunter, um mir eine Peinlichkeit zu ersparen.

Der Jäger lag in einer Pfütze auf dem Trottoir. Ich hob ihn auf und schüttelte die paar Tropfen ab.

«Alexander! Alexander!» Gloria kam in schnellen Schritten auf mich zugelaufen. «Gut, dass ich dich treffe.»

«Guten Morgen, Gloria.»

«Sie ist wieder da. Sie ...» Gloria blieb stehen und schöpfte Atem. Ehe ich ein Wort sagen konnte, legte sie den Kopf in den Nacken, schirmte ihre Augen ab, verweilte kurz beim Betrachten der Hausfront, sah vermutlich die offenen Fenster, drehte sich langsam, lotete den freien weiten Luftraum über dem Dorfplatz aus, die Hand weiterhin schattierend über den Brauen, und warf zum Abschluss einen zweiten, belustigten Blick auf den Papierflieger.

Es bestand kein Zweifel, sie verknüpfte die offenen Fenster, den freien Luftraum, die Windstille und den Flieger in meiner Hand und gelangte zu einer Erkenntnis, die keiner Erklärung bedurfte. Nichts an ihr verriet, welchen Schluss sie daraus zog.

«Wer ist zurück?», fragte ich.

«Magdalena. Eine Spaziergängerin hat sie gefunden. Sie haben sie ins Spital gebracht. Soeben hat mich eine Ärztin angerufen. Sie sei schwach, aber wohlauf. Sie hat nicht gesagt, was ihr genau fehlt, nur dass sie sehr kraftlos sei. Kommst du mit? Ich bin auf dem Weg zu ihr.»

«Ja, sicher», ich streckte den Arm hoch, «ich sage schnell meiner Assistentin Bescheid.»

Ich weiss nicht, ob sie mir die schalkhafte Lüge anlastete oder meine kindische Neigung belächelte. Es wäre mir einerlei gewesen. Was mich seltsamerweise betrübte, war die gute Nachricht. Je höher ich die Treppen stieg, desto stärker fühlte ich mich im Tief. Magdalena war zurück, und das bedeutete nicht weniger als das Ende meines Auftrags. Ich schloss die Fenster und die Agentur ab und ging wieder hinunter.

Gemeinsam nahmen wir den Weg über die flache Steintreppe, gingen an der Kirche vorbei, am Gasthof Bären und liefen weiter durch die steile Gasse hinauf zum Spital.

Unterwegs förderte Gloria einen Zettel zutage, sie hatte sich die Nummer des Krankenzimmers aufgeschrieben.

Magdalena ruhte im neu gebauten Südflügel in einem Zimmer

mit zwei Betten. Der Raum war lang und breit und hoch, und die ganze Front bestand aus Glas. Sollte ich jemals in diesem Südflügel einquartiert sein, würde ich mit einem Papiergleiter Loopings trainieren.

Die Strahlen der Sonne drangen durch die Scheibe, ihre Wärme flutete das Krankenzimmer bis in die hinterste Ecke. Auf dem Linoleumboden spiegelten sich die Betten.

Ich warf einen Blick aus dem riesigen Fenster, die Aussicht war famos: Ich sah einen Ausschnitt eines sonnigen Vormittags im Emmental, ein Bild von vertrauter Schönheit. Der erhöhte Standort ermöglichte die Sicht auf die Dächer des Dorfzentrums, auf die Kirche mit dem drahtigen Kreuz hoch auf der Turmspitze und auf die Wiesen und Felder und die bewaldeten Kuppen jenseits der Talsohle. Die Luft schien klar, auch wenn sich die Berner Alpen in der Ferne im blauen Dunst annähernd auflösten.

Was für ein Gegensatz war dieses Zimmer zur düsteren Kammer im windschiefen Haus an der Emme. Die Sicht aus jenem Fenster auf den schattigen, mit Weissdorn-, Hartriegel- und Brombeersträuchern überwucherten Damm mässigte oder besser gesagt trübte das heiterste Gemüt.

Gloria war an Magdalenas Seite getreten, sah, dass sie schlief, legte ihr die Fingerspitzen auf den Handrücken, beugte sich über ihr Gesicht und sprach sie leise an.

Magdalena schlief tief.

Allein hätte ich sie schwerlich erkannt. Mit dem Mädchen auf dem Foto hatte diese junge Dame wenig gemein. Ihre Haare waren strähnig, fern jeder Pracht, ihre Backen eingefallen, die Lippen farblos und matt, die Augäpfel hinter grossen, blassen Lidern; am auffälligsten und bedenklichsten waren die Tränensäcke: rauchgrau und geschwollen.

«So lasst sie um Himmels willen schlafen.» Die Bettnachbarin zischte herüber, und in einem milderen Ton fügte sie an: «Das arme Kind.»

«Gertrud! Was machst du denn hier?»

Gloria kannte die Frau.

Wir traten an ihr Bett. Die beiden Frauen begrüssten sich wie Kolleginnen, Küsschen hier, Küsschen da.

Gloria stellte uns vor. «Das ist Alexander Bergmann. Das ist Gertrud Hofer, eine Bäuerin von der anderen Talseite.»

Hofer wohnte auf dem schönsten Hof, wie sie selbst sogleich beteuerte.

«Kennst du Magdalena?»

«Natürlich kenn ich die.»

Hofer betätigte einen Knopf. Das Kopfende des Betts hob sich und brachte sie in eine komfortable Lage. Sie sagte, sie habe den Schenkelhals gebrochen, sei operiert worden und warte nun auf ihre Entlassung.

«Wie ist das denn passiert?», fragte Gloria.

«Du wirst es nicht glauben, ein Schafbock hat mich gerammt.» Sie schlug die Decke zurück. «Hier, voll auf den Oberschenkel.» Sie zeigte ein bettflaschengrosses Pflaster.

«Also, mein Mann hat einen Schafbock gekauft, so einen Hammel mit dicken Hörnern. Und ich Idiot gehe am nächsten Morgen in den Stall wie jeden Tag. Du kennst das, man will wissen, ob alles in Ordnung ist, kein Schaf krank ist oder so. Ich geh also rein wie immer. Sofort kommen alle her. Sie stehen vor mir, die Schafe, schauen mich an, alle sehen normal aus. Keines lässt die Ohren hängen, blökt komisch oder liegt am Boden und streckt die Beine. Sie bedrängen mich sogar ein bisschen und wollen, dass ich sie rauslasse. Langsam, sage ich, schön langsam, ja, es ist schönes Wetter draussen, ich weiss. Ja, lachen Sie nur, Herr Bergmann, ich rede mit denen. Ich rede mit allen Viechern. Die Hühner sagen mir jeden Morgen, wie der Tag wird, die Bienen warnen mich vor Gewitter, die Katzen vor Frost und der Hund vor Sturm. Das können Sie glauben oder nicht. Ich gehe also zum Tor, mache es auf und wumm – schon kracht's. Rammt mich der Hammel genau hier auf den Schenkelhals. Ich bin geflogen, sage ich dir.»

«Nein.»

«Ich habe nicht an ihn gedacht und ihn auch nicht gesehen oder gehört. Der hatte sich irgendwo versteckt. Vielleicht hinter den Säulen.»

«Pech.»

«Das Schlimmste kommt noch.» Indessen konnte sie selbst lachen. «Was meinst du, wo ich gelandet bin? Genau da, wo die Schafe durchmüssen. Verstehst du? Sie haben das offene Tor gesehen, das frische Gras gerochen, die Freiheit gewittert, und ich habe ihnen den Durchgang blockiert.»

«Sind sie über dich hinweggetrampelt?»

«Die vorderen haben Hemmungen gezeigt. Sie haben mich angestarrt. Die hinteren haben gedrängelt und gestossen und nicht verstanden, warum es nicht vorwärtsgeht. Nicht so der Hammel, der drängelt sich durch und trampelt über mich drüber. Nur der Hammel, keines ist ihm gefolgt.»

Sie schnaubte und deutete mit beiden Armen eine Bewegung quer über ihren Körper an.

Gloria griff tröstend nach ihrer Hand.

«Ich habe mich schmal gemacht und mit meinem Handy die Ambulanz gerufen. Die Sanitäter finden mich, und da fragt der eine: Frau Hofer, was ist denn passiert? Ich sage: Erzählen Sie das bloss nicht meinem Mann. Der ist imstande und macht Hammelbraten aus dem Bock.»

Sie schauten sich an, und wie auf Kommando prusteten beide los.

Nach einer Pause zeigte Hofer zu Magdalena hinüber und tuschelte: «Sie ist entführt worden.»

«Ich weiss», raunte Gloria zurück, «deshalb ist Bergmann hier. Er will rausfinden, wer das gewesen ist.»

Magdalena lag still. Ihr Brustkorb hob und senkte sich gleichmässig.

Gloria holte einen Stuhl und setzte sich an Hofers Bett. Sie beugte sich vor, stützte sich mit den Ellbogen auf den Knien ab und flüsterte: «Ich bin froh, dass sie wieder da ist. Du kannst dir nicht vorstellen, was ich durchgemacht habe.»

Hofer verschränkte ihre Arme hinter dem Kopf. «Hoffentlich erholt sie sich gut. Das arme Kind.»

«Wer weiss, was sie ihr alles angetan haben?»

«Denk nicht daran.»

«Jetzt zu dir. Hast du eine Metallplatte drin?»

Hofer nickte.

Ich fragte: «Seit wann ist sie hier?»

Hofer drehte den Kopf, auf dem Nachttisch stand ein Reisewecker.

«Seit sechs Uhr heute Morgen. Normalerweise bringen sie um die Zeit das Fieberthermometer, darum weiss ich es so genau.»

Ihr fehlte ein Eckzahn. Mit ihren bedächtigen Bewegungen, mit ihrem verschmitzten Lachen und mit ihrer tiefen Stimme machte sie die Lücke in ihrer Würde spielend wett.

«Seitdem schläft sie?»

«Anfangs nein. Anfangs hat sie nicht geschlafen. Ganz und gar nicht. Sie hat sogar versucht wegzulaufen. Ich glaube, sie ist ziemlich durch den Wind. Sie ist hingefallen und hat einem Besucher wirres Zeug erzählt, die Entführer hätten ihr Blut abgenommen, bis ihr schwarz vor den Augen geworden sei. Wer hat denn so was schon gehört? Und Durst hat sie gehabt, den ganzen Tee hat sie ausgetrunken, direkt aus der Thermoskanne. Geklagt, sogar gekreischt hat sie und mit den Beinen gestrampelt. Der Mann hat eine Schwester geholt, und da haben sie ihr was in die Infusion getan. Seither schläft sie und …»

«Der Besucher, wie hat er ausgesehen?»

Sie zupfte an den Ärmeln ihres Nachthemdes und antwortete im Tonfall einer Gegenfrage: «Gross? Nett?»

«Blaues T-Shirt?»

«Weiss ich nicht mehr.»

«Blaue Mütze?»

«Ja!» Sie schaute zu mir auf. «Blaue Mütze. Er hat sie auf dem Stuhl liegen lassen und ist zurückgekommen, sie zu holen.»

«Hammer-Joe.»

Erstaunlich, was Menschen an anderen Menschen auffällt, bei Hammer-Joe kam sie regelrecht ins Schwärmen. «Ich hab ihn überhaupt nicht gehört, weder beim Kommen noch beim Gehen. Plötzlich steht er da und grüsst. Auch wie er zurückgekommen ist, um die Mütze zu holen: Keinen Laut habe ich gehört, kein

Knirschen, kein Schlurfen, kein Trappen, kein gar nichts. Er hat sich bewegt, also ich weiss nicht, was der für Schuhe trägt.»

Ich dachte, vielleicht sollte sie ihr Gehör untersuchen lassen.

Sie erzählte munter weiter: «Ihr solltet mal hören, wie die Nachtschwester durch die Gänge stelzt. Man könnte meinen, sie zähle Nacht für Nacht jeden einzelnen Schritt, den ihr die Arbeit aufbürdet. Eugen, mein Mann, sagt immer –»

«Wie lange ist das her?»

«Was?»

«Hammer-Joe, wann ist er hier gewesen?»

«Der Mann mit der blauen Mütze? Das ist keine halbe Stunde her.»

Ich gab ihr die Hand. «Vielen Dank, Sie haben mir sehr geholfen.» Ich wünschte ihr gute Besserung, verabschiedete mich von Gloria, schaute ein letztes Mal zu Magdalena, wandte mich zur Tür und sagte: «Gut.»

Es war mehr als eine Lüge, es war das Gegenteil dessen, was ich dachte, denn der Fall Magdalena hatte sich erledigt. Der Auftrag war zu Ende, länger an ihn zu glauben oder weiter darüber zu sinnieren, hätte geheissen, in diesem Krankenzimmer mit einem klatschnassen Papierflieger einen Looping zu üben.

Gloria rief mir nach, sie bleibe hier, sie wolle bei ihr sein, wenn sie erwache.

Ich zog die Tür zu, eilte hinab ins Dorfzentrum, überquerte den Marktplatz und verzog mich in meine Agentur.

In der untersten Schublade meines Schreibtischs hütete ich eine Flasche Kartoffelbrand. In Ursenbach gab es einen Brenner, der sein Handwerk verstand. Er brannte eine ganze Reihe vorzüglicher Schnäpse, der Härdöpfeler, wie der Kartoffelbrand im Emmental heisst, war seine Spezialität: klar, erdig, kräftig und grundanständig.

Ich stellte ein Glas auf den Tisch, goss einen Einfachen ein und legte die Flasche sorgsam zurück. Sodann zog ich die oberste Schublade auf, breitete eine Gratiszeitung darin aus, legte meine Pistole darauf, setzte mich hin und begann sie zu zerlegen. Es war eine Beretta Px4 Storm, eine Waffe, die meiner Ansicht nach einem Linkshänder besser zukam als jede andere Pistole. Sie wies weitere Vorteile auf: Ihr Mechanismus arbeitete hochpräzis und narrensicher, sie lag gut in der Hand, ausgewogen und griffig, und sie war dank ihrer Masse und der ausgeklügelten Mündung überdurchschnittlich treffsicher.

Freilich hatte ich ausserhalb des Schiessstandes nie einen Schuss abgefeuert. Im Grunde genommen hasste ich den Anblick der Waffe, fand Schiessen abstossend, den Geruch von Pulverdampf ekelerregend und Maschinenöl an den Fingern widerlich. Natürlich war meine Beretta funktionstüchtig und sauber. Hinreichend sauber, um ehrlich zu sein. Das heisst, ich zerlegte sie weder zum Spass noch zum Reinigen oder Schmieren, ich zerlegte sie, weil das Einsetzen der durchkonstruierten Teile eine Beschäftigung ist, die meine Hirnzellen in Schwung versetzt.

Ich entfernte das Magazin, schnippte das Ding komplett auseinander, schloss die Augen, ertastete ein Teil nach dem anderen und fügte die Waffe wieder zusammen.

Nebenbei grübelte ich über Wege, Mittel und Chancen, zu einem neuen Auftrag zu kommen. Sollte ich ein Faltblatt über meine Arbeit drucken lassen? Womöglich mit einem Gutschein ergänzen und eigenhändig in die umliegenden Briefkästen stopfen? Oder beides der regionalen Wochenzeitung beilegen und auf diese Weise unter die Leute bringen? Das würde meinen Bekanntheitsgrad weit über das Emmental hinaus erweitern. Brächte das wirklich neue Aufträge?

Mit geschlossenen Augen riss ich den Schlitten zurück bis zum Anschlag, rastete ihn vorn wieder ein und drückte den Abzug. Klick.

Fertig.

Den Schnaps hatte ich mir verdient.

Ich schob das Magazin rein, legte die Pistole in die Schublade zurück und sass da und grübelte weiter, bis meine Gedanken ungewohnte Kreise zogen, und je abwegiger ich nach Möglichkeiten suchte, desto heftiger verspürte ich ein Unbehagen.

Die Kirchturmuhr verkündete mit zwölf klangvollen Schlägen, dass es Zeit war für eine warme Mahlzeit.

Mir fiel ein, dass die Kollegen von der Polizei sich um diese Zeit in aller Regel in den «Hirschen» setzten und das Mittagsmenu verzehrten. Vorausgesetzt, sie hatten den Vormittag auf der Wache und nicht auf Streife oder im Feld verbracht.

Ich beschloss, ihnen Gesellschaft zu leisten. Bekanntlich gibt sich der Mensch nach dem Essen ähnlich freigebig und gesprächig wie nach dem Kirchgang.

Karl Moser, den ich aus früheren Zeiten kannte, sass wie üblich mit dem Rücken zur Wand; ihm gegenüber eine junge Kollegin. Auf meine Frage, ob es erlaubt sei, überboten sich beide mit einladenden Gesten.

Karl stellte uns vor, ihr Name war Ursina.

Sie gab mir die Hand und sagte: «Du bist also Alexander. Freut mich. Habe so einiges über dich gehört.»

Ich setzte mich neben sie und entgegnete: «Gar nicht möglich.»

«Was? Wieso?»

«Mich gibt's erst seit einer Woche.»

«Hä?»

«Kleiner Scherz.»

«Oh», sie nickte, «das ist es, was ich häufig höre: Dein Humor sei sehr speziell.»

«Den brauche ich, Humor ist das Einzige, das mir hilft.»

«Weisst du, was *ich* jeden Tag höre? Dass du dem Team fehlst.»

«Dem Team fehlt der Humor, das ist alles.»

Sie schaute zur Decke und strich sich mit der Hand durchs Haar. Es war zu kurz, um sich von ihren Fingern kämmen zu lassen.

Karl und ich verzehrten eine ansehnliche Portion breite Nudeln mit Rindsbraten und Rosenkohl und plauderten über dies und das.

Sie kaute lange an einer gebratenen Pouletbrust und zerfledderte den Salat, den es dazu gab.

Beim Kaffee fragte ich: «Ich habe am Vormittag das Mädchen besucht, das am Samstag entführt worden ist. Wer von euch hat sie denn aufgelesen heute Morgen?»

Karl schwieg.

Ursina fragte: «Du hast sie besucht? Im Spital? Heisst das, du ermittelst in dem Fall?»

«Nein, nicht mehr. Sie ist wieder da – Fall abgeschlossen. Habe mich nur gefragt, wer sie gefunden hat.»

Sie legte ihren Kopf schräg. «Du könntest trotzdem herausfinden, wer sie entführt hat.»

«Das ist Sache der Polizei.»

«Sehe ich grundsätzlich auch so», mischte sich Karl ein, «das Problem ist nur, diese Sache hat – wie soll ich sagen? – ihre Dringlichkeit, ja, sie hat ihre Dringlichkeit verloren. Norbert – du kennst ihn –, der Chef, sieht das auch in dem Sinne.»

«Dringlichkeit verloren – ich erinnere mich –, Dringlichkeit verloren heisst, die Akte wandert auf die Halde der ungelösten Fälle und wird nicht mehr angerührt, bis das Verbrechen verjährt ist.»

«Das nicht gerade. Ich kann dir nur so viel sagen: Es liegen andere, weit schlimmere Verbrechen auf dem Tisch. In dem Sinne … Wenn du wüsstest! Wenn du wüsstest! Und dann dürfen wir nicht vergessen, sind da noch die Tagesgeschäfte. Wenn wir die vernachlässigen, sind wir erst recht … Andererseits – und das weisst du so gut wie ich –, und das ist nicht neu: Unsere Mittel sind begrenzt. Die Leute müssen das verstehen.»

«Himmel, Karl, du redest schon wie Norbert. Bestimmt er euren Alltag streng nach der politischen Wetterlage wie in alten Zeiten?»

«Er muss gegen oben geradestehen, nicht ich.»

«Klar. Verstehe. Wenn sie die Tochter eines Regierungsrats wäre, ja dann! Ist sie aber leider nicht. Sie ist die Tochter einer Kriminellen, nicht wahr? Oder anders gesagt: Wenn sich Kriminelle in die Haare geraten, geht die Polizei ungern dazwischen, was? Das müssen die Leute doch verstehen.»

Er verzog sein Gesicht.

«Ihr meint wohl, ich soll mir die Zeit nehmen und rausfinden, wer das gewesen ist. Da habt ihr euch aber geschnitten. Womit soll ich meine Rechnungen bezahlen?»

«Tja», sagte er, stand auf und verschwand Richtung Toilette.

Ursina rückte mit ihrem Stuhl zur Seite und wandte sich mir zu. Sie suchte mein Gesicht ab mit rastlosen, unsicheren Blicken und redete mit dringlicher Stimme: «Ich bin dabei gewesen heute Morgen. Eine Frau hat in der Zentrale angerufen und uns einen Tipp gegeben.»

«Einen Tipp? Das heisst … anonym?

«Ja.»

«Und wo habt ihr sie gefunden?»

«Unten am Ufer der Ilfis. Vor dem Tor der Kläranlage. Sie hat halb tot auf dem Teer gelegen. Die haben sie fertiggemacht und im Regen dort abgelegt. Es ist ein Wunder, dass sie überlebt hat. Du hast sie im Spital besucht, wie geht es ihr?»

«Sie hat geschlafen.»

«Die Arme. Sie hat durchgehalten, weil sie zäh ist. Jede andere in ihrem Alter wäre gestorben. Die Ärztin hat das auch gesagt. Ich kenne Magdalena aus dem Boxclub. Du musst wissen, wir haben diesen Sommer ein paarmal gegeneinander geboxt. Sie hat Talent und eine grosse Zukunft vor sich: Sie ist sechs Jahre jünger als ich und ganz schön mutig und flink. Egal, was ihre Mutter verbrochen hat, Magdalena ist in Ordnung, Alexander. Die Kerle, die sie entführt haben, sind Kriminelle. Die tun auch andere Dinge, das weisst du so gut wie ich. Und die werden nie damit aufhören.»

Falls jemand rumerzählt, er habe gesehen, wie ich meine Arme verschränkt, meine Lippen aufgeworfen, die Stirn gekraust und die Luft angehalten hätte, kurz und gut, falls jemand behauptet, ich hätte meine inneren Widerstände, meinen Unmut überdeutlich signalisiert, würde ich das ohne Umschweife zugeben.

Meine abwehrende Haltung, hinter der Ursina, wie ich vermutete, professionelle Gefühlskälte wähnte, schürte ihren Zorn. Sie sprach leiser, dafür eindringlicher: «Du musst diese Bande aufspüren. Wir müssen sie verhaften und einsperren. Du musst einfach, ich helfe dir dabei.»

«Wie? Du willst mich bezahlen?»

«Nein, Geld kann ich dir keins geben …» Das kam wieder sanfter.

«Nein? Dafür kennst du jemanden, der mir die Haare gratis schneidet.»

Jetzt war es an ihr, die Arme zu verschränken, die Lippen zu schürzen und die Augäpfel zu verdrehen. Und sie tat es mit einem grimmigen Seufzer.

Ich wartete, bis sie mich wieder ansah, und sagte: «Entschuldige. Wie, sag schon, wie willst du mir helfen?»

«Mit Auskünften.»

Das traf mich wie ein Pfeil aus einer Armbrust, er durchbohrte meine sture Haltung.

Sie zupfte eine Karte aus der Ärmeltasche ihrer Uniformjacke und drängte sie mir auf. «Hier. Ruf mich auf dem Handy an, wenn du irgendwas über irgendwen wissen musst. Ich habe Zugang zum internen Netz.»

«Du würdest für mich im Polizeiregister stöbern?»

Sie nickte fast unmerklich.

«Du würdest mir erzählen, was dort drin steht?»

Sie nickte stärker. «Wenn es der Sache dient? Natürlich nur, wenn du nach Personen fragst, die in den Fall verstrickt sind. Da muss ich sicher sein, das musst du mir versprechen. Kann ich dir vertrauen?»

«Mein Wort.»

Karl kam zurück, und die Kellnerin ging von Tisch zu Tisch. Alle wollten zahlen. Das Weilchen, das es dauerte, bis sie bei uns landete, nutzte jeder, um einen Blick auf sein Handy zu werfen.

Wir verabschiedeten uns auf dem Platz vor dem Gasthaus, mitten unter Stühlen aus Kunststoff, Tischen mit zerkratzten Deckplatten und kümmerlichen Topfpalmen.

Ursina und Karl strebten der Wache zu. Ich machte mich auf den Weg zurück in meine Agentur am Marktplatz.

Der Regen hatte allerlei Unrat, Laub und Schlamm durch die Gassen gespült und im Rinnstein zurückgelassen. Das Dorf erstrahlte nach der nächtlichen Dusche und zeigte der Sonne, der Welt und mir seine ergebene, grundfeste Sittenhaftigkeit.

Ich nutzte die hundert Schritte, um durchzuatmen und über die

Entführung und ihr sonderbares Ende nachzudenken. Hatten die Entführer ein Lösegeld gefordert? Falls ja, wen hatten sie erpresst? Magdalenas Familie oder Hammer-Joe und seinen Boxclub? Und die wichtigere Frage: Hatten sie bekommen, was sie wollten?

Nein, das war undenkbar, denn das würde diesen einseitigen Abschluss anfechten. Die Entführer hätten Magdalena weniger oder kaum misshandelt und bestimmt nicht nächtens im Regen abgelegt. Eine Entführung, die auf diese Weise endete, liess nur den einen Schluss zu: Das war eine Machtdemonstration, eine Warnung oder vielmehr eine Drohung gewesen. Damit sollte jemand gefügig gemacht werden.

Was käme sonst in Frage? Die Entführer hatten Magdalena verschleppt, um sie persönlich zu schwächen. Das war der alleinige Zweck der Entführung gewesen. Sie wollten ihr oder ihrem Umfeld einen Denkzettel verpassen und ihre Teilnahme an der Boxmeisterschaft vereiteln.

Je länger ich darüber nachdachte, desto stärker kam ich zu dem Schluss, dass es eine Drohung war. Damit war ich wieder am Anfang: Wen hatten sie im Visier? Wem drohten sie und warum? Magdalena? Ihrer Familie? Ihrem Trainer? Den Organisatoren der Meisterschaft in Bern?

Wer wüsste am ehesten Antworten auf diese Fragen? Hammer-Joe!

Ich war überzeugt, dass er mehr wusste, dass er mir beim Besuch längst nicht alles gesagt hatte. Ich wollte ihn sprechen. Nicht, dass ich einer Entscheidungshilfe bedurft hätte, der Fall war abgeschlossen, einzig die Fragen liessen mir keine Ruhe.

Ich hob den Telefonhörer und wählte die Nummer des Boxclubs, um ihn zu einem Gespräch in die Agentur einzuladen. Hier würde ihn niemand ablenken, hier würde ich ihn zum Reden bringen, ihn abklopfen, ausquetschen, verhören, nach allen Regeln der Kunst. Er hatte mich angeheuert, jetzt sollte er mich kennenlernen.

Niemand hob ab.

VIER

Am nächsten Tag begab ich mich gegen vierzehn Uhr in den Boxclub.

Wieder schabte und klatschte die Pendeltür, wieder war es erfrischend hell und kühl in der Halle, und wieder lehnte ein Mann am Ringpfosten: Diesmal war es Gregi, der Sportskerl.

Er wandte sich um, erkannte mich und kam mir entgegen. «Hallo, Detektiv! Sie haben Magdalena gefunden, schon gehört?»

«Ich weiss. Ist Hammer-Joe da?»

«Da hast du leider Pech.» Seine Stimme klang weich, geschmeidig, nett. Kein Missklang, kein Kratzen, kein Schnarren von zu viel Alkohol oder wegen Rauchens. Weder zu wenig Schlaf noch zu viel Stress, nichts von alldem. Er war ein Sportsmann, körperlich wie geistig, und ich hätte ihn zu gern gefragt, wie, wo und unter welchen Umständen er aufgewachsen war. Dem Dialekt nach stammte er aus der Innerschweiz.

«Äh, wie heisst du eigentlich?», fragte er.

«Alexander. Du bist Gregi, nicht wahr?»

«Richtig.» Sein Händedruck war überraschend sanft. «Kann ich Joe was ausrichten?»

«Wann kommt er wieder?»

«Ende Woche, hoffe ich.»

Ich schaute ihn an mit der Ruhe und Gelassenheit, die ich für angemessen hielt, und fragte: «Wo kann ich ihn finden?»

Er wich mir aus und warf einen längeren Blick in den Ring, wo zwei ältere Herren offensichtlich auf eine Seniorenmeisterschaft hin trainierten.

«Eugen, versuch weniger zu hüpfen, geh mehr in die Knie», rief er dem drolligen Draufgänger zu, der schwer an sich schleppte und keuchte. Zu dem langen, hageren Steifbeiner sagte er: «Res, denk dran, die Fäuste immer schön oben halten.»

Er feixte mich an, ein Zwinkern inbegriffen, und lotste mich weg vom Ring. Vor dem Büro erlaubte er sich, freier zu sprechen.

«Er hat mich heute Morgen angerufen und gesagt, ich müsse ihn ein paar Tage vertreten. Er hat mich eine Stunde früher herbestellt, mir die Schlüssel in die Hand gedrückt und gemeint, vor Ende Woche sei er nicht zurück. Die Liste der Mitglieder hat er mir gegeben und das Wochenprogramm; und dann –»

«Wo er hinwill, hat er nicht gesagt?»

«Nein. Ich vermute, es hat mit Magdalena zu tun. Er hat gesagt, die kranken Schweine hätten sie fast umgebracht. Stimmt das?»

«Ich weiss nicht, was ihr fehlt.»

«Wo ist sie, im Spital?»

«Ja.»

«Hast du sie besucht? Wird sie es schaffen?»

«Sie hat geschlafen. Ich bin sicher, sie wird gut versorgt.»

«Ich werde sie besuchen. Morgen. Oder besser gleich heute Abend. Weisst du, seit sie hier ist, hat Hammer-Joe sich total verändert.»

«Und, stört dich das?»

«Nein, im Gegenteil. Ich würde den Club gern mal übernehmen. Früher hat er alles fahren lassen. Ich habe mich schon umgesehen, in Langenthal, Burgdorf, Huttwil, Solothurn. Dann ist sie aufgetaucht. Sie kommt zur Tür rein und fragt mich: ‹Kann ich hier trainieren?› Ich habe gedacht, die nimmt dich auf den Arm. Hammer-Joe hat nur gesagt: ‹Meinetwegen.› Er hat sie der C-Klasse zugeteilt. Nach der ersten Trainingsstunde ist sie direkt zu ihm und hat behauptet, was die machen, mache heute jeder Turnverein. Sie ist ganz schön wild geworden, hat richtig Dampf gemacht: ‹Ich will boxen, kämpfen, im Ring stehen!› Er hat sie ernst genommen. Sie haben gemeinsam ein Programm zusammengestellt. Danach – ich habe es nicht geglaubt – fährt er rum und kauft Pinsel und Farbe. Wir haben die Wände und Decke neu gestrichen. Alle haben mitgemacht, und er hat unterdessen den Ring demontiert. Alles rausgerissen, Pfosten, Seile, Matte, sogar die Unterlage bis auf den Betonboden. Alles neu gemacht.

Kaum sind wir fertig geworden, hat er die Fenster auswechseln und eine Lüftung installieren lassen. Zuletzt hat er nach und nach alle Geräte ausgetauscht und zum ersten Mal, seit ich ihn kenne, eine Trainingswoche im Jura geplant …»

«… und wegen der Entführung wieder abgeblasen?»

«Zuerst ja. Heute Morgen hat er gesagt, wir verschieben die Woche um einen Monat und nehmen Magdalena mit, selbst wenn sie an Stöcken geht.»

«Schön», sagte ich und meinte es ehrlich.

«Ja, aber das Schönste kommt noch: Beim Abschied, dort vor der Pendeltür, gibt er mir die Hand und sagt: ‹Wenn ich zurückkomme, mache ich dich zum Teilhaber. Ab dem 1. Januar sind wir Partner. Versprochen.›»

«Oh, gratuliere.»

«Danke.» Der Stolz machte ihn grösser und reifer.

Aus dem Ring hallten Rufe. Der Beleibte winkte, deutete auf seinen Partner und rief: «Hallo! Können Sie uns helfen? Er blutet.»

Der Steifbeinige hatte wohl einen Schlag ins Gesicht bekommen. Er stand da, leicht vornübergebeugt, schüttelte hilflos die Fäustlinge und stöhnte. Blut tropfte aus seiner Nase.

«Ich komme», rief Gregi.

Ich sagte: «Er hat mir ein Foto von Magdalena geliehen, das will er bestimmt zurückhaben. Ich lege es ihm auf den Schreibtisch.»

«Nur zu, es ist offen», sagte er und lief zu den Senioren.

Ich ging in Hammer-Joes Büro und klemmte das Foto unters Telefon.

Neugier, oder schlimmer, eine Befürchtung trieb mich an, einen Blick in die Schublade zu werfen. Ich spähte hinaus, versicherte mich, dass niemand zur Tür hereinsah, und zog die Schublade raus bis zum Anschlag. Meine Befürchtung bestätigte sich: Der Revolver war weg.

Ich begab mich auf direktem Weg ins Spital.

Magdalena lag wach in ihrem Bett. Meine Vorstellung bei ihr

geriet zur Formsache, danach drehte sie den Kopf von mir weg. Zuerst dachte ich, das rühre daher, weil ich es wagte, mit Fragen aufzukreuzen statt mit Blumen, bis ich begriff: Frau Hofer hatte geplaudert, Magdalena war vorgewarnt.

Frau Hofer konnte ich nicht fragen, ihr Bett war leer.

Ich überlegte, was ich tun könnte, setzte mich auf den Lehnstuhl und wartete.

Keine drei Minuten nach mir rauschte eine Pflegerin ins Zimmer, grüsste, versprühte frohe Laune und servierte Magdalena mit Handschuhen ein Tablett mit Nachtessen.

«Ich habe gehört, was passiert ist», sagte die Pflegerin. «Wie fühlst du dich? Hast du Hunger?»

Magdalena antwortete: «Ich bin furchtbar müde. Aber ja, danke.» Sie versuchte zu lächeln und machte sich über die Gemüsesuppe her. Ein hungriger Soldat hätte sich mehr Zeit gelassen.

Zu mir sagte die Pflegerin: «Wissen Sie, Magdalena hat hier gelernt. Sie hat die Ausbildung zur Pflegefachfrau eben erst abgeschlossen.»

«Am 12. August», sagte Magdalena.

«Heute ist der 15. September, und schon ist sie unsere Patientin», sagte die Pflegerin.

Ich wusste nicht, was ich hätte sagen können.

Sie hatte ohnehin keine Zeit. Sie holte das zweite Tablett, trug es an Frau Hofers Bett, sah, dass es leer war, und fragte: «Ist sie in der Physiostunde?»

«Sie hat Besuch bekommen und ist kurz weg», sagte Magdalena.

«Ach so», sagte die Pflegerin, stellte das Tablett hin, ging zur Fensterfront, sperrte die Lichter und den Lärm des dörflichen Feierabends aus, indem sie das Fenster schloss und die Rollläden herunterkurbelte, hob die Hand zum Gruss und verliess das Zimmer.

Magdalena schubste das leere Schüsselchen aufs Tablett zurück und machte sich über den Teller mit dem Fisch und dem Reis her.

Die Suppe entfaltete ihre Wirkung umgehend in dem geschwächten und mit Medikamenten versorgten Körper. Sie hielt inne. Ein unhörbarer Rülpser verschaffte sich Luft, dann sank ihr Kopf zurück aufs Kissen. Helles Rosa erblühte auf ihren bleichen Wangen und zuvorderst auf der Nasenspitze. An den Schläfen behauptete sich die Blässe, und auch die Schattierungen um die Augen behielten ihr Grau.

Ich nahm ihr die Gabel aus der Hand, legte sie zusammen mit dem Teller aufs Tablett zurück und zog den Betttisch etwas von ihr weg. Ihre Mundwinkel regten sich zu einem Lächeln, und unter halb geöffneten Lidern prüfte sie, ob der versöhnliche Dank bei mir angekommen sei.

Ich nahm an, sie habe Zeit gefunden, lange zu schlafen, sich mit Frau Hofer anzufreunden, mit ihrer Mutter zu telefonieren und sich wieder einzufinden in der Gegenwart.

Und so startete ich mit der Fragerei aus dem Lehnstuhl heraus. «Warum hat er mich nicht angerufen? Zunächst lädt er mich vor, redet von Dringlichkeit, zahlt mir einen Vorschuss und verzichtet auf einmal auf meine Dienste.»

Sie sagte: «Hammer-Joe ist Hammer-Joe.»

«Seinen Revolver, den hat er mitgenommen.»

«Was hat er?»

«Hammer-Joe besitzt einen Revolver. Den hat er mitgenommen.»

«Echt?»

Ich nickte.

«Scheisse!»

«Na ja. Ein Revolver ist durchaus praktisch.»

«So?»

«Ja. Man kann damit ein Pferd erschiessen, Einbrecher vertreiben, eine Bank überfallen oder auch nur Nägel in die Wand schlagen.»

Sie blinzelte angestrengt.

«Man kann auch damit spielen. Zum Beispiel Russisch Roulette. Geht nur mit Revolver.»

Sie starrte mit offenem Mund.

«Oder damit angeben.»

«Angeben?» Sie räusperte sich mehrfach, um die Stimme geschmeidiger zu machen. «Wie angeben?»

«Bei Leuten, die nichts davon verstehen.»

«Haha.» Es klang wie ein verhaltenes Schimpfen. Sie presste ihren Kopf tief ins Kissen und stöhnte: «Hören Sie auf. Ich bin müde, lassen Sie mich in Ruhe.»

«Wenn Sie sagen möchten, nichts von dem passt zu Hammer-Joe, sind wir einer Meinung. Er hat den Revolver aus einem anderen, sehr menschlichen Grund eingesteckt, nicht wahr? Seine Absicht … Ich meine, Sie und ich, wir beide wissen, was er vorhat. Wer weiss, was er sonst alles mit sich führt? Ich muss ihn finden, bevor er eine Dummheit macht. Dazu, Magdalena, dazu brauche ich Ihre Hilfe.»

Sie schluckte leer.

«Hammer-Joe rennt in sein Verderben. Das kann Ihnen nicht egal sein, oder?»

Sie kam dem Weinen empfindlich nah, machte Anstalten, sich unter der Bettdecke zu verkriechen, und sagte: «Lassen Sie mich in Ruhe, ich bin so müde.»

Ich reichte ihr ein Glas Wasser. Sie trank es aus.

«Wenn wir ihn nicht aufhalten, wird das auch für Sie Folgen haben, wissen Sie das?»

Sie gab das Glas zurück und flüsterte: «Ich weiss nicht, was er vorhat.»

Ich stellte das Glas aufs Tablett, sah wie zufällig auf die Uhr und wiederholte ihre Behauptung: «Sie wissen nicht, was er vorhat.»

Sie schielte zu mir rüber, vorsichtig, fast ängstlich, auf jeden Fall abwägend und nachdenklich.

Ihr Verhalten erinnerte mich an einen Text von Carolin Emcke. Emcke ist eine deutsche Kriegsjournalistin. Sie schrieb, für ein Opfer von Gewalt oder massiver Ungerechtigkeit sei es schwer, ja häufig sogar unmöglich, über «dies» zu sprechen. «Dies» stand stellvertretend für die schrecklichen Dinge, die dem Opfer angetan wurden.

Gleichwohl lehrte mich die Erfahrung, kein Mitleid aufkommen zu lassen. Mitleid gehört neben Leichtgläubigkeit und Eitelkeit zu den drei Gefühlen, die jede Ermittlung beeinträchtigen. Mitleid vernebelt die Sinne. Leichtgläubigkeit übergeht die eigenen Zweifel und untergräbt damit den Antrieb zur Neugierde. Und Eitelkeit? Ganz einfach: Wer würde sich einem eitlen Ermittler anvertrauen? Nein, aus keiner der drei Eigenschaften lässt sich Profit schlagen. Je tiefer man in einen Fall eindringt, desto verheerender wirken sie sich aus. Man überhört Randbemerkungen von Zeugen, man übersieht Bedeutsames, man überschätzt Bagatellen, man übergeht Dringlichkeiten. Das verzögert die Lösung, vermasselt im schlimmsten Fall gar die Aufklärung eines Falls.

Anders gesagt: Falsche Grundeinstellung führt zu falschem Verhalten, falsches Verhalten führt zu falschen Schlüssen, falsche Schlüsse führen zu keinem Ende. Die Wahrheit hinter einem Verbrechen, die Motive für die Tat bleiben ein Geheimnis, der Fall entzieht sich der Aufklärung. Scheinwissen führt zu Annahmen und Wunschbildern statt zur Gewissheit, daraus entstehen nicht selten fatale Fehlurteile.

Daher unterdrückte ich mein Mitleid und hoffte, Magdalena würde trotzdem genügend Kraft aufbringen, um mir die Antwort auf die Frage zu liefern: Was hat Hammer-Joe vor?

«Der Fisch wird kalt», sagte ich. «Das ist schade.»

Sie verschlang das gebratene Filet in drei, vier Bissen, putzte über die Hälfte des Reises weg, vertilgte das Dessert – Quarkcrème mit herrlich duftenden Herbsthimbeeren – und trank hinterher zwei volle Gläser Wasser.

Ich stand auf und sagte: «Also gut, Sie wissen nicht, was er vorhat. Sagen Sie mir wenigstens, wo er hingefahren ist, und ich bin weg.»

Sie senkte den Kopfteil ihres Bettes ab, bis sie flach zu liegen kam, und ich rückte näher an die Bettkannte und beugte mich vor, um nichts zu verpassen. Tief aus dem Kissen heraus kam ihr Flüstern: «Nach Burgdorf. Wahrscheinlich ist er nach Burgdorf gefahren.»

FÜNF

Es ging gegen elf Uhr nachts, bis ich mich Richtung Burgdorf auf den Weg machen konnte. Nach dem Spitalbesuch musste ich den Wagen holen und vorher selbst einen Happen essen.

Burgdorf befindet sich rund zwanzig Kilometer von Langnau entfernt, das gab mir Zeit, während der Fahrt Magdalenas Antworten zu ordnen. Ich rollte unter dem mächtigen dunklen Firmament dahin, unter einer Unzahl spitzer Sterne und einer bleichen, hängenden Mondsichel, und rief mir ihre Aussagen in Erinnerung.

Das Nachtessen hatte ihr offenbar geschmeckt und sie gesättigt, ihre Hände hatten auf dem Bauch gelegen, ihre Lider waren schwer geworden und hatten sich zur Hälfte abgesenkt.

Gleich würde sie vollständig wegdämmern, dachte ich und drängte darauf, vorher präzise Anhaltspunkte von ihr zu hören. Merkmale zu dem Ort, an dem sie festgehalten worden war. Alles wollte ich wissen: die Strasse, das Gebäude, Eingang, Stockwerk, Einrichtungen, Geräusche, Gerüche, Personen und so weiter. Mit einem Wort: Ich brauchte Hinweise und Angaben, die es mir ermöglichten, Hammer-Joes Spur aufzunehmen.

Ich hatte gehofft, die Speisen hätten sie gestärkt und ihre Zuversicht gefestigt und sie nicht einfach nur von Neuem ermüdet. «Burgdorf ist eine grosse Stadt», begann ich, obwohl das nicht wirklich stimmt. Sie enttäuschte mich nicht. Sie fuhr sich mit der Hand übers Gesicht, sah zu mir her und begann zu berichten, zögerlich und leise; und ich setzte mich wieder und hörte zu, versuchte mir die Lücken und Widersprüche zu merken und die Verständnisfragen bis zum Schluss aufzuheben, weil ich fürchtete, jede Unterbrechung würde ihren fragilen Redewillen stören oder ihre Erinnerung beeinträchtigen.

Sie blieb gefasst und sprach bedächtig, stockend, mitunter in verknappten Sätzen, und ihre Stimme hielt durch, bis ich zu wissen glaubte, was ich zu wissen brauchte. Je mehr sie mir anvertraute, desto stärker dachte ich an Hammer-Joe und daran, wie ihn, bei dem Wissen über die Dinge, die ihr angetan wurden, die kalte Wut erfasst haben musste.

Am Samstagmorgen, begann sie also, sei sie sehr früh mit ihrem Roller zum Boxclub gefahren. Ab dem Kreisel eingangs Langnau sei ihr ein Sportwagen aufgefallen. Wie ein Schatten sei er ihr gefolgt, bis zum Unterstand beim Bahnhof. Aufsässig und vor allem lautlos. Oder fast lautlos, korrigierte sie sich. Wörtlich sagte sie: «Als hätte er keinen richtigen Motor gehabt.» Am Steuer habe eine Frau gesessen, daneben ein Mann. Beide seien elegant gekleidet gewesen, er in einem kurzärmeligen hellen Hemd und Krawatte, sie in einem rosa Kleid und mit rosa geschminkten Lippen. Weil beide schon älter waren und so proper ausgesehen hätten, habe sie überhaupt keine Angst verspürt. Was wollen die von mir?, habe sie gedacht. Etwa ein Autogramm? Oder bloss was fragen? Sie habe den Roller unters Dach geschoben und das Sitzpolster hochgeklappt, um ihren Helm im Kasten darunter einzuschliessen. In dem Moment habe ihr jemand von hinten einen Sack über den Kopf gezogen.

Sie entblösste ihre Arme bis zu den Achseln und zeigte blaue Flecken. Ein Bluterguss hinter dem Ohr war mir schon vorher aufgefallen. Sie legte ihre Fingerspitzen darauf und sagte, sie hätten sie an den Armen ins Auto gezerrt, grob und ohne sie anzusprechen. Sie habe um sich geschlagen und sich gegen das Ziehen und Drücken gesperrt, dabei sei sie mit dem Kopf angestossen. Sie wisse nicht, ob an der Tür oder an der Dachkante des Wagens.

Während der ganzen Fahrt habe sie auf dem Rücksitz gesessen. Eingeklemmt zwischen zwei Grobianen. Eine Zeit lang habe sie das Gefühl gehabt, sie bekomme keine Luft. Gesehen habe sie nichts. Rein gar nichts.

Am Ziel hätten sie sie in ein Haus geführt, dort seien sie mit ihr in einem Lift hochgefahren. Mehrere Stockwerke. Oben hätten sie sie in ein Zimmer gestossen, und eine Frau mit einer Maske habe ihr den Sack vom Kopf genommen. Sie habe ihr Zeit für die Toilette gelassen und sie danach ans Bett gefesselt. Mit einer Handschelle.

Dort in der Toilette habe sie aus dem Dachfenster gespäht und das Schloss Burgdorf gesehen. Es sei ein kleines Fenster gewesen, in einer Lukarne, direkt über der Badewanne. Um den Rollo zu erreichen und ihn zur Seite zu schieben, habe sie auf den Rand der Badewanne steigen müssen. Eine riesengrosse Eckbadewanne übrigens.

Gegen Abend sei die Frau mit der Maske wiedergekommen, habe ihr was zu essen gebracht und ihr eine gute Nacht gewünscht. Sie habe vergeblich versucht, sich zu befreien. Weil das unmöglich war, habe sie angefangen, Lärm zu machen. Da sei die Frau an ihr Bett getreten und habe ihr gesagt, sie habe nichts zu befürchten, müsse aber still sein.

Am Sonntag sei sie dreimal gekommen, und am Abend habe sie ihr denselben Sack wie am Vortag wieder über den Kopf gezogen. Sie habe mindestens zwei Leute ins Zimmer schleichen hören, und die hätten sie an den Schultern und Händen auf dem Bett festgehalten. Jemand habe ihr in die Armbeuge gestochen. Schliesslich sei ihr schwarz geworden.

Sie sei Stunden später wieder erwacht, am Montag in der Früh, zu Beginn der Dämmerung.

Sie hätten sie auf dem Asphalt abgelegt. Mitten vor dem Tor zur Kläranlage. Es habe geregnet. Ein schwarzer Hund habe sie angestupst und geweckt. Sie habe seine langen, triefend nassen Schnauzhaare überall im Gesicht gespürt und einen Schreck gekriegt. Um aufzustehen, sei sie zu schwach gewesen. Sie sei vor Angst fast vergangen und habe fürchterlich gefroren. Ganz steif sei sie gewesen. Die Besitzerin des Hundes habe sich um sie gekümmert, sie aufgesetzt, ihr zugeredet, den Schirm über sie gehalten und den Krankenwagen gerufen.

Sie war erschöpft, trank Wasser und sagte: «So, nun wissen Sie's.»

Nun ja, auch wenn vielleicht ein paar Details fehlten, ich hatte eine Vorstellung, was ihr widerfahren war. Um Hammer-Joe zu finden, waren diese Auskünfte jedoch zu dürftig.

Niemand folgte mir, und keiner kam mir während der Fahrt entgegen, bis Burgdorf hatte ich die Strasse für mich. Das war nicht verwunderlich, denn das Emmental galt lange als entlegener Landstrich, wo sich die Menschen bei Tagesanbruch aus den Betten schwangen und spätestens nach den Spätnachrichten wieder die Lichter löschten. Wenn da und dort ein einzelnes Licht länger als bis Mitternacht brannte, lag das vielmehr an Martin Suter, Meral Kureyshi oder Elena Ferrante und weniger an WhatsApp, YouTube oder Twitter. Nachtschwärmer und Partygänger, die es sich leisten konnten, nächtelang zu feiern und tagsüber zu schlafen, zogen weg, nach Bern, Basel oder Berlin. In den Städten mochten sie ihren Drang zum Feiern, ihre Neigung zum Rumhängen oder ihren Hang zu Techno, Tango oder Salsa ausleben. Im Emmental strömten die Leute vorwiegend ins Eis-Stadion, um den Schlittschuhclub «SCL-Tigers» anzufeuern, oder tanzten zu Volksmusik, vornehmlich an Wochenenden.

Die Fahrt durch die Nacht hatte meine Gedanken abschweifen lassen. Zurück zu Magdalena. Ich hatte sie ausreden lassen, danach war sie bereit für meine Fragen und flüsterte mir die Antworten zu.

«Das Schloss steht auf einem Felsen hoch über der Stadt Burgdorf. Von welcher Seite haben Sie es gesehen?»

Ihre Augenbrauen gingen im Einklang mit den Schultern kurz hoch.

«Im Norden der Stadt Burgdorf breitet sich die Industriezone aus, bis hinunter zur Autobahn. Im Süden führt die Hauptstrasse und gleich daneben die Emme vorbei. Weiter südlich, direkt am Fluss, liegt ein Campingplatz, dahinter erstreckt sich ein Wald über die Sandsteinhügel bis weit ins Emmental. Das Haus, in dem Sie gefangen gehalten wurden, muss also entweder östlich oder westlich des Schlosses stehen. Können Sie sagen, von welcher Seite Sie das Schloss gesehen haben?»

«Jedenfalls sehr nah.»

«Und weiter?»

«So schräg von unten.»

«Sicher. Erinnern Sie sich an die Sonne? Hat die Sonne von rechts oder von links aufs Schloss geschienen?»

«Ist das denn so wichtig?»
«Unbedingt.»
«Von rechts, glaube ich.»
«Von rechts.»
Seufzer.
«Das Schloss hat zwei Türme. Einer steht in der westlichen Ecke. Hat der Turm vor oder hinter dem Hauptgebäude gestanden?»
Überraschend schnell sagte sie: «Davor! Mächtig.»
«Prima. Das hilft mir. Jetzt das Zimmer. Erinnern Sie sich an die Einrichtung, an Bilder, Möbel, Lampen?»
Sie kniff die Augen zu. «Dachzimmer. Tapete.» Sie zögerte.
«Ja?»
«Rosa Tapete mit Teddybären. Kitschig. Ein Bild mit einer Ponyherde. Ein Spiegel.»
«Ein Kinderzimmer?»
«Früher vielleicht ...»
«Heute?»
«Weiss nicht. Es ist so leer gewesen. Kein Schrank, keine Kommode, kein Büchergestell. Ein Bett, sonst nichts.»
«Verstehe. Vielleicht ein Gästezimmer.»
«Vielleicht.»
«Oder ein Krankenzimmer?»
«Nein. Eher Kinderzimmer. Spielt das eine Rolle?»
«Und das Fenster?»
«Vorhänge davor. Dicht wie in einem Theater.»
Sie schaute unentwegt zu mir, gespannt und schläfrig zugleich, und ich gab ihr durch meine Haltung zu verstehen, dass meine Erwartungen nicht erfüllt waren. Sie unterschlug mir etwas, und ich wollte, dass sie wusste, dass ich das wusste.
«Was?», fragte sie.
«Hammer-Joe – wie hat er reagiert? Was hat er gesagt? Hat er Sie nichts gefragt?»
Sie blies ihre Backen auf, tat, als dächte sie nach, und sagte: «Er ist nicht so ruhig geblieben wie Sie. Sie sind sich Geschichten wie diese gewohnt, was? Ich habe das Gefühl ...»

Sie drehte ihren Kopf weg, und ich glaubte schon, das sei das Ende unseres Gesprächs, da sah ich, wie eine Hand unters Kissen wanderte und eine Packung Papiertaschentücher hervorzauberte. Sie schnäuzte sich ungeniert, auf den Ellbogen gestützt, und sagte: «Er ist einfach gegangen. Hat kein Wort gesagt.»

«Hat er nicht die Mütze vergessen?»

«Stimmt. Er ist zurückgekommen, hat die Mütze aufgesetzt und mich lange angestarrt. Da hat er gefragt: ‹Haben sie geredet? Hat jemand was gesagt? Irgendwas?›»

«Und?»

«Im Auto – die Frau hat gefragt: ‹Blutet sie?› Der Typ neben mir hat meinen Hals abgetastet und gesagt: ‹Nein.› Darauf ist sie losgefahren. Unterwegs hat sie geflucht. Hat sich genervt über den vor uns. Sie hat gerufen: ‹Nimm dir ein Taxi, du Volltrottel!› Und dann: ‹So ein Idiot! Fahr zur Hölle!› Ich habe einen Ruck verspürt. Ich glaube, sie ist vorgefahren, hat den anderen überholt wie eine Irre.»

«Verstehe.»

«Das Komische daran: Ich habe nichts gehört. Ich meine, keinen Motor. Verstehen Sie? Wenn ich denke, wie mein Roller dröhnt, wenn ich aufdrehe.»

«Würden Sie die Stimme wiedererkennen?»

«Vermutlich. Im Zimmer hat sie zu mir geredet.»

«Stimmt, das haben Sie erzählt.»

«Sie hat geredet und die Maske immer anbehalten. Ihr Gesicht habe ich nie gesehen.»

«Ihre Haare?»

Sie schüttelte den Kopf.

«Die Statur?»

«Sie hat einen Umhang getragen.»

«Und der Mann in Hemd und Krawatte?»

«Nichts. Nie mehr gesehen.»

Das war genug für den Anfang. Es wurde ohnehin Zeit. Ich erhob mich, streckte ihr die Hand hin und sagte: «Gute Besserung. Ich weiss ungefähr, wo ich Hammer-Joe suchen muss. Sie hören von mir.»

Sie nahm mein Lächeln für das, was es war: das Zeichen eines verbindlichen Dankes.

«Berndeutsch», hauchte sie und lächelte zurück.

«Was?»

«Die Frau, sie hat Berndeutsch gesprochen», ergänzte sie, ihre Hand immer noch in meiner.

«Ach ja? Das macht es nicht leichter.»

An der Tür begegnete ich Gregi, in der Hand hielt er einen Strauss gelber Rosen.

SECHS

Das Schloss in Burgdorf war keine Burg, sondern ein Schloss, und der Ort war kein Dorf, sondern eine Kleinstadt. Demnach müsste der Ort eigentlich Schlossstadt heissen.

Wie auch immer, das Schloss wurde Nacht für Nacht von Scheinwerfern angestrahlt. Die von unten beleuchteten Mauern mit den zu klein geratenen Fenstern sahen unbezwingbar aus und verliehen dem sowohl mächtigen wie zeitlosen Bau die Bedeutung einer Festung. Die Scheinwerfer hoben das Schloss aus der Nacht in eine strahlende Aura, schwebend über dem Städtchen, von dem, aus der Ferne betrachtet, gerade mal die Umrisse der Dächer, der Dachterrassen und der Kamine erkennbar waren. Sowie ich an der Ortstafel zu Burgdorf vorbeirauschte, tauchte dieses Bild auf.

Das Gebäude, das ich suchte, war ein Freudenhaus. Ein weitherum bekanntes Bordell, angeblich das grösste und älteste in der Gegend. Es befand sich an der Hauptstrasse. Die Entfernung zum Schloss betrug geschätzte dreihundert Meter. Der Vordereingang führte vom Trottoir her unter einem Torbogen durch und weiter durch die Gartenwirtschaft ins Restaurant «Drei Perlen». Es lag im Parterre. Ich war nicht zum ersten Mal da, Ermittlungen in Scheidungsfällen brachten das mit sich. Das Restaurant bot regionales Essen zu moderaten Preisen, und die Bedienung war versiert, kundig und freundlich zugleich. Einzig die drei steinernen Stufen der Eingangstreppe waren derart abgewetzt, dass sie einem beim Verlassen des Lokals gefährlich werden konnten, zumal bei regennassem Wetter. Oder wenn man einen intus hatte.

In den vier Stockwerken über dem Restaurant, die Mansarde nicht eingerechnet, lagen die Zimmer, in denen die Mädchen arbeiteten. Den grösseren Teil ihrer Arbeitszeit verbrachten sie vermutlich im Untergeschoss, in der Kellerbar «Dulcinea». Als ich vor drei oder vier Wochen einen Whisky trank, auf der Suche nach einem Mann, klebten zehn oder zwölf Mädchen am Tresen, achteten auf ihr Äusseres und warteten auf Kundschaft.

Der Parkplatz sowie der Zugang zur Bar befanden sich hinter dem Haus. Ein Maschendrahtzaun schützte das Areal.

Ich lenkte meinen Wagen hinters Haus. Die Kellertreppe lag im rötlichen Licht winziger Lämpchen, der Parkplatz wurde von zwei Scheinwerfern höchst verschwenderisch ausgeleuchtet. Trotz später Stunde oder vielleicht genau deshalb waren die markierten Plätze bis auf ein paar wenige belegt.

Ich parkierte meinen Saab in der hintersten Ecke, neben einem himmelblauen Maserati.

Mückenschwärme berauschten sich im kalten Lichtkegel und wurden zur leichten Beute jagender Fledermäuse.

Ich warf einen Blick an der Fassade hoch. In etlichen Fenstern schimmerte einheitlich rotes Licht hinter einheitlich weissen Gardinen. Demnach herrschte auf allen Etagen reger Betrieb. Im Gegensatz dazu lagen die Küche und der Speisesaal im Parterre vollständig im Dunkeln.

Die roten Lämpchen umrankten den Handlauf der Kellertreppe bis hinab zur Pforte der käuflichen Liebe.

In der Seitenstrasse war ich an einer Doppelgarage und beim Einbiegen auf den Parkplatz an drei Abfallcontainern vorbeigefahren. Die Container quollen über, alle drei. Ihre Deckel ragten steil auf und bildeten kuriose Schatten auf der Fensterfront der Küche.

Ich wollte einen Blick in die Garage werfen. Ich wollte nachsehen, ob sich Fahrzeuge darin befanden, und begab mich zur Hausecke. Es gab da eine Tür mit einem Schild: «Zutritt für Unbefugte verboten!» Die Tür führte direkt in die Küche und war abgeschlossen. Ich suchte Deckung und drückte mich in den Schatten und wartete.

Die Container stanken nach Fisch, und aus dem Lüftungsgitter im Boden drang Musik. Dumpfer Bass. Verzerrtes Gitarrensolo. Unverständlicher Refrain.

Die Nacht war kühl. Nichts rührte sich. Ich begann zu frösteln und gönnte mir einen Blick in die Sterne. Ein paar von ihnen blinkten. Keine trüben Schleier oder Dunstwolken oder Kondensstreifen von Flugzeugen verunzierten den Himmel.

Als ich dachte, die Luft sei rein, drängte ich mich hinter den Containern durch. Ich kam keine zwei Schritte weit, da hörte ich ein Rascheln. Eine Katze schälte sich aus den Abfallsäcken, sprang aus dem Container, jagte in weiten Sätzen über den Platz, schnellte am Zaun hoch, schaffte es über die Kante, huschte auf der anderen Seite hinab und verschwand in der Schwärze der Nacht.

Um weitere Viecher zu verscheuchen, trat ich einmal gegen jeden Container. Die Schläge verklangen, es wurde wieder still.

Nach wenigen Schritten stand ich endlich vor der Garage, legte meine Handkanten ans Guckfenster, meine Stirn an die Hände und linste hinein. Es dauerte eine Weile, bis ich einen Range Rover und einen Tesla zu erkennen glaubte. An der Wand hing ein Gerät mit einem grünen Lämpchen, und ein dickes Kabel, das von diesem Gerät ausging, steckte hinten in der Heckleuchte des Teslas.

«He! Du! Was machst du da?»

Ein Mann stand vor der Treppe. Schwarze Schuhe, schwarze Hose, schwarzes T-Shirt, schwarzer Veston, schwarze Haare und – wie ich später aus der Nähe feststellen konnte – schwarze Ränder unter den Fingernägeln.

Er bewegte sich auf mich zu.

«Ist das nicht ein Tesla? Der Wagen da drin neben dem Range Rover?», fragte ich.

«Was geht dich das an?»

Ich kenne Menschen, deren Laune kippt von der fidelen Lässigkeit in den totalen Verdruss, sobald sie einen Auftrag fassen. Er sah ganz danach aus.

«Jemand hat mir erzählt, sie fahre einen neuen Wagen. Ein Elektromobil. Ich hab's nicht geglaubt, und eben gucke ich da hinein, und was seh ich? Einen Tesla.»

Ich entfernte mich von der Garage und schüttelte meine Arme beschwörend gegen das Tor.

Er blieb stehen. «Und? Bist du zufrieden?»

«Ja», sagte ich und ging auf ihn zu. Er war ein gewichtiger Kerl mit einem Nacken wie ein Elch und Hüften wie ein Rottweiler, zudem war er Linkshänder wie ich: Sein Veston wölbte sich auf der rechten Seite.

Ich blieb vor ihm stehen und sagte: «Wir sind Kollegen.»

«Was?»

Ich deutete auf seine Brusttasche: «Da, deine Kanone!»

Er reagierte instinktiv, seine Linke glitt blitzschnell unter den Veston.

Ich hob zur Sicherheit die Hände.

Er starrte auf meinen Oberkörper, ich hatte meine Beretta nicht dabei. Er zog seine Hand zurück, tastete meinen Kreuzbereich ab, strich an meinen Beinen entlang, richtete sich auf und knurrte: «Willst du mich verarschen?»

«Nein, sicher nicht. Ich meine bloss, du und ich, wir sind beide Linkshänder.»

«Ja und?»

«Hast du nicht gelesen? Linkshänder haben mehr Spass beim Sex.»

Es verging eine halbe Ewigkeit, bis er sich entspannte, und dann verging die zweite Hälfte, bis er grinste.

«Kann ich reinkommen?»

Er muckte auf: «Wir schliessen gleich.»

«Ich weiss», sagte ich und ging voran.

Die Eingangstür war breit und schwer. Kein Fenster, nicht einmal ein Guckloch. In der glatten schwarzen Farbe konnte man sich spiegeln, und ein riesiger kardinalroter Kussabdruck prangte schräg darüber.

Kaum waren wir eingetreten, fielen mir die Punktlichter und Leuchtstoffröhren auf. Alle paar Meter gab es welche, in der Decke, in Hüfthöhe an den Säulen, verdeckt hinter den Fussleisten, eingelassen in die Tanzfläche, sogar in der Bar hinter den aufgereihten Flaschen. Auch wenn die Lichter gedimmt brannten, zusammen mit der Musik verliehen sie einem das Gefühl, in einem zeitlosen Raum zu schweben. Jeder Wink, jedes Lächeln, jedes Nicken oder Augenverdrehen bekam eine mystische Note.

Im Zentrum stand ein mächtiger, hufeisenförmiger Tresen aus imitiertem Tropenholz, hochglanzlackiert. Er wirkte unverrückbar und war bestückt mit weinroten Barhockern. Den Wänden entlang reihten sich die Nischen, ausgestattet mit Polstersesseln und Salontischen.

Schummrige Winkel liessen sich keine finden, auch keine abgeschirmten Ecken, in denen unsittliche Annäherungen möglich gewesen wären oder Mauscheleien oder gar ordnungswidrige Händel. Hier unten wurden die Kontakte geknüpft, allenfalls die Preise genannt, ansonsten wurde geplaudert, getrunken, geblufft und gelacht. Zur Sache ging's in den Zimmern auf den vier Stockwerken.

Sechs Mädchen sassen an der Stirnseite der Bar. Sie musterten mich unverhohlen und stellten ihre langen Beine, nackt oder in Netzstrümpfen, einschlägig zur Schau. Es war die perfekte Haltung in einer perfekten Umgebung bei perfekter Musik, um männliche Begierde zu entfachen.

Der Linkshänder, der mir gefolgt war, hatte seine Pflicht getan, er verschwand durch eine Seitentür.

Ich entdeckte Hammer-Joe. Er stand allein an der Bar, mit dem Rücken an der Tresenkante. Er hatte mich gesehen. Ich nickte den Mädchen im Vorbeigehen zu und kletterte neben ihm auf einen Hocker.

«Hey Joe.»

«Alex.» Er zeigte sich nicht überrascht.

Eine Dame kam hinter der Bar heran und sagte: «Wir schliessen.» Es klang freundschaftlich und bestimmt zugleich.

Hammer-Joe drehte sich zu ihr um und sagte: «Jeanine, das ist Alexander. Alex, das ist Jeanine.»

Ich erwiderte ihr Lächeln.

Er schob sein leeres Schnapsglas in ihre Reichweite. «Bitte sei so nett und bring uns noch zwei.»

Sie drehte ab, kehrte im Handumdrehen zurück, stellte zwei randvolle Gläser hin und sagte: «Weil du es bist.»

Auf meine Frage, was das sei, verriet sie mir: «Polnischer Wodka.»

«Ich hätte lieber einen Whisky», protestierte ich. Zu spät. Sie war schon abgeschwirrt, um die Gläser der Mädchen abzuräumen, die im Begriff waren, aufzubrechen.

Er fasste das Glas mit Daumen und Zeigefinger und sagte: «Na zdrowie!»

«Zum Wohl», sagte ich.

Ich roch am Glas und bildete mir ein, der Schnaps rieche nach gedämpften Kartoffeln und Rosmarin. Der erste Schluck schmeckte nach Schneewasser, glühte im Gaumen und mundete besser, als ich erhofft hatte.

Hammer-Joe schüttete den Inhalt aufs Mal weg, stellte das Glas ab und knurrte: «Du kommst spät.»

«Sag bloss, du hast mich erwartet.»

«Ich hab schon gedacht, du verpasst sie.»

«Wen?»

«Piroska.»

Ich schaute mich um. «Jeanine, Piroska, kennst du sie alle mit Namen? Wie heisst die Dunkelhaarige dort, die Zweite von rechts?»

«Ich rede vom Boss hier.»

Ich schaute in sein Gesicht und wurde trotzdem nicht schlau.

«Ich rede von Piroska, meiner jüngsten Schwester», fügte er an.

Er hatte einen in der Krone, so viel war klar. Ich sagte: «Wenn du willst, kannst du mit mir zurückfahren. Deinen Wagen holen wir morgen.»

«Sie ist der Boss hier.» Er betonte es mehrdeutig, und nach einer Pause behauptete er: «Sie leitet den ganzen verdammten Betrieb.»

«Mitsamt den Mädchen?»

«Die Mädchen? Nein. Die arbeiten auf eigene Rechnung.»

«Und der Kerl, der mich reingelassen hat?»

«Mmmh», er nickte, «der arbeitet für sie. Und ein paar so Typen dazu.»

«Verstehe, deine Schwester heisst Piroska und ist der Boss hier.» Ich trank den Wodka aus. Lag es am Schnaps oder an

Hammer-Joes Behauptung, dass ich plötzlich das Gefühl hatte, das Licht würde heller? Ich beschloss, wachsam zu bleiben.

«Draussen in der Garage steht ein Tesla. Gehört der auch deiner Schwester?»

«Mmmh. Sie hat ihn seit etwa einem Monat.»

«Das heisst, sie ...» Unsere Blicke trafen sich das erste Mal, seit ich da war, und sein ausdrückliches Kopfnicken zeigte mir, dass ich auf den Rest des Satzes besser verzichtete.

Er walkte seine Finger, dass sämtliche Knöchel knackten. Haderte er mit seinen Gefühlen gegenüber seiner Schwester? Hatte er geahnt, dass seine Schwester an der Entführung beteiligt gewesen war? Trank er deswegen?

Warum hatte sie das getan? Steckte eine alte – oder neue – Zwietracht dahinter? Bedrückte ihn das, litt er unter der Gewissheit? Dachte er an Rache?

Obschon ich befürchten musste, dass er auf keine meiner Fragen eingehen würde, bedrängte ich ihn. «Warum hat sie das getan? Bist du ihr was schuldig? Hast du sie gekränkt, ihr was angetan, weggenommen? Will sie dir damit etwas heimzahlen?»

Die Fragen prallten an ihm ab. Er sagte gelassen: «Frag sie selbst, da kommt sie.»

Eine Frau trat durch die Seitentür. Jemand drehte die Musik leiser und das Licht heller.

Auf die Distanz besehen drängten sich, verglichen mit Hammer-Joes Gesicht und Körperbau, kaum Ähnlichkeiten auf. Sie war von mittlerer Grösse, vollschlank und enthüllte beim kleinsten Anlass ihre auffallend schönen Zähne. Wenn sie stehen blieb und jemanden ansprach, spielte sie mit ihrer Perlenkette, rückte da und dort einen Stuhl zurecht, ausnahmsweise einen Tisch, und landete nach der Runde durchs Lokal bei uns am Tresen.

«Hallo, Josef! – Ist das eine Überraschung.»

«Piroska!»

Es folgte eine Umarmung.

Sie war die bestangezogene Frau, der ich im Emmental je begegnet war. Nur schon der Schmuck, den sie trug, die Perlenkette, die Perlen an den Ohren, die Uhr mit den unzähligen Steinchen, die beiden Ringe, die ebenso schön glitzerten, dürfte so viel gekostet haben wie die gesamte Inneneinrichtung der Bar.

«Piroska, das ist Alexander. Ein Freund. Alex, das ist Piroska. Meine Schwester.»

Wir reichten uns die Hand. Sie ringelte danach eine Haarsträhne um ihren Finger und gab mir Zeit, in ihrem Gesicht die Gemeinsamkeiten und Merkmale der Verwandtschaft herauszulesen: die Augen, schwarz wie Teer, bei ihr hinter einer Brille, und die hohe, steile Stirn, der man landläufig ein hohes Denkvermögen beimass. Unterschiedlich waren ihre Nasen: Die ihre war schlank und brav; seine vernarbt, gross und dick.

Natürlich gehörten sie zur selben Generation, auch wenn ihre Gesichtshaut und ihr dunkelbraunes, glanzvolles Haar ihr ein anderes, weit jüngeres Alter bescheinigten.

Selbst wenn er es mir verschwiegen hätte, früher oder später hätte ich darauf kommen müssen, dass sie Geschwister waren.

Seine gespielte Ruhe, die einer abgebrühten Überlegenheit nahekam, vermochte seine innere Erregung nicht zu kaschieren. Ich sah, wie seine Kiefer mahlten, wie er seine Fäuste ballte, entspannte und wieder ballte. Es bestand kein Zweifel, er war scharf darauf, zu erfahren, aus welchem Grund seine Schwester Magdalena entführt hatte.

«Kann ich bei dir übernachten?», fragte er. «Hast du morgen Zeit? Wir müssen reden.»

«Für dich immer.»

«Hast du auch ein Zimmer für ihn?»

«Du meinst ein Bett?» Sie tat einen verdeckten Wink.

Erriet sie wirklich nicht, worum es ging?

Die Dunkelhaarige, die auf dem Hocker ausgeharrt und offenbar auf den Wink gewartet hatte, spazierte heran und überstrahlte uns drei mühelos mit ihren entblössten weissen Zähnen.

Piroska wedelte mit der Hand hin und her. «Céline, das ist Alexander. Alexander, das ist Céline.»

«Enchanté», hauchte Céline und vertraute ihrem Parfum.

«Kann er mit dir hochkommen? Ich glaube, er mag dich.»

Anfangs fand ich ihr Parfum gefällig und ausgewogen, dann aufdringlich süss, und schliesslich – sie schmiegte sich eng an mich und legte ihre Hand auf meine Schulter – fand ich es grell und zu einnehmend.

Sie zog mich fort, und ich folgte ihr widerstandslos.

«Frühstück bei mir. Sagen wir, ab zehn Uhr?», rief uns Piroska hinterher.

Céline leitete mich durch die Seitentür und weiter zum Lift, sie nahm mich bei der Hand wie ihren kleinen Bruder, dabei war ich der Ältere.

Das war schon immer ein Freudenhaus gewesen, und vermutlich hatte das Gebäude seit Anbeginn einen Lift, damals wohl Fahrstuhl genannt. Als das Haus gebaut wurde, schützten bestimmt Gitter den Aufgang, wie im alten Paris. Vor Jahren hatten sie den Schacht rundum zugemauert, bis auf die Türöffnungen, und einen neuen, beklemmend engen Lift eingebaut.

«Maximal fünf Personen», stand auf der Schalttafel, und ich fragte mich, wie da drin fünf Personen ausharren konnten, sollte er einmal stecken bleiben. Waren die Türen zu, fühlte man sich vollständig eingeschlossen.

Wir fuhren in den zweiten Stock, und sie stakste auf ihren Stöckelschuhen den Gang entlang. Meine Finger behielt sie in ihrer Hand. Sie öffnete die letzte Tür, knipste das Licht an, zerrte mich sanft in das Zimmer, drückte die Tür mit dem Rücken zu und drehte den Schlüssel. Den Blick behielt sie fest auf mich gerichtet. Das Licht der Deckenlampe spiegelte sich auf ihrem braunen Haar.

Ein kurzer Flur, ein Bad, eine Küchennische mit minimaler Einrichtung, ein Spiegelschrank, ein kleiner Tisch, ein Fernseher, davor ein Sessel, ein paar Habseligkeiten auf den Ablagen und ein Kingsize-Bett.

Ich brauchte keine Erklärung, im Nullkommanichts lag ich unter der Daunendecke.

Sie brauchte länger im Bad; und wie sie sich endlich neben mir ausstreckte und mir ihr ungeschminktes Gesicht zuwandte, fragte ich: «Ist Céline dein richtiger Name?»

Darauf sie: «Schatz, was ist? Willst du reden oder ficken?»

Sie hatte recht, ich war ehrlich gesagt auch zu müde zum Reden.

SIEBEN

Der Morgen begann denkbar gut. Céline stand auf, öffnete das Fenster, ging zur Kochnische hinüber und mahlte Kaffee.

Eine Bö platzte ins Zimmer. Sie stiebte am Bett vorbei, wirbelte Staub auf, füllte sich die Taschen mit Kaffeeduft, drehte ab und gab mir im Vorüberwehen eine Nase voll davon ab.

Ich stellte mich ans Fenster und hielt Ausschau nach dem Schloss. Es war nicht zu sehen. Das Fenster, aus dem ich blickte, zeigte gegen Südwesten, das Schloss befand sich zu weit östlich.

In der Zeit, in der das Wasser durch das Pulver in die Kanne hochkochte, holte Céline beim Sessel zwei seidene Kissen und warf sie mir zu. Später brachte sie den Kaffee ans Bett. Wir krochen wieder hinein und schlürften, die Decke bis zum Bauchnabel und die Kissen im Rücken, den Kaffee und genossen die Zweisamkeit in stiller Ruh. Die Sonne malte goldene Streifen an die Wand, und der Wind, der die Gardinen streichelte, sie mitunter blähte, machte aus den Streifen rollende Wellen oder verpasste ihnen auf- und abschwellende Bäuche. Wenn der Verkehr auf der Hauptstrasse zum Erliegen kam, hörten wir durchs offene Fenster die Emme rauschen.

Ganz in der Nähe, begann Céline, befinde sich ein mannshoher Wasserfall. Von dort stamme dieses ununterbrochene Geräusch, das an Dauerregen und entferntes Donnern erinnerte. Das Wasser, beschrieb sie mit Hilfe ihrer Hände, wälze sich über die Kante, stürze in die Tiefe und erzeuge beim Eintauchen wild schäumende Strudel. Je nach Wasserstand bilde sich mehr oder weniger Gischt, und bei sehr schönem Wetter stiegen die Tröpfchen hoch und gingen in eine Wolke über, die oft stundenlang über dem Schaum schwebe.

«Wenn man Glück hat», sagte sie, «kann man in der Wolke einen Farbenbogen sehen.» «Gluck» sagte sie in ihrem Akzent und «Farbbenboggen».

«Regenbogen.»

«Ja, ja, Reggenboggen.» Er leuchte am Vormittag oder spät am Nachmittag besonders schön. Am schönsten, schwärmte sie, leuchteten die Farben im Hochsommer, ganz in der Früh, im Licht der ersten Sonnenstrahlen.

Ich wunderte mich. «So früh stehst du auf?»

«Ja, ja, manchmal.» Sie zeigte mir vom Fenster aus zwei Fahnenmasten, unmittelbar neben einer Linde, mit je einer Schweizer und einer Berner Flagge und erklärte, dort befinde sich ein Campingplatz. Zwei Frauen, Regula und Ruth, führten den Platz mit Duschen, Toiletten, Kinderspielplatz und einer Imbissbude mit Gartentischen. Im Hochsommer arbeite Regula oftmals bis Mitternacht, Ruth sei indes am Morgen die Erste. Fast jeden Montag- und Dienstagmorgen, sagte Céline, gehe sie rüber und helfe Ruth, den Abfall, den die Leute zurückliessen, wegzuräumen.

«Wenn wir fertig sind, sitzen wir auf die Bank vor der Bude. Wir hören Vögel singen, trinken Kaffee und rauchen Zigaretten.» Sie gähnte. «Regula schläft lange. Wenn sie hört, dass ich da bin, steht sie auf und sitzt neben mich. Sie kommt immer im alten Morgenrock aus roter Seide. Model Japan. Sie hat früher das auch gemacht wie ich. Sie sagt immer, sie kenne nur zwei Sorten von Männern: Lakaien und Regenten.»

«Und du? Was denkst du?»

Sie schmunzelte. «Kavaliere sind ausgestorben», sie tippte mit dem Finger auf meine Nasenspitze, «ich kenne immerhin einen Gentleman.»

Nach einer Weile sagte Céline: «Regula will aufhören. Sie sagt, in einem Jahr ist Schluss. Spätestens in zwei. Ruth ist jünger, sie will weitermachen. Ruth sagt, ich kann Regula ersetzen, wenn ich will.»

«Und? Willst du?»

Sie prüfte ihre Fingernägel und wartete lange mit der Antwort. «Ich träume davon», flüsterte Céline. Wie um sich von ihrer Traumwelt zu lösen, fügte sie an: «Ich habe gesehen, wie ein Junge ertrinkt.»

«In der Emme?»

«Ja, beim Wasserfall. Vor einem Monat. Sonntagnachmittag. Er ist von der Kante gehüpft. Er ist in den Strudel gesprungen, um die anderen nass zu spritzen, verstehst du? Ich habe zugesehen. Er ist eingetaucht und nicht mehr aufgetaucht. Die Wirbel haben ihn unten gehalten, sehr lange, und auf einmal ist er aufgetaucht und hat mit den Armen so gemacht.» Sie ruderte einmal in der Luft herum. «Nur einmal. Sein Gesicht … Es hat schlimm ausgesehen. Er hat es aufgeschlagen. Vielleicht auf dem Grund oder an einem Stein. Ich weiss nicht. Vielleicht mehrmals. Er hat furchtbar geblutet. Regula ist sofort hingerannt und hat gerufen: ‹Céline! Céline, komm, hilf mir, schnell!› Alle seine Freunde sind dagestanden und haben entsetzt geschaut. Niemand hat sich gerührt. Regula hat ihn an den Haaren gepackt, und ich habe seine Hand genommen. Wir haben ihn ins Gras gelegt. Ich glaube, er ist schon tot gewesen. Dummer kleiner Junge.» Sie schloss die Augen und atmete schwer.

Ich stand auf und kleidete mich an. «Kommst du nicht zu Piroska? Zum Frühstück?» Ich war bereit zum Gehen.

«Nein», sagte sie und zog sich die Decke bis unters Kinn, «nur du.»

Ich fragte: «Bist du schon lange in der Schweiz?»

«Fünf Jahre», sagte sie.

«Wie alt bist du?» Ich schätzte sie auf zwanzig, höchstens zweiundzwanzig Jahre.

Sie schmollte: «Bin ich zu alt für dich?»

«Natürlich nicht, entschuldige die Frage.»

«Das war taktlos.»

«Ja, das kommt vor. Na dann …», sagte ich, küsste sie, bezahlte, was ich ihr schuldig war, und ging zur Tür.

«Adieu», hauchte sie. Und ein wenig lauter: «Vergiss mich nicht, ja?»

Ich sollte Piroska und Hammer-Joe beim Frühstück treffen. Céline hatte mir durchs Fenster Piroskas Haus gezeigt, es lag gleich nebenan. Es war ein Herrschaftshaus im Stil eines Pfarrhauses. Zwei Stockwerke, sichtlich hohe Räume, grosse Fenster, steiles

Dach mit einem schlanken Kamin und ungewöhnlich knappe Vordächer, die dem Haus trotz der Grösse ein dezentes Aussehen verliehen. Das Fundament, die Hausecken, die Eingangstreppe und die Fensterbänke bestanden aus Sandstein. Er hatte einen grünlichen Farbton. Die Quader, Schwellen, Bänke und Stürze dürften demnach aus einem Steinbruch aus der Gegend stammen.

Auf der von uns aus gesehen abgewandten Seite des Hauses lag der Garten und – vermutlich, da nicht einsehbar – der Sitzplatz. Möglich, dass sie zu der Zeit schon dort sassen, Brötchen verzehrten und auf mich warteten.

Neben Célines Zimmer, gegenüber dem Lift, befand sich die Treppe. Es war ein zweiläufiger Aufgang mit einem Zwischenpodest. Ich blieb stehen und schaute auf die Uhr: Es war punkt zehn Uhr. Magdalena hatte das Zimmer, in dem sie festgehalten und malträtiert worden war, bis in die Details geschildert. Es dürfte sich oben in der Mansarde befinden.

Auf meine Frage, ob im obersten Stock jemand hause, hatte Céline geantwortet: «Ja, ja – ein Geist.»

«Niemand sonst?»

«Warum willst du das wissen?»

«Nur so, ich würde gern hier wohnen.»

«Du Lügner.»

Wir hatten gelacht, und damit war die Frage bedeutungslos geworden.

Warum sollte ich die Gelegenheit nicht nutzen und hinaufgehen und nachsehen? Ich fürchtete keine Geister; die Unterredung konnte warten, das Frühstück selbstredend. Auf die paar Minuten kam es also nicht an.

Ich stieg die Treppe hoch, sie endete im vierten Stock, wieder gegenüber dem Lift. Dort gewahrte ich unmittelbar rechts neben dem Lift eine unauffällige hölzerne Tür. Sie klemmte und liess sich nicht geräuschlos öffnen. Hinter der Tür befand sich ein Treppenhaus, ein schmaler Holzschlauch. Das war die Treppe hinauf in die Mansarde. Es waren Tritte aus dünnen gehobelten Brettern, die trotz grösster Behutsamkeit an der einen oder anderen Stelle knarrten. Ähnlich wie die Tür vorhin. Hoch in der Dachschräge hatte ein Schreiner vermutlich vor Jahrzehnten ein Dachfenster eingezwängt. Der Rahmen war verzogen und von grauschwarzem Schimmel befallen, das Glas trüb und aussen von Algen überwachsen. Durch die Scheibe schien der Himmel schmutzig grün, und das Licht, das herabrieselte, reichte gerade eben, um festzustellen, dass sich nichts und niemand hier aufhielt. Die Luft war kühl.

Ich stieg weiter hinauf und legte, auf dem Treppenabsatz vor der oberen Tür angekommen, eine Pause ein. Am Liftschacht hatte es hier eine Metallklappe, die mit dem Firmennamen des Liftbauers angeschrieben war. Das war mit Sicherheit das Schlupfloch, durch das der Monteur in den Liftschacht gelangen konnte, um Reparaturen an den Schienen, am Motor oder an den Stahlseilen auszuführen.

Durch die Holztür vor mir gelangte ich direkt in den Flur der Mansarde.

Ich drückte die Klinke und öffnete so leise wie möglich, trat in den Flur, schloss hinter mir zu, verharrte eine Minute und lauschte. Ich sah eine Reihe weiterer Türen. Hier irgendwo musste sich das Zimmer befinden, in dem Magdalena festgehalten worden war. Bis auf das gedämpfte Getöse des Strassenverkehrs fünf Stockwerke tiefer konnte ich kein Geräusch hören. Um sicherzugehen, hängte ich eine Minute an. Nichts.

Unmittelbar neben mir befand sich wiederum eine Lifttür. Man konnte also auch mit dem Aufzug in die Mansarde gelangen. Der Lift war geschlossen. Die Kabine steckte zwei oder drei Stockwerke weiter unten, so genau konnte ich es nicht erkennen.

Später erinnerte ich mich, Zigarettenrauch wahrgenommen zu haben. Ich war so erpicht darauf, das Zimmer zu finden, dass ich dem dünnen, kalten Hauch nicht die geringste Beachtung schenkte.

Ich huschte durch den Flur und meinte zu wissen, ich befände mich mutterseelenallein in der Mansarde. Ich müsste entschieden leise auftreten, könnte mich indes frank und frei umsehen. Mein Verstand war geblendet von der Vorstellung, dass in einem Haus wie diesem die Menschen die Vormittage verschlafen. Céline zählte nicht, sie war eine Ausnahme.

Mein Instinkt, auf den ich mich für gewöhnlich verlassen konnte, meldete sich nicht. Wie sonst liesse sich erklären, dass ich sämtliche Grundregeln zur eigenen Sicherheit überging? Hinterher ist man immer klüger.

Ich verzichtete aufs Anklopfen, stiess die Tür am Ende des Flurs voller Ungeduld auf, trat in den Raum und sah mich um. Ein Bett, sonst nichts. Eine rosa Tapete mit Teddybären, ein Bild mit einer Ponyherde, ein Spiegel. Ich war im gesuchten Zimmer gelandet. Alles entsprach Magdalenas Angaben. Es war kitschig, bis auf die grünen Vorhänge vor dem Fenster. Ich hätte die bodenlangen, blickdichten Windfänger liebend gern zur Seite gezogen und das Fenster aufgerissen, um Licht und frische Luft in das düstere Zimmer einzulassen.

Eine schmale Tür trennte seitlich das Bad ab. Auch hier drinnen passte alles auf die Beschreibung. Ich schwang mich auf den Rand der Eckbadewanne, reckte den Hals, hob den Rollo zwei Fingerbreit an und spähte aus der Lukarne: Da war es – das Schloss, zum Greifen nah. Der mächtige Felsen, die zwei Ecktürme, die hohen Mauern mit den zu klein geratenen Fenstern.

Wie gern hätte ich frohlockt. Wie gern hätte ich eine oder zwei Minuten verweilt und dieses Gefühl, auf der richtigen Spur zu sein, ausgekostet. Mit dieser Triebfeder im Kopf hätte ich mich mit Leichtigkeit in die Unterredung mit Piroska und Hammer-Joe gestürzt. Nichts und niemand hätte mich mit Ausflüchten länger hingehalten, nichts und niemand hätte sich gewagt, mir Märchen oder gar Lügen aufzutischen. Ich glaubte, mit diesem Wissen könnte ich den Machenschaften schnell und gezielt auf den Grund gehen.

Es war mir nicht vergönnt. Mein Frohlocken wurde jäh unterbrochen. Jemand, reich an Kraft und arm an Skrupel, schwang einen schweren Gegenstand und zog mir damit eins über den Hinterkopf. Eins der übelsten Sorte.

Ich hatte die Person weder hereinschleichen hören noch ihren Schatten gesehen. Nur ihren Atem gerochen, im Bruchteil einer

Sekunde vor dem Schlag hatte ich ihren Raucheratem gerochen. Ich versuchte, meinen Körper abzudrehen, den Arm hochzureissen, eine abwehrende Haltung einzunehmen. Es war zu spät. Ich war erledigt, ehe ich wusste, was mir blühte. Die Eisenstange, oder was es war, traf meinen Schädel, und in meinem Hirn explodierte ein Feuerball. Ein Schmerz schoss wie eine Stichflamme durch meine Glieder und knipste das innere Licht aus.

Ich stürzte in einen Abgrund aus Finsternis und Leere und fiel und fiel und spürte nichts mehr, auch nicht, wie mein Körper in der Wanne aufschlug.

ACHT

Eine Schnauze schnüffelte an meinem Ohr. Ich tastete im Halbschlaf danach: Es war eine Hundeschnauze, riesig, übel riechend und mit langen, klebrig nassen Haaren.

Das aufdringliche Schnuppern begann mich zu ärgern – bis ins Mark. Gleichzeitig spürte ich jeden Pulsschlag, er jagte mir die grässlichsten Schmerzen von der Schädeldecke übers Rückgrat bis in meine Arme. Um dieser Marter die Spitze zu brechen und auch um das lästige Vieh loszuwerden, drehte ich mich auf den Bauch und versuchte aufzustehen. Trotz grösster Anstrengung schaffte ich es nur bis auf die Knie, das allein kostete mich eine ungeahnte Energie.

Eine Frau rief: «Bello! – Bello!»

Ich zwang mich, die Augen zu öffnen: Bello war ein Riesenschnauzer, schwarz wie Winnetous Rappe und gross wie ein Kalb. Er ignorierte ihr Rufen. Er wedelte mit dem Schwanz, stupste mich an, schmierte mir die Nässe weiter an den Hals und ins Gesicht. Ich versuchte, ihn anzubrüllen und wegzuschieben. Beides misslang, denn mir fehlte die Luft und damit die Kraft. Er blieb vor mir stehen und hechelte, so nah, dass ich seinen Atem im Gesicht spürte. Mir wurde schlecht. Oder anders gesagt: Der Hund ging mir gründlich auf den Geist.

Die Frau kam angelaufen. Sie legte ihren Bello an die Leine und zerrte ihn weg. «Bello! Komm weg da. Es reicht. Bello!» Er unterzog sich, und sie versicherte mir schwer atmend, ich bräuchte keine Angst zu haben, und begründete dies mit dem Satz, den Hundehalter immer und in jeder Lage vorbringen: «Er tut Ihnen nichts.»

«Ich aber.»

«Wie bitte?»

«Ich dreh ihm ... gleich den Hals um.»

«Entschuldigen Sie, ich hätte ihn nicht von der Leine gelassen, wenn ich gewusst hätte ...»

Ich wollte aufstehen und nahm einen neuen Anlauf. Meine Kräfte, wo blieben meine Kräfte? Ich streckte den Arm in ihre Richtung und hoffte, sie verstünde sich auf Körpersprache. Sie griff nach meinem Ellbogen, und ich versuchte es mit ihrer Hilfe. Es war zwecklos.

Was war los mit mir?

Ich hockte mich hin, mit dem Rücken an ein Gittertor, und schaute mich um. Die klare Helligkeit des Morgens zwackte mich ins Hirn. Ich legte die Hand über die Augen und erkannte die Stätte: Ich befand mich am Dorfrand von Langnau, hinter mir die Kläranlage, vor mir die Zufahrt zur Anlage, rechts der Wendeplatz, links das separate Kadaverhäuschen, geradeaus die Brücke über die Ilfis. Nebelstreifen über dem Flussbett lösten sich auf, der Himmel war wolkenfrei, die Bäume warfen lange Schatten, im Maschendraht um die Anlage schillerten fette Tautropfen, und die Luft war erstaunlich warm für diese frühe Stunde.

«Schon gut», sagte ich zu der Frau, «Sie brauchen sich nicht zu entschuldigen.»

Die Schmerzen, die Übelkeit und die Anstrengungen lösten einen galligen Brechreiz aus. Ich schaffte es, mich abzuwenden, bevor der erste Schwall hochkam.

Die Frau rief: «Um Himmels willen! Ich rufe die Ambulanz.»

«Es geht schon», log ich.

Sie band Bello an einen Pfosten, telefonierte und behielt mich im Auge.

«Hallo? Sie müssen herkommen! So rasch wie möglich, hier liegt ein Mann am Boden. – Nein, er ist verletzt und kann nicht aufstehen. – Er blutet am Kopf ... am Hinterkopf und an den Lippen. – Vor der Kläranlage, vor dem Tor zur Kläranlage. – Ja, hier in Langnau. – Ja, vor dem Gittertor. – Ja, genau da, wo die junge Frau ... Ja, vor drei Tagen ... an derselben Stelle. – Ja, er gibt Antwort. – Nein, er kann nicht aufstehen, hab ich doch gesagt. – Wie er heisst? Warten Sie. Wie heissen Sie?»

«Bergmann. Alexander Bergmann.»

«Sind Sie noch da? Bergmann heisst er, Alexander Bergmann. – Gut. Ja, ich bleibe bei ihm. – Gut, ja, auf Wiederhören.»

Nach dem Telefongespräch wurde es still. Nicht der geringste Laut war zu hören. Kein Rauschen in den Zweigen, kein Maschinenlärm aus der Anlage, keine Tritte von Läuferinnen oder Läufern, keine Kuhglocken, kein Vogelgezwitscher, kein Gekrächze der Raben, von denen es hier wimmelte.

Das Dröhnen, das ich hörte, war in meinem Kopf. Mir wurde heiss und kalt, und mein Herz klopfte wild. Es klopfte wilder als damals im Ferienlager, als ich mich im Alter von vierzehn Jahren das erste Mal verliebt hatte. Um es abklingen zu lassen, streckte ich mich wieder flach aus und schaute in den Himmel. Er zeigte sich wolkenfrei. Im Osten war die Sonne zur Hälfte da, ihr Licht verdrängte im Westen die letzte verbliebene Nachtbläue. Über dem Südhimmel, weit, weit oben, ging der letzte Stern aus. Diese frühe Stunde versprach mit ihrer ganzen Herrlichkeit einen ausgesucht schönen Spätsommertag.

Magdalena fiel mir ein: Sie hatte vor drei Tagen an diesem Ort gelegen, an derselben Stelle, im strömenden Regen.

Und ich? Ich hatte alle Sinne beisammen. Was mich aufregte, war diese Schwäche, diese fehlende Kraft. Sie würde mir verwehren, die Spur der Entführer sofort weiterzuverfolgen, und mich zwingen, einige Tage tatenlos zu vergeuden.

Ich wurde in die Notaufnahme gebracht. Eine junge Ärztin mit schmalen Schultern untersuchte mich, verpasste mir zwei Spritzen, rasierte meinen Hinterkopf, nähte die Wunde und schützte die Naht mit einem Pflaster, reinigte und desinfizierte die Blessuren an Lippe und Augenbrauen, steckte eine Infusion, zog ihre Handschuhe aus, nahm eine Schreibplatte und einen Kugelschreiber zur Hand und fragte: «So, Herr Bergmann: Wie ist das gekommen? Können Sie erklären, was genau geschehen ist?»

Ich musste meinen Mund spülen und zwei Gläser Wasser trinken, ehe ich reden konnte. «Ich bin ausgerutscht. In einer Eckbadewanne.»

«Aha», sagte sie, und eine Tonlage höher: «In einer Badewanne ausgerutscht. Dabei den Hinterkopf aufgeschlagen.»

«Ja.»

«Vermutlich am Wasserhahn.»

«Kann sein.»

«Ist die Wanne voll Wasser gewesen?»

«Nein, ich bin mit den Kleidern in die Wanne gestiegen.»

«Ach so. In der Wanne sind Sie ausgerutscht, hingefallen, aufgestanden und gleich nochmals hingefallen. Zuerst auf den Hinterkopf und dann aufs Gesicht. Oder war's umgekehrt?»

«Das weiss ich nicht mehr so genau.»

«Auf jeden Fall in einer Badewanne.»

«In einer Eckbadewanne. Riiiesengross. Verstehen Sie?»

«Ja. Absolut.» Sie umklammerte ihre Schreibplatte mit beiden Händen und tauschte mit dem Pfleger, der ihr assistiert hatte, verkapselte Blicke aus.

Der bugsierte mich von der Liege auf ein Spitalbett. Es hatte Räder, und der Fuss- sowie der Kopfteil liessen sich elektronisch heben und senken. Ich brauchte nur die richtigen Knöpfe zu drücken. Er hängte den Infusionsbeutel an den Haken, verabschiedete sich von ihr und schob das Bett mit mir und der Infusion in einen Lift und rollte mich einen Stock tiefer und dort um drei Ecken in den Südflügel und schliesslich in ein Zwei-Bett-Zimmer.

Da lag ich nun nah am Fenster und versuchte, die Kontrolle weder an die Wut noch an die Scham zu verlieren. Ich wollte die Ereignisse gedanklich ordnen, um endlich vorwärtszuschauen und einen Weg aus dieser misslichen Lage zu finden. Wieder kam ich nicht weit. Die Medikamente verstärkten die Wirkung der Schwäche. Ich fiel in einen tiefen Schlaf und träumte, ich sei ein Ritter auf dem Weg ins Schloss Burgdorf. Ich ritte, träumte ich, in Rittermontur der Emme entlang, geriete auf der Höhe des Wasserfalls in einen Hinterhalt, würde von einer Keule am Helm getroffen, stürzte vom Pferd und läge am Flussufer, belauert von einem Riesen, der stank wie ein nasser Hund. Ich läge auf dem Rücken, träumte ich, ich läge da und könnte mich dank der eisernen Rüstung nicht erheben, sollte jedoch dringend pinkeln.

Eine Pflegerin berührte mich an der Schulter. Ihre Hände und die Milde, mit der sie mich weckte, erinnerten mich an meine Mutter. Sie winkte mit einer Urinflasche, schob sie mir unter die Decke und sagte: «Wir läuten, wenn wir fertig sind, ja?»

«Warum kann ich nicht aufstehen?»

«Keine Sorge, das wird wieder.»

Sie wechselte ein paar Worte mit dem anderen Patienten im Zimmer, wollte uns verlassen und hielt die Tür offen, bis eine Frau eingetreten war: Piroska.

Piroska trug weisse Stiefeletten, schwarze Leggins, darüber ein blaues Kleid mit weissen Fransen und einem gewagt tiefen Ausschnitt. Weisse Fransen zierten ihre Handtasche, die sie in ihrer Armbeuge schwenkte, und weisser Lack klebte auf ihren Fingernägeln.

«Alex», säuselte sie, «wie geht es dir?» Sie reichte mir die Hand wie eine Dame, die einen Handkuss erwartet.

Ich umfasste ihre Fingerspitzen. «Piroska.»

Mich wunderte, dass sie keinen Hut trug. Ein Westernhut, weiss oder zumindest sandfarben, hätte ihrer Manier zusätzlichen Charakter verliehen und ihrer Gestalt zur Vollendung gereicht.

Sie gewährte mir keine Sekunde Redezeit. Um zu fragen, was sie herführte, hätte ich ihr ins Wort fallen müssen. Sie schien in Eile oder aufgebracht, sie kannte keine Rücksicht. «Tut mir leid, was passiert ist, Alex. Darf ich mich setzen?»

Es war unnötig, die Hand zu heben. Sie warf sich in den Lehnstuhl, schlug die Beine übereinander, stellte die Tasche ab, zupfte da und dort am Kleid und redete weiter: «In der Mansarde oben ist unsere Zentrale. Hast du das nicht gewusst? Nein, das kannst du nicht gewusst haben. Unsere Mädels brauchen Schutz. Früher hat das Protektion geheissen. Bei dieser Arbeit ist für uns Frauen ein gewisser Schutz obligat, nicht wahr? Was rede ich da, du weisst, was das bedeutet, dir brauche ich das nicht zu erklären. Wenn ich denke, wie froh ich gewesen bin, damals, als ich selbst damit angefangen habe. Siebenundzwanzig Jahre ist es her. Wahnsinnslange Zeit.» Sie sprang auf und warf einen Blick in den Spiegel über dem Lavabo. «Gut, lassen wir das. Was ich sagen will: Heutzutage geht es nicht mehr ohne diese Dinger. Diese … du weisst schon. In der Bar hat es drei oder vier, im Restaurant zwei, draussen, über den Eingängen, im Lift auch, und ich weiss nicht, wo sonst noch. Wie gesagt, die Zentrale, die ist da oben, verstehst du? Einer von den Jungs sitzt ständig vor den Bildschirmen. Er überwacht alles und passt auf, rund um die Uhr. Das heisst, sie wechseln sich ab natürlich. Die Mädels können sich auf sie verlassen. Wir alle können uns auf sie verlassen. Darum, Alex, nimm es nicht persönlich, die Jungs mögen es nicht, wenn ihnen jemand nachstellt. Sie können es auf den Tod nicht ausstehen.»

Sie legte eine Pause ein und beobachtete mich scharf. «Was hast du da oben überhaupt gesucht? Ich meine, du hättest mich fragen können. Weshalb bist du ganz allein da hinaufgestiegen?»

Ich war müde, leicht benommen und hauptsächlich zu schlecht gelaunt, um ihr Rede und Antwort zu stehen. Auf eine Ausrede ausweichen oder ihr eine Notlüge auftischen mochte ich auch nicht.

Wenn schon Ausreden, wenn schon jemanden mit falschen Angaben hinters Licht führen, dann möglichst aus der Position des Ermittlers heraus – niemals aus der Position des Bedrängten. Lügen, die auffliegen, werden gegen dich verwendet. Immer. Notlügen sowieso. Stehst du in der Position des Stärkeren, braucht dich das nicht zu kümmern.

Sitzt du auf der Anklagebank, hast du das Recht zu schweigen, und genau das tat ich.

Im Übrigen war ich überzeugt, dass sie sehr wohl wusste, weshalb ich da hinaufgestiegen war.

Mit anderen Worten: Ich hatte sie über. Ich beschloss, sie rauswerfen zu lassen, und tastete nach dem Klingelknopf.

Sie durchschaute meine Absicht – ich war nie gut im Pokern –, sie schielte auf die Uhr und sagte in Zimmerlautstärke: «Oh, ich muss leider wieder.»

Sie stand auf, zauberte eine braune mit Gold verzierte Schachtel aus ihrer Tasche und sagte: «Ich soll dir das geben, mit einem lieben Gruss von Céline. Es sind Pralinen aus dem ‹Schoco-Laden› in Burgdorf.»

Sie warf die Tasche aufs Bett und schob die Schachtel vorsichtig auf den Nachttisch. Sie beugte sich über mich, vorgeblich, um sich mit Wangenküssen zu verabschieden, faktisch, um mir mit bebenden Nasenflügeln, verengten Augen und zornmütiger Stimme zu drohen: «Hier, nimm das und lass uns in Ruhe!»

Sie hatte nebenbei ein Couvert aus der Tasche geangelt, das klatschte sie mir mitten aufs Gesicht.

Der Umschlag roch nach nichts, es war ihr Parfum, das mir den Atem raubte. Es basierte auf dem Duft von Zitronenrinde und Brombeeren, sie hatte sich schlechterdings damit übergossen.

«Hast du mich verstanden?», zischte sie. «Steck deine Nase in andere Dinge, du miese kleine Ratte. Wenn sie dich nochmals erwischen, werden sie dich totschlagen.»

Zuvor war ich nahe dran gewesen, ihr Fragen zu ihrer Rolle bei Magdalenas Entführung zu stellen. Ich entschied mich anders. Ich beschloss, ihr eine Abfuhr zu erteilen, eine Erwiderung ihrer Attacke, die sie nicht so schnell vergessen dürfte, und griff nach ihrer Tasche.

Kaum war sie weg, erschien die junge Ärztin. Auch sie beugte sich übers Bett, die Schreibplatte abermals in den Händen. Um meine Aufmerksamkeit zu erregen, wisperte sie: «Herr Bergmann. Herr Bergmann.»

Sie roch nach Kaffee.

«Ja?»

«Ich weiss jetzt, wer Sie sind.» Sie setzte eine versöhnliche Miene auf. «Gleich kommt Dr. Kardy zur Arztvisite, und ich muss ihm über Sie berichten. Ich werde ihm sagen, die Verletzungen am Kopf und die Hirnerschütterung stammten von einem Sturz in einer Eckbadewanne. Das wird er gelten lassen. Wie soll ich ihm das mit dem Blut erklären? Warum hat man Ihnen Blut abgenommen? Können Sie mir das verraten?»

«Blut abgenommen?»

«Ja. Jemand hat Ihnen Blut abgenommen. Ich dachte, das wissen Sie. Sehen Sie mal da.» Sie zeigte auf meinen rechten Arm.

In der Armbeuge hatte ich einen bläulichen Fleck unter der Haut, gross wie ein Fünfliber, und zwei winzige Einstiche über der Vene.

«Die Wahrheit ist: Jemand hat mir eine Eisenstange auf den Kopf gehauen. Mir fehlen ein paar Stunden.»

«Oh, das glaube ich gern.»

«Ich arbeite an einem Fall und bin leichtfertig vorgegangen. Mein Fehler.»

«Heisst das, Sie wissen nicht, wer Ihnen Blut abgenommen hat?»

«Nein.»

«Auch nicht, weshalb?»

«Ein Privatdetektiv ist so beliebt wie ein Lebensmittelinspektor.»

«Hmmm. Es macht trotzdem wenig Sinn. Man braucht die richtigen Utensilien und jemanden, der das kann. Das ist eigenartig. Ich verstehe nicht, weshalb die das tun, denn der Nutzen …»

«Fehlt viel?»

«Schätzungsweise ein Drittel, vielleicht sogar mehr.»

«Mir fehlt fast die Hälfte Blut?» Aus Rücksicht auf die Gegenwart der Ärztin verbot ich mir, Piroska, ihre Jungs und ihr verdammtes Haus lautstark zu verfluchen. Stattdessen fragte ich: «Ist das der Grund für meine Schwäche?»

«Ja. Absolut.»

«Ist das gefährlich?»

«Ich würde sagen, Sie haben Glück gehabt.»

«Wie, Glück gehabt …»

«Wenn Sie nierenkrank wären, Diabetes hätten oder ein Herzleiden oder wenn Sie alkoholisiert in der prallen Sonne gelegen hätten –»

«Dann was?»

Sie neigte den Kopf zur Seite, legte die Stirn in Falten und presste die Schreibplatte mit verschränkten Armen gegen den Busen.

«Leichenwagen statt Ambulanz?»
«Ja. Absolut.»
«Das könnte der Grund sein.»
«Ich verstehe nicht.»
«Sie verpassten mir einen Denkzettel. Im Sinne von: Sieh dich vor. Das nächste Mal lassen wir dir alles Blut raus.»
«Ein bisschen abwegig, finden Sie nicht?»
«Magdalena haben sie auch Blut abgenommen. Stimmt's?»
«Tut mir leid», sagte sie und hob abwehrend die Hände.
«Ich ermittle in ihrem Fall und bin den Entführern zu nahe gekommen.»
«Oh, ich verstehe.»
«Mein Schädel brummt. Haben Sie keine stärkeren Tabletten?»
«Das liegt an der Gehirnerschütterung. Ich werde Dr. Kardy vorschlagen, dass wir Sie zwei Tage hierbehalten. Zur Beobachtung. Danach sollten Sie daheimbleiben und sich mindestens zwei Wochen Ruhe gönnen. Kein Fernsehen, keine Zeitung, keinen Alkohol, keinen Ärger. Sagen Sie alle Termine ab.»
«Keinen Ärger finde ich gut.»
«Bedenken Sie, jemand hat Sie fast getötet.»
«Ich bin noch da.»
Nach ein paar Überlegungen sagte sie: «Werden Sie trotzdem weiter in dem Fall ermitteln?»
«Sicher. Das ist nicht das erste Mal, dass jemand was dagegen hat.»
«Vielleicht sollten Sie zur Polizei gehen.»
«Was ich wirklich dringend sollte, ist pinkeln. Können Sie bitte die Infusion kurz ausstecken?»
«Was? Hat man Ihnen keine Urinflasche gebracht?»
«Doch, schon.»
«Haben Sie Schwierigkeiten?»
«Nein, das ist es nicht.»
«Was denn?»
«Eine Dame hat mich besucht. Die hat die Flasche mitgenommen.»

«Was?»

«Ja. Gerade eben. Sie hat mich beschimpft und bedroht. Sie hat tatsächlich verlangt, ich soll den Fall aufgeben. Sie hat mir sogar einen Umschlag mit einer Stange Geld ins Gesicht geschlagen.»

«Ich habe es ja gesagt.»

«Ja.»

Piroska hatte mich beleidigt und gereizt, weit über jedes Mass, und ich schilderte der Ärztin, zu welcher Untat ich mich hatte hinreissen lassen. «Ich habe das Geld aus dem Couvert genommen, eingerollt und in die Flasche gestopft.»

«In die ... Urinflasche?»

«Sie ist sauber gewesen, glauben Sie mir. Unbenutzt.»

«Klar. Und wo ist die Flasche?»

«Wie gesagt, sie hat sie mitgenommen. Ich habe die Flasche mit dem Geld in ihre Handtasche gestopft.»

Sie warf den Kopf hoch und schnaubte: «Sie sind verrückt!»

«Warum? Sie hat mich beschimpft und eine Ratte genannt. Hätten Sie das toleriert? Lassen Sie sich gern beschimpfen?»

«Oh nein! Sie haben recht. Ja. Absolut.»

NEUN

Hammer-Joe besuchte mich kurz vor der Nachtruhe.

«Hallo, Alex.»

«Abend, Joe.»

«Tut mir leid, was passiert ist.»

«Das hat deine Schwester auch gesagt. Mit denselben Worten.»

«Piroska?»

«Sie hat mir Pralinen gebracht. Willst du versuchen?» Ich reichte ihm die Schachtel.

«Die sind von ihr?»

Er griff zu und setzte sich in den Lehnstuhl.

Ich war gespannt auf den Grund seines Besuchs, Mitleid hatte ihn wohl kaum hergetrieben. Wollte er was von mir?

Er knetete seine Mütze, bis er am Infusionsständer eine Flügelmutter entdeckte, die sich als Haken eignete. Seiner Frage zu meinem Befinden begegnete ich mit einem Satz: «Sie werfen mich hier schon bald wieder raus.»

«Ich habe mit Piroska geredet», begann er endlich. «Sie hat es zugegeben. Sie hat den Wagen gefahren, beide Male.»

«Sie hat es zugegeben?»

«Ja.»

Ich betätigte den Knopf, und ein Elektromotor schraubte damit den Kopfteil des Bettes hoch bis kurz vor dem Anschlag. Mit dem Kissen polsterte ich mir das Kreuz.

«Sie hat behauptet, sie sei nur gefahren. Mit ihrem Wagen.»

«Dem Tesla.»

«Mmmh. Mit der Entführung an sich habe sie nichts zu tun, sie sei gezwungen worden, den Wagen zu fahren.»

Er legte einen Arm über die Rückenlehne und redete mit Bedacht. Sie hätten Magdalena am Bahnhof überwältigt, nach Burgdorf gebracht und in dem grossen Haus in ein Zimmer gesperrt. Oben in der Mansarde. In der Nacht von Sonntag auf Montag hätten sie sie wieder zurückgebracht. Wieder sei sie gefahren. Sie hätten sie am Dorfeingang vor dem Tor der Kläranlage abgelegt, und sie habe die Gelegenheit benutzt, sich kurz abgesondert und der Polizei den Tipp gegeben.

«Den Rest kennst du ja», schloss er, fixierte einen Punkt unterm Bett und schwieg.

«Liegt da unten eine Praline?»

Er schaute auf. «Nein. Wieso?»

«Joe, was du erzählst, bringt uns nicht weiter. Was wir wissen müssen, ist: Wer steckt dahinter? Wer hat die Entführung angeordnet? Deine Schwester soll uns sagen, wer ihr den Auftrag erteilt hat. Sie haben sie dazu gezwungen, gut, glaube ich gern. Nur, wer hat sie gezwungen? Hat sie dir einen Namen genannt? Nein? Hast du sie danach gefragt? Nein? Ruf sie an! Frag sie! Wir müssen es wissen. Sie soll dir den Namen nennen. Ich muss es wissen. Nenne mir den gottverdammten Namen – oder sei so nett und geh und lass mich schlafen. Ich finde den Kerl auch allein.»

Er stand auf, ging zum Fenster, steckte die Hände in die hinteren Hosentaschen und schaute hinaus in die Lichter der Strassenlaternen. Nach einer Weile kam er zurück und blieb am Fussende des Bettes stehen. «Magdalena kann morgen nach Hause. Wir warten einen Monat und fahren dann wie geplant in den Jura. Das ganze Team. Was geschehen ist, ist geschehen, es spielt keine Rolle mehr.»

«Was redest du da? Willst du, dass ich den Fall aufstecke? Willst du, dass ich klein beigebe? Mir hat jemand fast den Schädel eingeschlagen. Glaubst du, ich gehe zurück in meine Agentur und vergesse die Sache?»

«Du bist den Leuten von der Sicherheit zu nahe gekommen. Mit Magdalena hat das nichts zu tun.»

«Das meinst du nicht im Ernst, oder?»

Er versuchte zu lächeln. Keine Ahnung, ob es spöttisch oder versöhnlich gemeint war, das Deckenlicht brannte schräg hinter ihm, sein Gesicht lag im Schatten.

«Was geschehen ist, ist geschehen, es spielt keine Rolle mehr.

Das sagt ausgerechnet ein Boxer, der von sich behauptet, er sei immer wieder aufgestanden.»

Ich drückte auf den Knopf mit dem Pfeil nach unten, der Kopfteil des Betts senkte sich. Mit der freien Hand winkte ich ihn hinaus. «Vergiss deine Mütze nicht!»

Unter der Tür blieb er stehen, blickte zurück und murmelte etwas wie: «Also gut.»

Er kam zurück, drehte den Lehnstuhl um hundertachtzig Grad, hockte sich breitbeinig hin und hängte seine Pranken vor sich auf die Rückenlehne. Die Mütze behielt er auf.

«Piroska ist spielsüchtig», begann er. «Sie behauptet, sie hätte es überwunden. Da bin ich nicht so sicher. Sie habe in den letzten Jahren eine Menge verspielt, hat sie gesagt, das ganze Haus mit der Bar, dem Restaurant, den Zimmern. Hat alles mal ihr gehört. Sie tut mir fast leid. Seit einiger Zeit steht sie bei einem Typen in der Kreide und führt den Laden auf seine Rechnung. Mit dem Lohn stottert sie ihre Schulden ab. Ich habe mit Katalin telefoniert. Sie hat sich geärgert und mir an den Kopf geworfen, das sei wieder mal typisch: Die kleine Schwester steckt bis zum Hals in der Scheisse, und der grosse Bruder tut, als wisse er von nichts. Ich habe gesagt, ich bin nicht mehr der grosse Bruder. Sie ist erwachsen, kann mich ja anrufen. Gestern Vormittag hat Piroska mir alles erzählt. Wir haben beim Frühstück auf dich gewartet. Du bist nicht gekommen, und das hat sie nervös gemacht. Plötzlich ist sie ins Haus gegangen. Wir haben lange im Garten gesessen, und ich habe gedacht, ihr sei kalt. Ich habe mich aufgemacht, frischen Kaffee zu holen, und gesehen, wie sie in der Küche steht und heult. Ich glaube, es ist ihr verdammt schwergefallen, sie hat es mir erzählt, nachdem ich ihr gesagt habe, dass Magdalena bei mir im Club trainiert. Katalin hat am Telefon behauptet, Piroska habe sie zweimal um Geld angegangen. Sie habe ihr stattdessen Adressen gegeben, um sich helfen zu lassen.»

«Wer ist Katalin?»

«Meine andere Schwester. Die ältere. Wir sind 1972 aus Ungarn gekommen. Mutter, Katalin, ich und Piroska. Piroska ist zwölf Jahre alt gewesen. Sie hat am meisten gelitten. Die Trennung vom Vater und die Flucht aus Ungarn haben uns nicht stärker geeint. Im Gegenteil. Jeder von uns ist schon früh seinen eigenen Weg gegangen. Piroska hat uns gleich nach der Schule verlassen. Sie hat sich in einen Mann verliebt und ist zu ihm nach Genf gezogen.»

«Und euer Vater?»

«Er ist in Ungarn geblieben. Er hat die Flucht organisiert und uns am Morgen gesagt, wir sollen gehen, er bleibe da.»

«Warum hat er das getan?»

«Das erzähle ich dir später.»

«Und weiter? Weiss Katalin von der Entführung?»

«Keine Ahnung. Möglich wär's.»

«Hat Piroska versucht, dich zu erpressen?»

«Nein. Es ist komplizierter. Der Typ, für den Piroska arbeitet, hat eine Tochter. Sie ist Anfang zwanzig und sitzt seit einem halben Jahr in der Anstalt Hindelbank. Sie haben sie zu drei Jahren Haft verurteilt, wegen Brandstiftung.»

Im selben Alter wie Céline, dachte ich.

«Drei Jahre Knast sind eine lange Zeit für eine junge Frau. Sie braucht eine Freundin, sonst ist sie da drin verloren. Auf sich allein gestellt, und das sei sie angeblich, gerät sie bös unter die Räder. Verstehst du? Sie braucht jemanden. Jemand, der auf sie aufpasst, sie beschützt. Das ist der Grund.»

«Aha», sagte ich.

«Der Typ», fuhr er geduldig fort, «der Typ sorgt sich um seine Tochter. Er hat sich überlegt, wie er ihr im Knast Schutz bieten kann. Er kann das nur über eine Frau, die selbst im Knast sitzt. Verstehst du? Am besten eine ältere, erfahrene Frau.»

«Astrid Fellmer?»

«Haargenau. Magdalenas Mutter. Deswegen hat er Magdalena entführt. Er will, dass ihre Mutter sich um seine Tochter kümmert. Sie beschützt, für sie einsteht, egal was sie anstellt.»

Etwas sträubte sich in mir, das zu glauben. «Erzähl mir mehr darüber.»

«Im Knast herrschen raue Sitten.»

«Na und?»

«Ich will gar nicht wissen, was für Schandtaten einer jungen Frau drohen. Der Typ will, dass Magdalenas Mutter seine Tochter vor Übergriffen schützt. Vor Entwürdigung, Erpressung, was halt so vorkommt. Sie soll ihr beistehen, wann immer es nötig ist, verstehst du? Als wär's ihre eigene Tochter.»

«Ich halte das für widersinnig.»

«Er hat seine Tochter in der Anstalt besucht und dabei Astrid Fellmer gesehen. Anscheinend traut er ihr das zu.»

«Trotzdem. Er hätte ihre Dienste leichter haben können. Zum Beispiel mit Geld.»

«Das habe ich auch gesagt. Piroska hat gemeint, er habe es mit Geld versucht.»

«Wenn sie sich gegen Geld verweigert hat, wird sie sich auch gegen Erpressung sperren.»

«Er hat Magdalena rasch wieder freigelassen, das sieht eher danach aus, als hätte sie eingewilligt.»

«Stimmt, du hast recht. Bleibt einzig die Frage, was er tut, wenn seine Tochter trotzdem in die Mangel genommen wird.»

«Ich nehme an, in dem Fall will er von Fellmer wissen, was geschehen ist und wie die Namen der Beteiligten lauten.»

«Und dann? Bei der Anstalt reklamieren? Warten, bis eine nach der anderen rauskommt? Damit wird er sich kaum begnügen.»

«An was denkst du?»

«Vergeltung. Rache.»

«Du meinst, er wird Fellmer den Auftrag geben, sich an den Übeltäterinnen zu rächen? Wie soll das gehen im Knast?»

«Er könnte seine Wut an Magdalena auslassen. Sie erneut entführen und ...»

Seine Miene bekam finstere Züge. «Das habe ich nicht bedacht», knurrte er. Er stand auf, atmete tief durch und ging ein paar energische Schritte auf und ab. «Da ist was dran. Ich muss sie abholen. Morgen, wenn sie rauskommt, werde ich da sein. Der Typ darf keine Gelegenheit mehr haben, sie zu verschleppen.»

«Gut», sagte ich, «pass auf sie auf. Sobald ich selbst hier raus bin, sehen wir weiter.»

«Danke», sagte er.

«Für was?»

«Dafür, dass du mir weiterhilfst.»

«Nein, das ist keine Hilfe. Das nennt sich Kooperation.»

Er ging, und ich lag lange wach und dachte über die Sache nach. Erpresster Schutz für sein Ein und Alles? Warum fiel es mir schwer, das zu glauben? Was Hammer-Joe soeben erzählt hatte, ergab im Wesentlichen einen Sinn, wäre da nicht Piroska mit ihrem Geld gewesen. Die starken Schmerztabletten setzten mir zu, hatte ich ihren Auftritt etwa geträumt?

Die Nachtschwester kam. Sie fragte den anderen Patienten und mich, ob wir was bräuchten für die Nacht, löschte das Licht und verliess uns wieder. Sie trat auffallend leise auf, kaum hatte sie die Tür zugezogen, war nichts mehr von ihr zu hören.

Ich knipste das Lämpchen an und suchte auf dem Beistelltischchen nach den Pralinen. Sie waren da, wie stumme Zeugen.

ZEHN

Am Samstagmorgen liess mich die Ärztin nach Hause gehen. Nach einem ruhigen Freitag und den beiden Nächten war ich erholt und gleichzeitig ausserordentlich beunruhigt. Hammer-Joe hatte Magdalena gestern Morgen im Spital abgeholt, seither fehlte von beiden jede Spur. Wieder einmal hatte er mich nicht eingeweiht.

Weil ich annahm, er sei mit Magdalena zuerst nach Hause gefahren, und weil ich weiter annahm, er habe Gloria über seine Pläne und das Versteck unterrichtet, beschloss ich, auf Fellmers Hof zu fahren und Gloria Egli zu fragen.

Um meine Sehnerven zu schonen, die seit dem Hieb empfindlich auf grelles Licht reagierten, kaufte ich eine dunkle Sonnenbrille, setzte sie auf und fuhr mit dem Wagen hinaus auf den Hof am Damm. Es war eine Stunde nach Mittag.

Ich parkierte den Wagen an derselben Stelle wie das letzte Mal, zwischen Brunnen und Garten. Naxa lag ausgestreckt in der Sonne. Ich stieg aus, und sie sprang auf und trabte hechelnd und schwanzwedelnd auf mich zu, rempelte mich an, schaute zu mir hoch und rieb ihre Schulter an meinem Oberschenkel. Ich beugte mich hinunter, vergrub die Finger in dem weichen, sonnengewärmten Fell und begann sie zu kraulen und zu kneten. Ein strenger, nicht unangenehmer Geruch ging von ihr aus. Sie stemmte sich gegen meine Hände, und ihre Muskeln im Nacken und an den Schultern fühlten sich gedrungen und kräftig an, und ich dachte, dass mein Nacken und meine Schultern ebenso eine Massage vertragen könnten.

Ein Mann erschien in der Haustür, hager, unrasiert und im Unterhemd. Die Füsse in schweren Schuhen, die Hände in den Taschen seiner Jeans. Haarsträhnen fielen ihm ins Gesicht. Er verharrte oben auf der Treppe und schaute zu uns herab. Die Zigarette behielt er im Mund, kaute auf dem Filter herum.

Ich nahm die Sonnenbrille ab und gab mich freundlicher,

als es seine Haltung verdient hätte. «Guten Tag. Ist Gloria Egli da?»

«Wieso bellt der Hund nicht? Was haben Sie ihm gefüttert?»

«Nichts. Naxa kennt mich. Sie hat mir ihre Welpen gezeigt.»

Er drückte den Stummel in den Aschenbecher auf dem Fenstersims und rief: «Naxa, komm weg da!»

Ich zog meine Hände zurück und richtete mich auf.

Er klatschte zweimal in die Hände. «Naxa-komm-her-zu-mir!»

Naxa schaute nicht einmal hin. Sie trottete mit hängendem Kopf zum Schopf, zwängte sich durch den Spalt im Tor und verschwand im Dunkeln.

Der Mann sah wieder zu mir her. «Sagen Sie schon, was suchen Sie hier? Ich habe nicht den ganzen Tag Zeit.»

«Ich suche Frau Egli, ich möchte sie was fragen.»

«Ist nicht da, sehen Sie doch.»

«Wie kann ich sie erreichen?»

«Mal ist sie da, mal nicht. Jetzt ist sie nicht da.»

«Sind Sie Eugen Fellmer?»

«Jawohl. Und Sie? Von der Polizei?»

Ich zog meine Karte und reichte sie ihm hoch.

«Och, ein Schnüffler – noch schlimmer.» Er grinste schief.

«Können Sie Gloria Egli ausrichten, sie soll mich anrufen? Ich habe vergessen, sie nach ihrer Handynummer zu fragen.»

Er steckte die Karte ein. «Sie hat mir nicht gesagt, wann sie wiederkommt.»

«Es spielt keine Rolle, richten Sie es ihr einfach aus, wenn Sie sie sehen.»

«Vielleicht vergess ich's.»

Verschränkte Arme und boshaftes Grinsen. Dieses Aufspielen, dieses gespreizte Wichtigtun erinnerte mich an jemanden aus der Zeit auf dem Pausenplatz. Ich konnte diese Typen schon damals nicht ausstehen.

Ich trat zu meinem Wagen, und er rief mir hinterher: «Hey, Schnüffler, hörst du nicht gut? Ich habe gesagt, vielleicht vergess ich's.»

«Ja, ich habe verstanden.»

Ich öffnete die Autotür.

Er liess nicht locker. «Du willst was von mir. Das kostet dich was.»

«Ich suche den Entführer Ihrer Tochter. Ich kann's auch lassen», sagte ich, stieg in den Wagen und fuhr zurück nach Langnau.

Die junge Ärztin hatte mich in der Früh ziehen lassen und mir geraten, mindestens eine Woche daheim in Ruhe zu verbringen. Zusammengefasst empfahl sie mir, nachts zu schlafen und tagsüber hinter geschlossenen Vorhängen keinen Alkohol zu trinken und nicht fernzusehen. Beim Treppensteigen wurde mir schwindlig, beim Essen übel, hohe Töne und grelles Licht verursachten Kopfschmerzen. Bei Fellmer hatte ich die ganze Kollektion zusammengekriegt: Schwindel, Übelkeit und Kopfschmerzen.

Ich setzte mich in meiner Agentur an den Schreibtisch, schluckte zwei Schmerztabletten, trank reichlich Wasser, schloss die Augen und versuchte, einen klaren Kopf zu bekommen. Wie weiter? Ich fühlte mich wie ein Luftballon, dem die Hälfte Gas entwichen war. In dem Zustand konnte ich unmöglich nach Burgdorf fahren und den einen oder anderen Mansardenheini durchhauen.

Ich griff zum Telefon und rief Ursina an.

«Trummer.»

«Ursina? Alexander.»

«Alexander, wie geht's dir? Ich habe gehört, du seist angegriffen und verletzt worden.»

«Halb so schlimm.»

«Was ist dir zugestossen, bist du in einen Hinterhalt geraten?»

«Ja. Das kann man sagen.»

«Du solltest nicht allein arbeiten, das ist gefährlich.»

«Hältst du mich für unfähig?»

«So habe ich es nicht gemeint.»

«Wie denn?»

«Du bräuchtest einen Partner.»

«Du meinst Partnerin. Willst du bei mir einsteigen?»

«Ach, vergiss es. Warum rufst du an?»
«Der Starke ist am mächtigsten allein. Wer hat das gesagt?»
«Ich habe keine Zeit für so was, ich muss in den Schiesskeller. Pflichtübung.»
«Pflichtübung am Samstag?»
«Ich habe Wochenenddienst.»
«Früher hat man an den Wochenenden nie geschossen.»
«Warum? Hört ja niemand. Bei den vielen verschiedenen Diensten, die wir haben, geht das nicht anders. Die Zeiten ändern sich. Warum rufst du an?»
«Informationen. Ich brauche Informationen über eine Person.»
«Dazu habe ich jetzt keine Zeit, ich muss gehen.»
«Du hast es mir versprochen.»
«Nicht jetzt, ruf morgen wieder an. Tschüss.» Sie hängte ein.
Ich drückte die Wiederwahltaste.
«Morgen, habe ich gesagt.»
«Morgen ist Sonntag.»
«Eben. Ich habe gesagt, ich habe Wochenenddienst, und erfahrungsgemäss läuft am Sonntag wenig, da habe ich Zeit.»
«Ich brauche deine Hilfe, sonst komme ich nicht weiter.»
Ich hörte, wie sie zu jemandem sagte: «Okay, ich komme gleich, geht schon mal vor», wieder in den Hörer: «Du nervst.»
«Astrid Fellmer verbüsst in Hindelbank eine Haftstrafe.»
«Magdalenas Mutter, ich weiss.»
«Ich wüsste gern, was sie verbrochen hat.»
«Sie hat Hanf mit hohem THC-Gehalt angebaut.»
«Das glaubst du ja selbst nicht.»
«Vor zwei Jahren hat man ein eingezäuntes Feld entdeckt. Nicht weit von ihrem Hof, eingebettet in einem Knie der Emme. Den Anbau hat sie zugegeben, den Handel mit Marihuana nicht. Ausgerechnet den Handel hat man ihr nicht nachweisen können. Jedenfalls nicht zu der Zeit. Im Bauernhaus hat man keinen Stoff sichergestellt. Der Drogenhund hat Spuren gefunden, in einer Tasche, an Schuhen, an Hosen, fast überall, bloss kein Marihuana. Keine einzige Packung. Gestützt auf diese Tatsachen hat der Richter eine milde Strafe verhängt. Bedingt natürlich. Ein

paar Monate später ist sie in Bern erwischt worden. Einer Polizeistreife ist aufgefallen, wie eine Frau tief in der Nacht auf der Schützenmatte Honiggläser verkauft. Statt Honig haben die Gläser eine dunkle Knete enthalten. Im Labor hat sich herausgestellt, was es ist: Harz mit bedeutendem THC-Gehalt. Dunkles, sehr reines, weiches Harz von einer ausserordentlichen Qualität. Ich habe den Polizeibericht und den Laborbericht gelesen, darum weiss ich das alles. Da hat sie zugegeben, über Jahre Hanf gezüchtet und daraus Harz gewonnen zu haben. Im Bienenhaus hat man an die dreissig Honiggläser gefunden. Alle zur Hälfte gefüllt mit diesem Harz. Niemand weiss, was für eine Menge sie von dem Zeug verkauft hat. Derselbe Richter hat sie zu zwei Jahren verknurrt. Mit der bedingten Strafe zusammen hat das zweieinhalb Jahre ergeben. Mittlerweile dürfte sie sechs Monate abgesessen haben.»

«Und ihr Mann?»

«Der hat angeblich nichts gewusst. Sie hat die Sache auf sich genommen. Sie hat ausgesagt, ihr seien die Bienen weggestorben, schon vor Jahren. Da sei ihr die Idee gekommen, anstelle von Honigwaben Hanfblätter und Blüten zu schleudern. Sie habe das in einem Dokumentarfilm über Haschisch in Afghanistan gesehen. Sie habe unter der Honigschleuder einen Topf mit Wasser aufgesetzt, die Blüten und die grössten Blätter über dem Dampf erwärmt und geschleudert und das Harz schliesslich aus der Wanne geschabt und handwarm in die Gläser gefüllt. Das Bienenhaus liegt auf der anderen Seite der Emme. Deshalb hat der Spürhund bei der ersten Durchsuchung auf dem Hof reichlich Spuren gerochen. Einen Topf voll Harz oder einen Beutel mit getrockneten Blüten oder Blättern, das hat er nicht entdeckt.»

«Kaum zu glauben.»

«Ist aber so. Was ist eigentlich mit dir los? Bist du schwer verletzt?»

«Wenn du es genau wissen willst: Ich habe eine Schramme am Hinterkopf und eine geschwollene Lippe. Kein Grund, den Tag im Bett zu verbringen.»

«Verstehe. Also dann …»

«Ich brauche ein paar Angaben über eine andere Frau.»
«Nein, Alexander, ich muss wirklich gehen.»
«Du kannst es dir aufschreiben. Ich rufe dich morgen wieder an.»
«Die warten im Schiesskeller auf mich.»
«Ich komme sonst nicht weiter.»
«Also gut: Name und Geburtsdatum?»
«Das wüsste ich eben selbst gern. Die Frau sitzt ebenfalls in der Anstalt und hat vermutlich eine Verbindung zum Entführer. Sie ist jung und verurteilt wegen Brandstiftung. Zwanzig oder einundzwanzig Jahre.»
«Einundzwanzig Jahre wegen Brandstiftung? Da muss zusätzlich was Schlimmes –»
«Nein, entschuldige. Sie ist zwanzig oder einundzwanzig Jahre alt. Drei Jahre muss sie absitzen.»
«Mehr weisst du nicht?»
«Leider nein.»
«Und was willst du über sie wissen?»
«Alles. Wie sie heisst. Woher sie kommt. Was sie getan hat. Und ganz wichtig: wer ihr Vater ist.»
«Das wird nicht einfach, dafür brauche ich Zeit. Kann ich dich morgen Abend anrufen? Wann machst du Feierabend?»
Jemand klopfte an meine Tür.
«Ich muss auch Schluss machen, ein Klient wartet draussen. Kann ich dich morgen wieder anrufen?»
Sie sagte: «Wilhelm Tell.»
«Was?»
«Wilhelm Tell hat gesagt: Der Starke ist am mächtigsten allein.»
«Richtig. Du bist gut, Ursina. Ich danke dir.»
«Bilde dir nur nichts ein. Ich tu's nicht für dich, ich tu's für Magdalena.»
«Ich weiss», sagte ich, legte auf und rief: «Herein!»

ELF

Es war Gloria. Sie blieb unter der Tür stehen, sagte: «Guten Tag, Alexander», und schaute sich um.

«Gloria. Ich habe dich gesucht. Komm rein, nimm Platz.»

«Keine Zeit. Ich fahre nach Hindelbank, Astrid besuchen. Kommst du mit?»

«Geht nicht. Da muss man sich vorher anmelden.»

«Das habe ich getan. Du kannst mitkommen, wenn du möchtest.»

«Was?»

«Ich habe meine Besuche auf lange Zeit angemeldet. Provisorisch jeden Samstag um vier Uhr. Am Freitagabend muss ich anrufen und den Besuch bestätigen. Gestern Abend habe ich das getan und gefragt, ob du mitkommen kannst. Ausnahmsweise, haben sie gesagt. Anscheinend bist du denen bekannt.»

«Stimmt, ich habe eine Klientin gehabt, die einige Jahre dort verbracht hat. Wann, hast du gesagt, müssen wir dort sein?»

«Die Besuchszeit beginnt um vier Uhr.»

Es war halb vier, und Hindelbank lag knapp dreissig Kilometer entfernt. Ich griff nach der Sonnenbrille, schloss die Agentur und folgte ihr.

Im Treppenhaus fragte sie: «Hast du eins aufs Dach gekriegt?»

Ich bildete mir ein, ein Glucksen und Kichern gehört zu haben, und glaubte, sie fände mich ulkig mit dem Verbandstoff um den Kopf und der Sonnenbrille.

«So könnte man es nennen», sagte ich.

Vor der Haustür drehte sie sich nach mir um. «Sag jetzt nicht: Berufsrisiko.»

Ich verkniff mir eine Antwort, und auf dem Platz draussen doppelte sie nach: «Lage falsch eingeschätzt?»

«Was ist los? Willst du mich beleidigen?»

«Nun erzähl schon, hat dich jemand verprügelt?»

«Ich bin in einen Hinterhalt geraten.»

«Oh! Wie und wo?»

«Ich bin ohne jemanden zu fragen oder anzuklopfen in ein Zimmer gegangen.»

«Das tut man nicht.»

«Ich habe was gesucht und dabei nicht aufgepasst. Da hat mir einer von hinten mit einer Keule oder einem Knüppel auf den Kopf gehauen.»

«Klarer Fall: Du brauchst einen Hund. Der Schwarze ist genau der Richtige, der gibt immer auf dich Acht. Der wird dich nie im Stich lassen. Gib dem kleinen Kerl einen Namen und mir fünf Hunderter. In drei Wochen kannst du ihn abholen.»

«Ich habe weder Zeit, noch verstehe ich was von Hunden. Bei mir wäre der Kleine ein armer Kerl.»

«Dafür gibt es Kurse. Und Futter kannst du über mich beziehen.»

«Nein, er hat einen besseren Platz verdient.»

Sie blieb stehen und nahm mich ins Gebet. «Ein Hund braucht keinen Platz, ein Hund braucht einen Freund. Oder eine Freundin.»

«Du übertreibst.»

«Du glaubst mir nicht? Ein Hund ist kein Meerschweinchen. Ein Hund begnügt sich nicht mit Futter, Wasser und einer Decke zum Schlafen. Ein Hund will dein Freund sein, dein Gefährte, dein Partner, dein Beschützer – was du willst.»

Es wurde Zeit, das Thema zu beenden, ich kramte den Wagenschlüssel aus der Tasche.

Sie winkte mit ihrem Schlüssel. «Lass nur. Ich fahre. Mit meinem Wagen. Kannst dich schonen.»

Dagegen gab es nichts einzuwenden.

Wenige Minuten nach vier standen wir vor dem Tor der Anstalt Hindelbank. Das nach allen Seiten mehrfach gesicherte Gefängnis befand sich ausserhalb des Dorfes auf einer Anhöhe. Vom Tor aus hatte man Aussicht über eine grössere Ebene. Eine bunte Anordnung von Wiesen, Weiden, Ackerflächen, Feldwegen, Hecken bot sich dar. Mittendrin ein Bachlauf. Das war bestes schweizerisches Agrarland im September. Die Wiesen gemäht, die Weiden leer gefressen und die meisten Äcker abgeerntet. Ein paar Maisfelder, dunkelgrün und erntereif, standen wie Inseln in der Weite. Rechts im Bild befand sich eine Obstanlage, aus der soeben ein Schwarm Krähen aufstieg und Richtung Osten flog. Dort hielt ein Wald in lodernden Herbstfarben eine Kuppe besetzt. Am Horizont im Süden zeigte sich ein Ausschnitt aus den Berner Alpen. Die schneeweissen Gipfel im blauen Himmel, die Schluchten und Täler im Dunst. Aus dieser Entfernung glich der lange, gezackte Felsengrat zerknittertem Seidenpapier. Der Himmel, wie gesagt, überspannte uns alle in einem schier grenzenlosen Blau.

Gloria drückte auf den Knopf der Gegensprechanlage.

«Ja?» Die Stimme kroch aus dem winzigen Lautsprecher.

Neben dem Lautsprecher hing eine Überwachungskamera, und darüber leuchtete ein Lämpchen. Ich zog die Sonnenbrille ab und setzte ein Gesicht auf, das, wie ich hoffte, als friedfertig ausgelegt würde.

«Guten Tag. Gloria Egli ist mein Name. Ich bin die Schwester von Astrid Fellmer. Ich habe mich und Alexander Bergmann für einen Besuch angemeldet.»

«Besuch bei *wem* haben Sie gesagt?»

«Astrid Fellmer.»

«Einen Moment.»

Die Stimme nahm sich Zeit. Wahrscheinlich klickte der Mann sich ins System und suchte einen Eintrag im elektronischen Kalender.

«Herr Bergmann ist nicht angemeldet», tönte es schliesslich.

«Doch. Ich habe gestern Abend angerufen und gefragt, ob er mitkommen darf.»

«Sind Sie sicher, dass Astrid Fellmer ihn sehen will?»

«Auf jeden Fall.»

«Einen Moment.»

Vielleicht rief er die Zentrale an, um sich abzusichern.

Statt einer weiteren Frage hörten wir vom Torschloss her ein kräftiges Summen. Ich drückte das Eisentor auf. Wir gingen einen Betonweg entlang, der wie ein Laufkäfig ringsum mit einem massiven Gitter eingeschlossen war. Die Tür fiel hinter uns mit einem hellen, satten Knall ins Schloss.

Ein Wachmann erwartete uns vor dem Wärterhaus. Er grüsste richtig nett, hielt die Tür für uns auf und geleitete uns weiter zu einer Schleuse. Neben der Schleuse, hinter dickem Glas, sass ein zweiter Wachmann. Er verlangte unsere Ausweispapiere. Wir legten sie zusammen und schoben sie unter dem Glas durch in eine kleine Vertiefung.

Ich wurde gebeten, das Handy, die Uhr, das Portemonnaie, die Schlüssel und das Taschenmesser in einer Schale zu deponieren. Die Sonnenbrille legte ich freiwillig hinein. Gloria legte ihre Sachen in eine zweite Schale und streckte zuletzt den Papiersack, den sie Astrid überreichen wollte, uns allen hin. Jeder, selbst der Mann hinter dem Glas, konnte einen Blick auf den Inhalt werfen. Der Sack enthielt einen Schokoladenkuchen.

«Ob ihr es glaubt oder nicht», sagte sie, «da drin steckt eine Feile.»

Der Scherz löste Gelächter aus.

Wir bekamen einen internen Ausweis angesteckt mit einer Nummer und dem Wort «Besucher».

Nach der Schleuse verliessen wir das Wärterhaus wieder. Auf der Strasse wies uns ein dritter Kollege den Weg. «Nächstes Gebäude. Beim Haupteingang rein. Die Treppe hoch. Rechts den Gang entlang. Das letzte Zimmer. Eine Stunde, mehr nicht.»

«Wie immer.» Gloria nickte ihm zu.

Im Korridor wartete ein Wärter.

Er öffnete die Tür und sagte: «Frau Fellmer, Besuch für Sie.»

Er liess uns hinein, schloss die Tür hinter uns und wartete draussen.

Astrid Fellmer stand mit dem Rücken zum Fenster. Sie reckte das Kinn und lächelte flüchtig. Diesen Blick, diese Augen hatte Magdalena von ihr. Ich erkannte sie sofort. Mehr als Magdalenas Mutter war sie jedoch Glorias ältere Schwester. Ein paar Zentimeter kleiner, rundlicher, unruhiger, fast fahrig, war sie eindeutig Glorias Schwester. Ich hätte sie aus einem Chor mit hundert Sängerinnen erkannt.

Sie trug Jeans und eine Bluse in der Farbe Petrol, ihre Füsse steckten in flachen braunen Lederschuhen. Ihre Haare waren glatt und hatten den wasserklaren Glanz von schwarzer Seide. Sie hatte keinen Scheitel gezogen. Ich sah keinerlei Schmuck, weder an den Fingern noch an den Ohren. Den Gürtel und die Schuhbändel hatten sie ihr allerdings gelassen.

Das war ein Wiedersehen: Die zwei Schwestern fielen sich in die Arme. Ich war in der Nähe der Tür stehen geblieben und sah neben Glorias braunem Haar Astrid Fellmers Gesicht auftauchen. Sie hielt die Augen zugepresst und kämpfte mit den Tränen.

Es war ein Zimmer mit zwei Fenstern übers Eck, weisser Decke, weissen Wänden und einem hellgrauen Fussboden. In der Mitte stand ein Metalltisch, festgeschraubt, und an jeder Seite ein Stuhl. Es gab keine Farbe im Raum, keine Trennwand, keine Überwachungskamera, weder eine Luke in der Tür noch ein Gitter vor den beiden Fenstern. Die Lampe war in die Decke eingelassen und mit einem Gitter geschützt. Sie brannte hell. In dem Licht warfen unsere Körper scharf umrissene Schatten auf den Boden und an die Wände.

Nach drei, vier tiefen Seufzern öffnete Astrid Fellmer ihre Augen und blinzelte über Glorias Schultern hinweg zu mir. «Wen hast du denn da mitgebracht?»

Sie trennten sich.

Gloria zeigte auf mich. «Das ist Alexander Bergmann. Ich habe dir von ihm erzählt.»

Zu mir sagte sie: «Das ist meine Schwester, Astrid.»

Ich sagte: «Alexander», und streckte die Hand aus.

Astrid ergriff meine Rechte mit beiden Händen und zog mich zu sich, bis wir uns so nahe standen, dass ich die Anstaltsseife riechen konnte.

«Du hast mir nicht erzählt, wie gut er aussieht», sagte sie. Ihre Augen waren von einem hellen Braun und feucht, und ihre Stimme war brüchig. Umso kräftiger umschlossen ihre Finger mein Handgelenk. Sie beugte sich tief über meine rechte, dann über meine linke Handfläche, stellte fest, dass ich keinen Ring trug, fuhr mit ihren Fingerspitzen meinem Arm entlang, betastete die Muskeln am Oberarm, trat halb um mich herum, befühlte meinen Hinterkopf und suchte die empfindlichste Stelle.

«Hat das sehr wehgetan?», fragte sie.

Gloria antwortete an meiner Stelle: «Er ist in einen Hinterhalt geraten. Jemand hat ihm von hinten eine Keule oder einen Knüppel auf den Kopf gehauen.» Zu mir sagte sie: «Ähm … tut mir leid, Alexander, ich hätte dich warnen sollen. Meine Schwester muss immer alles anfassen. Hat sie schon als Kind immer getan.»

Nach einer Minute oder zwei sagte sie zu Astrid: «Es reicht, lass ihn in Ruh. Ich finde das peinlich.»

«Es freut mich, dass du mich besuchst. Bleibst du ein paar Tage?», fragte Astrid und feixte mich an.

Wir setzten uns an den Tisch.

Gloria streckte ihre Arme aus und umschloss mit ihren Händen Astrids Fäuste. «Und?», flüsterte sie. «Wie geht es dir?»

«Ehrlich gesagt … beschissen.»

Die Frage traf offenbar eine wunde Stelle. Zusammen mit der Berührung der Hände stürzte sie Astrids Gefühlslage in ein Loch. Ihr Kopf sank auf die Brust, und sie begann zu wimmern.

«Was ist los?», fragte Gloria.

«Nichts», sagte Astrid, schloss die Augen und drehte den Kopf zur Seite.

«Ist es wegen Magdalena?»

Astrid nickte.

«Ich soll dir einen Gruss ausrichten. Es geht ihr gut.»

Astrid legte den Kopf auf den rechten Arm und begann wieder zu wimmern, leise und in einer Tonlage, in der junge Hunde fiepen.

«Sie hat sich zu schwach gefühlt. Nächsten Samstag bringe ich sie mit. Einverstanden?»

Astrid holte tief Luft, wollte reden, heulte stattdessen laut, verzweifelt und mit Klagelauten, die mich bis ins Mark schmerzten. Das Wehklagen ging über in einen Weinkrampf.

Sie entzog sich mit einem Ruck Glorias Fürsorge, schnellte hoch, dass der Stuhl kippte, wandte sich von uns ab, fluchte unerwartet derb, griff sich ins Haar, humpelte, nein, stampfte vor dem Fenster hin und her, schnäuzte sich mehrmals, beruhigte sich nur schwer und lehnte sich an den Fensterrahmen. Sie verschmierte die Tränen mit den Handballen und legte zum Schluss, von gelegentlichen Schluchzern geschüttelt, die Stirn an die Scheibe.

Gloria holte Astrid nach einer liebevollen Umarmung an den Tisch zurück. Ich hatte den Stuhl rechtzeitig wieder auf die Beine gestellt.

Astrid setzte sich hin, aufrecht und mit gefalteten Händen wie ein Engel, und versuchte sich und uns mit einem Lächeln zu besänftigen.

Wir schwiegen.

Sie begann hingegen von sich und ihrem Alltag zu berichten, von der Monotonie der Tagesabläufe, von den Spannungen und Feindschaften unter den Insassinnen und wie sie ganz allgemein litt, hier eingesperrt zu sein. Sie führe Buch mit den Tagen, sagte sie, hake jede Nacht den vergangenen ab. Oftmals könne sie hinterher nicht mehr einschlafen, weil ihr bewusst werde, wie die Tage, die vor ihr lagen, nur langsam abnähmen. Das mache sie verrückt. Und vom Arzt bekomme sie dennoch kein Schlafmittel.

Ob die Angestellten wenigstens nett seien, wollte Gloria wissen.

Die Wärter seien allesamt Männer, sagte sie. Abgesehen von ein paar wenigen Aufseherinnen, was die Lage nur schlimmer mache. Die Männer griffen manchmal härter durch und seien unzimperlicher, die Frauen gäben ihnen dafür bei jeder Gelegenheit das Gefühl, kein Mitglied der Gesellschaft mehr zu sein. Sie tupfte sich die Wimpern und Augenlider mit dem Taschentuch, lächelte annähernd locker und sagte: «Was rede ich da? Hast du mir was mitgebracht?»

«Ja, einen Honigkuchen.»

«Das wäre nicht nötig gewesen. Siehst du nicht, wie ich zugenommen habe? Ich arbeite neuerdings in der Küche, da haben wir ...» Sie stutzte. Sie hatte den Sack geöffnet und den Kuchen herausgezogen.

«Honigkuchen? Sieht eher wie ein Schokoladenkuchen aus.»

«Schokolade und Honig. Du hast mir mal ein Glas von deinem Spezialhonig geschenkt, weisst du noch?»

Astrid wurde unsicher, nahm den Kuchen, hob ihn hoch, roch an der Unterseite und erkannte etwas, das sie in Erregung versetzte.

Sie legte den Kuchen hin und schielte zu mir.

«Was schaust du so? Ich habe das Taschenmesser in der Schleuse deponiert.»

Gloria lachte, schob den Kuchen zurück in den Sack und sagte: «Der wird nicht angeschnitten, den habe ich für dich gemacht.»

«Danke», sagte Astrid und fragte mich: «Warum bist du hergekommen? Wegen mir? Oder habt ihr was miteinander?»

«Ich bin Privatdetektiv. Ich versuche herauszubekommen, wer Magdalena entführt hat.»

«Hast du überhaupt eine Lizenz?»

«Nein. Das heisst, ja.»

«Was jetzt, ja oder nein?», fragte Astrid.

«Es gibt keine eidgenössische oder schweizerische Lizenz, das überlässt der Bund den Kantonen. Im Kanton Bern benötigt man keine Lizenz. In den Kantonen, die eine Lizenz vergeben, habe ich eine gelöst. Somit kann ich in der ganzen Schweiz arbeiten.»

«Welche Kantone sind das?»

«Himmel, wollt ihr mich engagieren?»

«Schon gut», beschwichtigte Gloria.

«Jemand hat deine Tochter entführt», sagte ich zu Astrid. «Für die Polizei ist der Fall zweitrangig, weil die Entführer sie wieder freigelassen haben. Ich möchte von dir wissen, was du darüber weisst. Sie haben Magdalena angeblich verschleppt, um dich zu erpressen. Was sie auch immer gewollt haben: Jemand hat sich bestimmt bei dir gemeldet. Ich will wissen, wer dahintersteckt und wo ich die Kerle finden kann. Sag es mir. Ich habe eine Rechnung offen mit denen.»

«Wen erpresst? Mich?», fragte Astrid.

«Ja, dich. Er ist der Vater einer jungen Frau, die auch hier ist. Er will anscheinend, dass du dich um seine Tochter kümmerst.

Du sollst sie beschützen oder behüten oder gegen Übergriffe verteidigen oder so.»

«Wer hat das gesagt?»

«Hammer-Joe.»

«Die junge Frau, wer soll das sein? Wie heisst sie?»

«Ich weiss nur so viel: Sie ist wegen Brandstiftung verurteilt worden.»

«Brandstiftung? Du meinst Vanessa Muller?»

«Ist sie jung? Zwanzig-, einundzwanzig Jahre alt?»

«Stimmt, sie könnte meine Tochter sein. Sie ist zudem die Einzige, die wegen Brandstiftung hier ist. Einen Bauernhof habe sie angezündet, wird über sie erzählt. Ihr Vater habe ihr eine Stute und einen Wallach geschenkt, sagt man, und die habe sie auf einem Bauernhof in Ersigen eingestellt. Sie selbst redet ungern darüber. Der Bauer sei an Krebs gestorben, da habe die Witwe den Stall umgebaut und zwanzig Pferde in Pension genommen. Vanessa habe vor Gericht behauptet, die Witfrau sei geldgierig. Sie habe einen billigen Lümmel eingestellt und sei mit den Pferden völlig überfordert gewesen. Sie habe in ihrer Hilflosigkeit die Pferde geschlagen. Immer öfter und jedes Mal härter, brutaler. Zum Beispiel mit der Mehlschaufel direkt aufs Maul. Oder ihren Wallach an die schöne weisse Blesse. Ihre beiden Pferde seien immer schreckhafter geworden und hätten einmal um die Augen herum geblutet. Und die Stute sogar aus den Nüstern. Stell dir vor. Anfangs habe sie der Witfrau helfen wollen, ihr ein paar Tricks zeigen im Umgang mit Pferden. Die Frau hätte immer nur alles bestritten und im Gegenzug gedroht, sie und ihre Pferde rauszuwerfen.»

Sie redete und redete, und wir sassen da, und ich wagte nicht, sie zu unterbrechen.

«Hier redet niemand gern von sich, lieber über andere. Es werden viele Geschichten erzählt und dabei ganz schön geflunkert», sagte sie. «Was wahr ist und was Gerüchte oder Lügen sind, ist schwer zu sagen. Vanessa weicht immer aus oder erzählt die Sachen, wenn sie gefragt wird, jedes Mal ein bisschen anders. Unser Koch hat gemeint, die Bäuerin habe nur Vanessas Pferde misshandelt. Aus Eifersucht. Vanessa habe nämlich den Stallknecht, von dem sie behauptet hat, er sei ein Lümmel, verführt.»

Gloria fragte: «Hat sie denn irgendwann gestanden? Hat sie den Stall wirklich in Brand gesteckt?»

«Ja, hat sie. An einem Sonntagabend im November. Vanessa habe zugegeben, sie habe aus Wut Petrol in der Sattelkammer verschüttet und es angezündet.»

«Hat sie auch gesagt, warum? Da muss was Schlimmeres vorgefallen sein, oder?»

«Ja. Die Witfrau habe versucht, ihre Pferde zu vergiften.»

«Vergiften? Heiliger Strohsack, da hätte ich auch durchgedreht», sagte Gloria.

«Sie hat die Pferde nicht vergiftet, das hat sich später herausgestellt. Sie hat die Pferde lediglich entwurmt. Vanessa geht auf jeden los, der ihr das ins Gesicht sagt.»

«Zurück zu meiner Frage», sagte ich. «Ich hätte gern eine Antwort. Hat ihr Vater sich bei dir gemeldet und von dir verlangt, dass du dich um sie kümmerst?»

«Ich? Um Vanessa kümmern?» Astrid lachte. «Du musst wissen, Vanessa ist in Genf aufgewachsen. Sie hat diesen französischen Charme. Die Männer stehen auf sie. Sogar die meisten Aufseherinnen mögen sie», fuhr Astrid fort. «Sie gibt ihnen Tipps. Einer Aufseherin mit breiten Hüften hat sie geraten, immer einen Uniformrock statt der Hose zu tragen. Einer anderen Aufseherin, die eins neunzig gross ist, hat sie empfohlen, den Uniformgürtel durch einen breiten Hochglanzgürtel zu ersetzen. Ja, und einen Lippenstift mit hohem Glanzfaktor aufzutragen. Und wieder einer anderen hat sie gesagt, in der Werkstatt soll sie die Krawatte ausziehen und ihr Uniformhemd tragen, wie es Handwerker tun: mindestens drei Knöpfe offen und die Ärmel hochgekrempelt. Aus ihrem Mund klingen Ratschläge wie Ermutigungen. Uns behandeln die Aufseherinnen wie Tiere. Mit ihr verkehren sie auf Augenhöhe. Uns geben sie Befehle, bei ihr holen sie sich Rat. Uns drehen sie beim Duschen das Wasser ab, sie lassen sie in der einzigen Wanne baden. Uns –»

«Wie stehst du zu ihr?», wollte ich wissen.

«Ich?» Astrid schaute überrascht. «Nun, mir hat sie empfohlen, die Haare kürzer zu schneiden und schwarz zu färben. Ich finde, sie hat recht. Die Frisur steht mir, meint ihr nicht auch? Wer behauptet, ich müsse Vanessa behüten, liegt falsch. Sie ist eine Woche nach mir eingewiesen worden und hat die Anstalt in weniger als zwei Wochen erobert. Buchstäblich. Niemand hat so starken Einfluss wie sie, niemand so viel Ansehen. Nein, ich wünschte, sie würde mir helfen, meine Lage zu verbessern.»

Ich erhob mich, trat ans Fenster und schaute hinaus. Ich sah einzelne Flachbauten, geteerte Verbindungswege, Rasenflächen, Blumenrabatte. Anstelle einer Mauer zog sich ein hoher, stabiler Zaun um die gesamte Anstalt. Eisenstangen, Metallgitter, Stahlseile, Ösen, Haken, Streben und auf der ganzen Länge eine Krone aus Stacheln. In jedem Winkel eine Überwachungskamera.

Astrid hatte sich umgedreht und sah zu mir hoch. Sie erwartete von mir offensichtlich eine weitere Frage oder einen Kommentar.

Ich war verärgert und wusste augenblicklich nicht, was ich hätte fragen sollen. Also schaute ich weiter aus dem Fenster und stellte mir vor, wie demütigend es sein musste, Tag für Tag diese Ebene, diese Weite vor Augen zu haben, wenn man eingesperrt und auf minimale Freiheiten herabgesetzt war. Wie hart es sein musste, zuzusehen, wie sich die Jahreszeiten änderten, wie Frühlingsregen die Pflanzen weckte und gedeihen liess, die Sonne sie zum Blühen anregte und wie die Insekten herumschwirrten und sich daran labten. Wie ernüchternd es sein musste, mitzuerleben, wie der Herbst mit Nebel und Kälte alles wieder einfing und zum Welken brachte. Wie der Frost im Winter den Bach in die gläserne Starre zwang und der Schnee, nicht selten über Nacht, alles bedeckte und auf wundersame Weise den Lärm schluckte. Es dürfte jede Form von Stolz zermürben, den kruden Lauf der Zeit hinnehmen zu müssen, die Wechsel der Farben, die anhaltend neuen Düfte, die Winde, den Regen, die Stürme, und sich jeder Möglichkeit beraubt zu wissen, zu tun, was man wollte. Es musste hart sein, seinen eigenen Tagesablauf nicht bestimmen zu können. Nicht reisen, nicht wandern, nicht flanieren zu dürfen, mit wem man wollte und wohin man wollte. Keinen Kontakt zu haben mit dem Menschen, den man begehrte.

Das führte erwiesenermassen dazu, dass Gefangene sich mitten unter anderen Gefangenen einsam fühlten und sich sonderbar verhielten. Frei waren einzig die Gedanken. War es da verwunderlich, wenn sie untereinander Geschichten erzählten und dabei Rechtsbrüche abwandelten oder gänzlich verdrehten? Wenn sie Fehlurteile verbreiteten und aufblähten, eigene Fehler dagegen verheimlichten oder leugneten? Wer wollte ihnen das verbieten? Wer wollte ihnen verübeln, wenn sie Vorstellungen, wie das Leben hätte sein können, nachhingen?

Astrid wandte sich abermals Gloria zu. Ich hörte, wie sie zu ihr sagte, eine Schwäche habe sie, die Vanessa.

«Haben wir das nicht alle?», fragte Gloria mit ernster Miene.

«Schon, nur passt das bei ihr irgendwie nicht zu ihrer Ausstrahlung, ihrem welschen Charme. Sie gerät nämlich allzu leicht in Wut. Vorletzten Sonntag zum Beispiel hat der Pfarrer in der Kapelle versucht, sie zu segnen. Sie hat ihn angefaucht. Er hat sie nicht ernst genommen und gegen ihren Willen einen zweiten Versuch gestartet. Sie ist aufgestanden und hat ihn angespuckt. Er hat sein Taschentuch genommen und sie ein dummes Flittchen genannt. Beim Wort Flittchen ist sie ohne Vorwarnung auf ihn los und hat ihn in die Eier getreten. Er ist in die Knie wie ein sterbender Schwan, hat sie verflucht – mit gepresster Stimme, kannst dir ja denken – und sie eine Hure geschimpft. Mit dem Wort Hure hat er sie vollends getroffen und aus der Fassung gebracht. Sie hat ihren Stuhl gepackt und hat den Pfarrer angegriffen wie ein Drachen.»

Ich schaute weiter aus dem Fenster. Unmittelbar unter uns befand sich die Anstaltsküche; das hatte ich beim Eintreten ins Haus festgestellt und auch gerochen. Ein dunkelroter Lieferwagen mit weissem Dach stand an der Rampe. «Backwaren AG, Oberburg», stand in goldenem Schriftzug an der Seite. In der Ecke der Rampe wartete ein Aufseher. Er war auf der Rampe hin und her gegangen und lehnte nun gelangweilt an der Mauer. Ich vermochte nur seine Schuhe zu sehen.

«Sie ist mit einem Stuhl auf ihn losgegangen? Wie gross ist sie?», fragte Gloria.

«Ich bin ein paar Zentimeter grösser. Sie ist gut und gern zehn Kilogramm leichter. Sie geht ja auch zweimal die Woche ins Fitness.»

«Und der Pfarrer?»

«Einen Kopf grösser, würde ich sagen, und eine Postur wie eine Litfasssäule. Drei Wärter hat es gebraucht, um die beiden zu trennen. Trotzdem hat sie es geschafft, ihm das Fussgelenk zu brechen. Sie haben Vanessa abgeführt. Der Pfarrer, hat uns der Koch berichtet, der Pfarrer habe sein Mandat hier in der Anstalt gleichentags gekündigt.»

«Wohin abgeführt? In ihre Zelle?»

«Nein, in die Beruhigungszelle. Das ist eine Spezialzelle. Die Einrichtungen sind fest montiert, und sie hat kein Fenster. Das Deckenlicht befindet sich hinter dickem Milchglas. Sie stecken dich für mindestens zwei Stunden da rein und dämpfen das Licht. Da kannst du schreien und dich austoben, dir selbst wenig antun. Die meisten kommen nach zwei Stunden zur Besinnung, hocken oder liegen müde auf dem Boden und sind zahm wie ein Schaf. In Burgdorf, im Untersuchungsgefängnis für Männer, ist diese Zelle rosa gestrichen. Die Wände, der Boden, die Decke, die Toilette. Ausnahmslos alles. Bei uns ist sie grau.»

Unten auf der Rampe tauchten zwei Frauen auf. Eine Küchenhilfe in weissen Hosen und in einer weissen, bis zum Hals zugeknöpften Kurzarmweste. Ihre Haare hatte sie unter eine Netzhaube gezwängt. Die zweite Frau war die Fahrerin des Lieferwagens. Sie trug Berufskleider samt Golfermütze im selben Rot wie der Lieferwagen. Gemeinsam schoben sie zwei Wagen mit Kisten und Schachteln auf die Ladebrücke. Sie kamen heraus, jede langte nach einer Hecktür und schwang sie, eine nach der anderen, mit einem zünftigen Stupser zu. Die Fahrerin legte den Riegel vor, kletterte in die Kabine, streckte ihren Arm aus dem Seitenfenster und winkte. Die Küchenhilfe winkte zurück und verschwand in der Küche.

Der Aufseher löste sich von der Mauer, schlenderte zum Rampeneingang, zerrte vermutlich eine Falttür zu und verschloss sie von aussen.

Der Lieferwagen fuhr in einem weiten Bogen um die Hausecke und entschwand aus meinem Blickfeld.

Ich eilte ans Seitenfenster, gerade rechtzeitig, um zu sehen, wie der Lieferwagen vor dem schweren Gittertor stoppte. Die Fahrerin schaute zum Wachhaus hoch. Das Tor ruckelte kurz und rollte zügig zur Seite. Eine Signallampe, die rot geleuchtet hatte, schaltete auf Grün. Der Lieferwagen fuhr in die Schleuse und wartete mit laufendem Motor. Das Tor schloss sich wieder, rastete ein, die Lampe schaltete zurück auf Rot.

Nun ruckelte das Tor vor dem Lieferwagen kurz an und glitt ebenso zügig zur Seite. Die dortige Lampe schaltete auf Grün, die Fahrerin schloss das Seitenfenster und brauste davon.

Gloria beschrieb Astrid die Fortschritte in der Entwicklung der jungen Hunde.

Ich blieb bei der Tür stehen und räusperte mich. Mein Schädel brummte, und ich hatte Durst. Ich wollte raus hier, an die frische Luft, so rasch wie nur möglich.

Die Tür ging auf.

Der Uniformierte, der uns den Weg gewiesen und ermahnt hatte, maximal eine Stunde zu bleiben, trat ein. «Was ist denn das?», rief er. Er streckte seinen Arm mit der Uhr vor, tippte mit dem Zeigefinger drauf und sagte erbost: «Eine Stunde habe ich gesagt. Es sind fast zwei vergangen. Ihr beiden», er deutete auf mich und Gloria, «entweder ihr geht jetzt, oder ihr müsst dableiben und den Sonntag hier verbringen. Zu essen haben wir genug. Die Zelle müsstet ihr euch teilen.»

Gloria und Astrid umarmten sich, beide kämpften einmal mehr mit den Tränen.

Im Wärterhaus, nach dem Gang durch die Schleuse, gaben sie uns die Habseligkeiten zurück. Ich steckte die Sachen ein, setzte die Sonnenbrille auf, und wir verliessen die Anstalt auf demselben umgitterten Pfad, auf dem wir eingetreten waren.

ZWÖLF

Gloria fuhr geschwind und konzentriert nach Langnau.

Sie schien aufgewühlt und schwieg mit verdrossenem Gesichtsausdruck.

Mir war das recht, denn mir platzte fast der Schädel.

Sie hielt auf dem Parkplatz vor meiner Agentur, schaltete den Motor aus, legte den Kopf aufs Lenkrad und flüsterte: «Die Besuche machen mich fertig.»

Ich nahm die Sonnenbrille ab und fragte: «Wie oft gehst du hin?»

«Sie möchte, dass ich jeden Samstag komme.»

«Sie braucht dich.»

«Ich schaffe das nicht.»

«Sie braucht dich mehr als sonst jemanden.»

Sie sah mich an und zwang sich zu lächeln. «Dir hat der Besuch nichts gebracht.»

«Das kann ich im Moment nicht sagen.»

«Danke, dass du mitgekommen bist.»

Sie fuhr weg, und ich begab mich auf direktem Weg ins Spital.

Die Dame in der Anmeldung fragte, ob ich einen Arzt sehen möchte. Ich sagte, das sei nicht nötig. Darauf wies sie mir den Weg in ein Untersuchungszimmer, und dort kam nach kurzer Zeit eine Pflegerin und fragte: «Schmerzt die Wunde?»

«Der ganze Schädel brummt. Ich kann kaum denken und ertrage weder Hektik noch Licht. Darum trage ich diese hässliche Sonnenbrille.»

«Sehen wir uns die Wunde mal an», sagte sie und entfernte behutsam den Verband. «Ups, das sieht frisch aus», kommentierte sie leise, leuchtete die Wunde von mehreren Seiten aus und meinte zufrieden: «Nein. Nein, das sieht gut aus. Sauber. Trocken. Schön gemacht. Sicher tut das weh. Schlimmer dürfte Sie die Hirnerschütterung plagen. Ich gebe Ihnen ein paar Tabletten mit.»

Sie legte eine neue Gaze auf, wickelte meinen Hinterkopf geschickt und flink wieder ein und sagte: «Sie brauchen Ruhe. Unbedingt. Können Sie schlafen?»

«Ich werde es versuchen.»

Ich ging nach Hause.

Meine Wohnung liegt fünfzehn Gehminuten vom Spital entfernt, in der Zürchermatte, einem überalterten, ruhigen Quartier am Rande des städtischen Dorfes Langnau.

Ich plünderte den Kühlschrank, schluckte zwei Tabletten aufs Mal, zog mich aus, duschte, krabbelte nass unter die Decke, löschte das Licht und schloss die Augen.

Langsam, ganz langsam wurde mir warm. Das Pochen stumpfte ab, bis ich es kaum mehr spürte, und mich überkam ein behagliches Gefühl.

Weit aus der Ferne hörte ich ein Telefon klingeln. Ich hob den Kopf aus dem Kissen. Das Klingeln kam vom Stuhl her.

Es war mein Handy, es steckte in der Hosentasche. Ich fischte es heraus, drückte auf Annehmen und legte mich wieder aufs Bett: «Bergmann?»

«Magdalena meldet sich nicht.»

«Was ist los?»

«Hast du getrunken? Du klingst so.»

«Nur Wasser.»

«Wo bist du?»

«Daheim im Bett.»

«Oh …»

«Was ist?»

«Bist du allein? Oder habe ich euch gestört? Entschuldige.»

«Blödsinn. Ich bin allein. Ich habe Kopfschmerzen.»

«Das wundert mich gar nicht.»

«Gloria, was ist los? Warum rufst du mich an?»

«Magdalena meldet sich nicht.»

«Von was redest du?»

«Hammer-Joe hat sie am Freitag direkt vom Spital nach Hause gebracht. Sie hat wieder einmal eine Reisetasche gepackt, und er hat mir erklärt, er bringe sie in Sicherheit. Heute Morgen habe ich mit ihr telefoniert. Seitdem kann ich sie nicht mehr erreichen. Hammer-Joe meldet sich auch nicht. Weisst du, wo er sie hingebracht hat?»

«Je weniger es wissen, desto besser.»

«Mach keine Sprüche, sag mir, wo er sie hingebracht hat.»

«Ich habe keine Ahnung.»

«Lüg mich nicht an.»

«Hammer-Joe hat mir gesagt, dass er sich um sie kümmern will. Mehr nicht.»

«Wer kann mir sagen, wo sie ist?» Sie klang verzweifelt.

«Beruhige dich. Sie wird Kopfschmerzen haben, wie ich, und schlafen. Gönne ihr die Ruhe, sie muss sich erholen von der ganzen Sache, und das braucht Zeit. Hab Geduld, sie wird sich wieder bei dir melden. Hammer-Joe kannst du vertrauen, glaube mir. Du wirst sehen, morgen ist Sonntag, da ruft sie zurück.»

«Meinst du?»

«Bestimmt. Da kannst du sie fragen, wo sie ist, und wenn du es weisst, rufst du mich an. Einverstanden?»

«Sicher nicht. Je weniger es wissen, desto besser.»

«Ich habe versucht, dich zu beruhigen, nicht zu ärgern.»

«Ja, ich weiss. Hab's nicht so gemeint. Ich melde mich morgen wieder. Schlaf dich aus», sagte sie und hängte ab.

Ich schlief tief, ruhig und sehr, sehr lange und erwachte annähernd frei von Schmerzen.

Es war angenehm hell im Zimmer. Ich warf einen Blick aus dem Fenster. Der Himmel war blau, und die Sonne entflammte die Welt mit ihrer ungehemmten farbenreichen Helligkeit. Ein klassischer Septembertag im Emmental brach an, die perfekte Voraussetzung für das, was ich für diesen Sonntagmorgen geplant hatte.

Ich setzte die Sonnenbrille auf, dampfte ab nach Burgdorf, fuhr am Bordell vorbei – nicht ohne ein widerwärtiges Kribbeln im Nacken –, bog an der nächsten Kreuzung rechts ab und überquerte die Emme im Schritttempo auf einer schmalen Betonbrücke. Den Wagen parkierte ich auf dem Kiesfeld ausserhalb des Campingplatzes. Zwei mächtige Eichen sorgten für Schatten.

Die meisten Autos auf dem Feld trugen holländische, dänische oder französische Nummernschilder. Zwei Briten befanden sich darunter, und jemand aus dem Tessin war mit einem Veteran, einem rostroten Fiat Cinquecento, angereist.

Am Ende des Feldes stand die Linde, die ich von Célines Fenster aus gesehen hatte, und wenige Meter entfernt ragten die beiden Fahnenstangen mit der Schweizer und der Berner Flagge in den Himmel. Eine Tafel mit den Preisen und den wichtigsten Vorschriften zum Campen auf dem Platz prangte davor.

Nach ein paar Schritten kam ich zu einer schönen alten Blockhütte. Sie war später einmal um einen kubischen Anbau erweitert worden. Vor dem Anbau stand ein Zeltdach, und darunter wartete eine Handvoll Gartentische auf Gäste. Geranien verschönerten mit lila Blüten die beiden Fenster der Blockhütte, und in einer kreisrunden Rabatte versprühten Herbstastern und Zinnien einen mehrfarbigen Willkommensgruss.

Eine Schiefertafel mit der Aufschrift «Selbstbedienung» zeigte, wo man sich anstellen musste.

Ich trat hin. Auf der anderen Seite erschien das Gesicht einer älteren Frau.

Ich nahm die Sonnenbrille ab und sagte: «Guten Morgen.»

Sie erwiderte: «Morgen», und fragte gleich: «Wo bist du denn ausgebrochen?»

«Du musst Ruth sein», sagte ich. Ich erinnerte mich, dass Céline erwähnt hatte, morgens arbeite Ruth, Regula dafür abends bis spät in die Nacht.

Sie zeigte sich weder erstaunt noch befremdet und fragte: «Was darf es sein? Ein Frühstück vielleicht?»

«Ja, einmal Frühstück mit einer Portion Kaffee», sagte ich.

«Frühstück International oder ein Berner-Zmorge?»

«Ähm ...»

«Bist du in Eile?»

«Nein, hungrig.»

«Einmal Berner-Zmorge also. Dauert eine Weile. Setz dich schon mal hin, ich bringe alles an den Tisch.»

Ich setzte mich und vertrieb mir die Zeit, indem ich die Umgebung studierte. Flussaufwärts, unregelmässig einlogiert inmitten von Erlen, Birken und Feldahorn und durch einen meterhohen Damm vor der Emme geschützt, standen rund ein Dutzend Wohnmobile und zwei Dutzend Wohnwagen. Sämtliche Vorzelte wiesen zielgerichtet gegen Südosten. Das heisst, von der Blockhütte aus konnte man bei Tag den allermeisten Leuten beim Essen, Lesen, Saufen oder Spielen zusehen. Für die Entfernteren bräuchte man allerdings einen Feldstecher.

Ich versuchte mir vorzustellen, wie sie nachts in dicke Pullover oder gar Decken gehüllt auf ihren Stühlen hockten, im Licht einzelner Glühbirnen oder Kerzen Karten spielten und aus Respekt vor den schlafenden Kindern der Nachbarn flüsterten. Oder kicherten, falls jemand einen Witz zum Besten gab.

Orte zum Spielen für die Kinder gab es auch. Gegenwärtig trocknete die Sonne einen Rasenplatz, auf dem sich vier Jungen trafen, um Fussball zu spielen. Bierflaschen dienten ihnen an den ausgemachten Stellen als Torpfosten.

Flussabwärts fehlte der Damm. Bei Hochwasser würden die Fluten schlimmstenfalls eine Auenlandschaft überschwemmen.

Hart an der Grenze des Campingplatzes gegenüber der Auenlandschaft befanden sich die Dusch- und Toilettenräume. Nicht weit davon wälzte sich die Emme über eine Schwelle. Céline hatte recht gehabt, um diese Zeit zauberte die Morgensonne alle erdenklichen Farben in den Wasservorhang.

Auf der anderen Seite der Emme, in rund fünfhundert Metern Entfernung, stach mir das Schloss Burgdorf in die Augen. Seine Mauern und Türme standen ebenfalls voll im Licht der Morgensonne. Ihre Strahlen verwandelten die Fensterscheiben in goldene Folien.

Das Bordell musste ich hingegen suchen. Es stand weiter links, als ich es vermutet hatte. Die Tatsache, dass ich wegen eines Baumes nur einen Teil des Gebäudes sehen konnte, die Hälfte der Mansarden und des Dachs, hatte mir das Orten zusätzlich erschwert.

Zugegeben, es brauchte Geduld, bis die Frau um die Ecke kam und ein überladenes Tablett an den Tisch schleppte. Sie segelte heran und breitete behände Teller, Schüsselchen und Brotkorb vor mir aus.

Eine krustig gebratene Rösti verbreitete einen wunderbaren Geruch.

Zum Abschluss legte sie Serviette und Besteck hin, wünschte einen guten Appetit, eilte zurück in die Küche, um gleich wieder mit einem Thermoskrug und zwei Tassen zu erscheinen. Sie stellte Krug und Tassen ab, schenkte Kaffee ein und stellte ihre Tasse meiner gegenüber auf den Tisch, legte ein Päckchen Zigaretten daneben, setzte sich hin und schaute zu, wie ich ass.

Der Kaffee schmeckte erstklassig. Das Essen duftete nicht nur wunderbar, es mundete auch herrlich – das Warten hatte sich gelohnt.

Ein Mädchen kam herangelaufen. Es verlangte einen halben Liter Milch und drei frische Brötchen. Die Frau stand auf, verschwand in ihrem Anbau und kam mit einem Papiersack zurück. Sie tauschten Geld gegen Papiersack, und das Mädchen rannte zu seinem Wohnmobil.

«Worin liegt der Unterschied zwischen einem Frühstück International und dem hier?», fragte ich.

«Zum Frühstück International gehören Toast, gebratener Speck, ein Spiegelei und Instantkaffee im Kartonbecher. Das schaffen wir in drei Minuten. Wir verkaufen es an Leute, die weder Zeit noch Geduld haben. Sie sind leicht zu erkennen. Sie telefonieren, währenddem sie bestellen. Oder sie sehen kurz durch mich hindurch und schreiben weiter eine SMS nach der anderen. Sie bleiben an der Ausgabe hängen, warten aufs Essen und lassen ihr Handy nicht aus den Augen. Sie verschlingen das Zeug im Stehen und freuen sich über die Antworten ihrer Freunde. Den Kaffee nehmen sie mit. Wir nennen das ‹fooden›, nicht essen. Daher die Bezeichnung International. Wer Appetit verspürt, gutes Essen schätzt und vor allem Zeit hat, dem empfehlen wir ein Berner Zmorge. Bei dir bin ich mir nicht sicher gewesen.»

«Weshalb?»

«Nun, es ist Sonntagmorgen, trotzdem hast du dich umgesehen wie jemand auf der Flucht. Du trägst Schuhe, mit denen du schnell weglaufen könntest, und du siehst verprügelt aus. Obendrein scheinst du ziemlich hungrig.»

«Das liegt am Essen. Es schmeckt mir. Ich kann mich ehrlich gesagt nicht erinnern, wann ich das letzte Mal eine auch nur annähernd so leckere Rösti gegessen habe.»

«Das macht die frische Luft.»

Beim Fussballspiel auf dem Rasen ging es hoch her. Es hatten sich sechs oder mehr Jungen den ersteren angeschlossen, nun lagen sie sich in den Haaren. Es ging offenbar, wie so oft beim Fussball, um die Mannschaftsaufstellung.

«Das Rührei ist butterzart, der Schinken saftig, die Züpfe riecht herrlich frisch, und der Honig ist eine Wucht», sagte ich.

Sie strahlte und schenkte Kaffee nach. «Der Honig stammt von unseren eigenen Bienen.»

«Übrigens: Ich bin nirgends ausgebrochen.»

«Freut mich. Ich heisse übrigens auch nicht Ruth.»

Wir lachten beide.

«Dann musst du Regula sein.»

Der Name liess sie aufhorchen. «Wer bist du? Ich kann mich nicht an dich erinnern, und du kennst unsere Namen.»

Ich war satt. Ich schob den Teller weg und reichte ihr meine Karte.

Sie zog eine Lesebrille aus der Schürzentasche, setzte sie auf und überflog das Geschriebene. Sie überlegte nicht lange; mit einer schnellen Bewegung schlenzte sie die Karte in meine Richtung, riss sich die Brille vom Kopf und sagte mit scharfen Worten: «Trink deinen Kaffee aus, Bergmann, und verschwinde! Ich lasse nicht zu, dass einer wie du hier rumschnüffelt und unsere Gäste belästigt.»

Sie zündete sich eine Zigarette an und tat einen tiefen Zug.

Ich sagte: «Ich suche einen Mann. Er heisst Muller. Ihm gehört das Bordell da drüben.»

«Hier ist er nicht. Das weiss ich bestimmt.»

«Er oder einer seiner Männer hat mir fast den Schädel eingeschlagen.»

«Er wird Grund dazu gehabt haben.»

«Er hat ein Mädchen aus Langnau entführt. Er hat sie in dem Haus dort misshandelt und am nächsten Tag wieder freigelassen.»

«Was geht mich das an?»

«Ihre Mutter sitzt in Hindelbank eine zweieinhalbjährige Haftstrafe ab. Ihr Vater ist ein Säufer. Die Polizei rührt keinen Finger deswegen.»

Sie schwieg für einmal.

«Sie heisst Magdalena. Sie boxt und will Europameisterin werden. Sie ist flink, zäh, diszipliniert – sie würde dir gefallen.»

Sie rauchte in Ruhe ihre Zigarette.

«Ich will bloss, dass sie zu ihrem Recht kommt. Ich habe nicht vor, eure Gäste oder sonst wen zu belästigen. Ich habe gedacht, du könntest mir helfen, ihn zu finden.»

Sie stand auf und drückte den Stummel in den grossen Aschenbecher neben der Ausgabe.

Ich erhob mich ebenfalls, nahm das Portemonnaie in die Hand und fragte: «Was kostet das Frühstück?»

Sie legte Geschirr und Besteck von meinem Frühstück aufs Tablett und sagte mit versöhnlicher Stimme: «Nimm den Krug und die Tassen und komm mit ins Haus. Hier draussen kann ich nicht reden.»

Ich trug das Tablett mit dem Kaffee hinter ihr her.

Sie deponierte das schmutzige Geschirr im Anbau auf einer Ablage, öffnete eine Schiebetür, trat hinüber in das erste Zimmer im Blockhaus und winkte.

Ich folgte ihr.

Das Tablett mit dem Krug und den Tassen nahm ich mit, der Kaffee war nicht alle.

Das Zimmer war Wohnzimmer und Büro in einem.

Eine Frau sass vor einem Bildschirm. Sie drehte sich nach uns um und erhob sich.

Regula sagte: «Das ist Alexander Bergmann. Alexander, das ist Ruth.»

«Guten Morgen, Ruth», sagte ich, stellte das Tablett auf den Tisch und gab ihr die Hand.

Regula sagte: «Alexander ist Privatdetektiv. Er will mir ein paar Fragen stellen. Es geht um Muller.»

«Verstehe», sagte Ruth, «ich mache hier später weiter. Ich muss nur rasch die Daten speichern.»

Sie drückte ein paar Tasten im Stehen, schaltete den Bildschirm aus, öffnete das Fenster und sagte: «Lasst euch nicht stören. Ich schaffe das allein da draussen. Ist ja kaum was los.»

Wir setzten uns an den Tisch.

DREIZEHN

«Wieso kommst du zu mir? Wer hat dir diesen Tipp gegeben?», fragte Regula.

«Niemand. Ich bin selbst drauf gekommen. Es ist so: Muller und seine Leute haben Magdalena fast umgebracht. Ich habe sie im Spital besucht. Sie hat mir den Ort und den Raum, in dem sie sie festgehalten haben, genau beschrieben. Ich habe das Zimmer gefunden. Drüben im Bordell, in der Mansarde. Vorher hatte ich in der Bar Céline getroffen. Sie arbeitet in dem Haus, du kennst sie. Céline hat von dir und Ruth und eurem Paradies hier gesprochen und geschwärmt. Sie komme öfters her, hat sie mir erklärt, und gehe euch zur Hand.»

«Céline nennt sie sich da drüben? Hübscher Name. Steht ihr.»

«Wie nennt sie sich hier bei euch?»

«Hier braucht sie keinen Schutznamen.»

«Sie hat angedeutet, du würdest bald aufhören. Ruth habe sie gefragt, ob sie sich vorstellen könne, dich zu ersetzen. Sie hat mir angedeutet, sie würde nichts lieber tun. Mit Ruth zusammen diesen Campingplatz zu betreiben, das wäre für sie ein Traum. Über Ruth hat sie kaum was gesagt. Von dir hat sie nebenbei erwähnt, du hättest früher das Gleiche gemacht wie sie.»

«Aha, das hat dich auf die Idee gebracht, herzukommen. Du hast angenommen, ich würde Muller kennen. Und du hast geglaubt, ich würde dir helfen, ihn zu finden.» Sie schüttelte den Kopf. «Männerlogik!»

«Bin ich für dich ein Regent oder ein Lakai?»

Sie lachte. «Das hat sie auch ausgeplaudert? Sie hat dich aufs Zimmer genommen, so viel ist klar, und sie hat dir ungewöhnlich rasch vertraut. Wie hast du das gemacht? Sie ist scheu wie ein Reh.»

Ich war versucht zu sagen, das sei mein Beruf, erkannte rechtzeitig, dass es eine vorlaute, anmassende Antwort wäre, und suchte nach einer besseren.

Sie wartete nicht und stellte die nächste Frage: «Hast du sie über Muller auch ausgefragt?»

«Nein. Dadurch hätte ich sie gefährdet. Sie ist ein feiner Mensch.»

«Das stimmt, sie ist ein feiner Mensch. Und ich bin alt und hässlich, was mit mir geschieht, ist egal.»

«Blödsinn! Du bist draussen, Regula, das ist für mich der Punkt. Für dich besteht nicht mehr dieselbe Gefahr.»

«Du kennst Muller nicht, Alexander. Er vergisst niemanden. Nun gut, was erwartest du von mir?»

«Hilf mir, diesen Muller zu finden. Wo ist er? Was tut er? Wie komme ich an ihn ran?»

«Was weisst du über ihn?»

«Ich weiss wenig über ihn, bin nicht einmal sicher, ob er hinter der Entführung steckt. Es gibt keinen Beweis, nur Indizien. Bis jetzt ist alles reinste Vermutung. Du kennst ihn. Erzähl mir alles über ihn. Alles, was du weisst.»

«Ich fürchte, ich muss dich enttäuschen, ich habe ihn nie getroffen.»

«Macht nichts, erzähl.»

«Muller hält sich verdeckt», fuhr sie fort, «er zeigt sich nie. Nicht mal zur Urteilsverkündung ist er erschienen. Er hat eine erwachsene Tochter. Sie hat letzten November einen Pferdestall angezündet, das hat ihr drei Jahre Haft eingebracht. Das weisst du bestimmt. Fünf Mal bin ich nach Bern gereist, weil ich gehofft habe, das eine oder andere Mal werde er vor Gericht erscheinen. Fünf langen, zähen Verhandlungen habe ich beigewohnt, nicht ein einziges Mal habe ich ihn gesehen. Jeder Vater würde im Saal sitzen und seine Tochter unterstützen. Immerhin hat sie sich vor dem Strafgericht verantworten müssen. Aber nein, Muller hat sich nie gezeigt. Er hat ihr einen guten Anwalt besorgt, das wohl. Ich hatte erwartet, dass er wenigstens zur Urteilsverkündung erscheint. Stattdessen ist jemand im Saal mit ihm per Telefon verbunden gewesen. Ich hätte ihn zu gern einmal gesehen, diesen …»

Sie schaute zum Fenster. Beim Fussballspiel hatte es ein Tor gegeben, der Jubel der Jungen drang bis zu uns durch. Eine Frau stampfte am Haus vorbei und rief wütend: «Gabriel! GABRIEL!»

Ich stand auf und schloss das Fenster.

«Danke», sagte sie und fuhr fort: «Das Bordell hat ihm schon zu meiner Zeit gehört. Er besitzt dazu eines in La Chaux de Fonds und eines in Locarno. Gut möglich, dass ihm weitere Bordelle in anderen Städten gehören. Das weiss ich nicht. Will es auch nicht wissen. Er lebt in Genf und hat an jedem Standort eine Frau, die den Laden für ihn führt. Im Grunde klappt das gut.»

«Ist ja auch kein Verbrechen.»

«Du hast recht. Nur ist das nicht alles. Vor fünfundzwanzig Jahren hat sich ihm eine Sechzehnjährige an den Hals geworfen. Sie ist als Kind mit der Familie aus Ungarn geflohen und in Bümpliz zur Schule gegangen. Sie hat ihn auf der Abschlussreise in Genf kennengelernt, ist von zu Hause abgehauen und zu ihm gezogen.»

«Du meinst Piroska?»

«Du kennst sie?»

«Ja. Das ist die Frau, die hier in Burgdorf den Betrieb führt.»

«Richtig, das ist Piroska. Seither reist Muller jedes Jahr nach Ungarn. Er ist ein Pferdenarr. Ein Pferdenarr ohne eigene Pferde. Früher hat er dort Reitferien verbracht. Vielleicht tut er das heute noch. Irgendwann hat Piroska ihm geholfen, Beziehungen zu einer Organisation aufzubauen, die für ein paar Euro armen Eltern ihre Mädchen abkauft und sie in alle Welt verschachert. Piroska ist ihm eine grosse Hilfe bei der Sache. Sie spricht Ungarisch. Und sie hält dicht. Wenn die Organisation ihm ein Mädchen in Ungarn vorführt, fotografiert er es. Er kennt am Genfersee Leute, die auf so was stehen. Er trifft sich mit ihnen und zeigt ihnen die Fotos. Wenn ein Mädchen den Geschmack des Kunden trifft, kommt der Handel zustande. Die Organisation liefert das Mädchen in Burgdorf ab. Hier bleibt es ein paar Tage, und Piroska sorgt dafür, dass es ordentlich auf die Übergabe vorbereitet wird. Kleider, Schuhe, Haare, Fingernägel, Schminke und so weiter. Dafür hat sie ein paar Tage Zeit.»

«Woher weisst du das alles?»

«Halt! Keine Fragen in diese Richtung.»

«Es tut mir leid. Eine andere Frage: Wie komme ich an ihn ran?»

«Er ist da, wenn ein Mädchen eintrifft. Er will sicher sein, dass seine Männer ihm nichts antun. Er toleriert auch keine Drogen oder Medikamente und solche Dinge. Blut müssen sie ihm abzapfen. Das nicht zu knapp. Er behauptet, das beruhige sie, wecke ihren Überlebenswillen und bringe sie dazu, ihre Lage zu akzeptieren. Er ist überzeugt von der Massnahme, und der Erfolg scheint ihm recht zu geben. Die meisten Mädchen erholen sich körperlich schnell und tragen keine sichtbaren Schäden davon.»

«Und fügen sich in ihr Schicksal?»

«Oh ja.» Sie holte tief Luft, klopfte eine Zigarette aus der Schachtel und rollte sie zärtlich zwischen den Fingern. Ich langte nach dem Feuerzeug, sie wehrte ab und sagte: «Nein, nicht hier drin.»

«Wo wohnt er, wenn er da ist? Die Mädchen sperren sie in ein Zimmer, oben in der Mansarde. Das habe ich gesehen, ich bin dort gewesen.»

«Du bist in dem Zimmer gewesen?»

«Ja.»

«Du bist in die Mansarde hochgefahren, den Korridor runtergelaufen und in das Zimmer gegangen?»

«Nein, ich bin die Treppe hochgestiegen, der Rest stimmt.»

«Wirklich? Allein?»

«Ja, allein.»

«Bist du verrückt geworden? Das Haus ist gesichert wie eine Festung.»

«Ja, das habe ich erfahren müssen.»

«Hat es sehr wehgetan?» Sie deutete auf den Kopfverband.

«Weh genug, um den Kerl zu hassen.»

«Vorsicht! Hass verleitet dich zur Rache, und Rache ist immer ungerecht.»

«Frauenlogik.»

«Falsch. Das sagt Don Quijote an einer Stelle zu Sancho Pancha. Ein weiser Mann hat das Buch geschrieben.»

«Don Quijote kämpft ja auch gegen Windmühlen. Das tue ich nicht.»

Sie lachte und sagte: «Bist du sicher?»

«Sag mir lieber, wo er haust, wenn er da ist. In der Mansarde? Platz wäre sicherlich genug. Oder wohnt er im Parterre neben dem Restaurant? In Piroskas Haus? Sonst wo in Burgdorf?»

«In der Mansarde. Ich nehme an, dort fühlt er sich am sichersten. Er bleibt sowieso nur zwei, drei Tage.»

«Wie kann ich wissen, dass er da ist? Fährt er einen speziellen Wagen? Ich habe in der Garage einen Tesla und einen Range Rover gesehen. Piroska fährt den Tesla. Fährt er den Range Rover?»

«Mit Autos kenne ich mich nicht aus. Er hat einen Chauffeur, soviel ich weiss. Nein, darauf würde ich mich nicht verlassen. Wenn nachts im Westflügel Lichter brennen, ist er da. Von hier aus gesehen in der Mitte der Mansarde gibt es zwei Fenster. In denen brennen nachts immer Lichter. Gedämpft. Dort befindet sich die Überwachungszentrale. In dem Raum hocken seine Männer und wechseln sich ab vor den Bildschirmen. Wehe, wenn sie jemanden aufspüren, der protestiert, randaliert oder im Haus herumspioniert wie du. Die rücken sofort aus. Das hätte dir jeder und jede im Haus sagen können.»

«Ich bin gewarnt.»

«Wo das Mädchenzimmer liegt, weisst du ja. Nachts habe ich dort nie ein Licht sehen. Muller beansprucht die gegenüberliegende Seite, den gesamten Westflügel. Tagsüber gibt es von hier aus gesehen keine Anzeichen, aus denen man schliessen könnte, dass er zugegen sei. Es gibt keinen Balkon, und mal sind die Fensterläden zu, mal nicht. Abends hingegen verrät er sich. Er knipst in sämtlichen Räumen die Lichter an und lässt sie brennen bis in die frühen Morgenstunden.»

«Gibt es keine andere Möglichkeit, ihm auf die Spur zu kommen?»

«Wie meinst du?»

«Jemand müsste mir sagen können, wann das nächste Mädchen eintrifft. Wenn ich das wüsste, könnte ich mich vorbereiten.»

«Ich wüsste nicht, wer dir da helfen könnte.»

«Weiss Piroska Bescheid?»

«Das ist nicht einmal sicher. Selbst wenn sie es wüsste, dir würde sie es niemals verraten. Vergiss nicht, er macht das seit über zwanzig Jahren. Da wäre längst ein Handel schiefgelaufen, wenn er die Ankunft der Mädchen im Haus jeweils bekannt machen würde.»

«Ich kenne Piroskas Bruder. Er könnte sie dazu bringen, endlich mit dem Scheusal zu brechen.»

«Versuchen kannst du es ja.»

«Was bleibt mir anderes übrig? Soll ich Nacht für Nacht auf der Lauer liegen und den Westflügel beobachten?»

«Klingt umständlich, das ist wahr», sagte sie, und nach einer längeren Pause: «Gib mir deine Karte, ich rufe dich an, wenn mir was Besseres einfällt.»

Ich gab sie ihr.

Wieder klaubte sie ihre Brille aus der Schürzentasche, wieder setzte sie sie auf, wieder überflog sie das Geschriebene nur flüchtig. Sie schob die Karte in die Tasche, legte die Brille dazu und fragte: «Du hast eine Agentur in Langnau?»

«Ja.»

«Hast du einen Assistenten oder eine Assistentin?»

«Nein, ich arbeite allein.»

«Warum tust du das? Wer bezahlt dich?»

«Was, willst du jetzt Geld für diese Auskünfte?»

«Nein. Ich meine es ernst: Warum tust du das? Was treibt dich an?»

«Das fragst du? Magdalena, die Mädchen, mein Schädel.» Ich streckte meinen Arm vor, zeigte ihr den blauen Fleck. «Er hat mich fast verbluten lassen. Was muss denn noch passieren? Ich will das Schwein fassen, und ich werde ihn fassen.»

«Und Céline? Spielt sie auch eine Rolle? Tust du es auch für sie?»

«Ist sie eines dieser Mädchen?»

«Nein. Sie ist in die Schweiz gekommen, um als Privatpflegerin zu arbeiten, und ist im Bordell gelandet. Sie stammt aus Bialystok in Polen. Sie heisst Zofia. Zofia Wójcik.»

Ich bemühte mich, ruhiger zu werden, ich brauchte einen kühlen Kopf und sagte: «Nein, an sie habe ich nicht gedacht. Wie soll ich es erklären? Anfangs habe ich gespürt, dass da etwas faul ist. Je mehr ich über Muller erfahre, desto deutlicher wird mir seine durchtriebene, gefährliche Bosheit. Seine Bosheit und die Tatsache, dass er seinen Handel seit Jahren unbehelligt ausübt. Der Kerl gehört vor Gericht. Das will und das werde ich erreichen.»

Sie war drauf und dran, etwas zu entgegnen oder anzufügen, verzichtete schliesslich, nahm die Zigarette und das Feuerzeug und erhob sich. «Jetzt habe ich eine Zigarette verdient.»

Ich erhob mich mit ihr und sagte: «Du hast mir geholfen. Danke.»

Wir begaben uns vors Haus. Es war richtig warm geworden. Ruth hatte zu tun, die Tische waren grösstenteils besetzt, die Gäste gut gelaunt.

Regula zündete sich die Zigarette an, lächelte da und dort jemandem zu und fragte: «Möchtest du noch was trinken?»

«Nein, ich muss gehen. Vorher will ich das Frühstück bezahlen.»

«Lass nur. Es ist in Ordnung. Du kannst das nächste Mal bezahlen. Du kommst hoffentlich wieder und informierst mich.»

«Sicher. Also dann … auf Wiedersehen.»

Ein Junge kam vom Wasserfall hergelaufen. Er rannte wie von Sinnen. Seine Augen suchten Regula, als er sie sah, stürzte er auf sie zu.

«Eine Frau», raunte er, «im Wasser … sie ist … ich glaube, sie ist tot.»

Regula warf die Zigarette in den Aschenbecher und lief los.

Ich lief mit, überholte sie und war vor ihr da.

Kinder standen am Ufer. Mindestens ein Dutzend. Sie starrten alle auf einen Punkt im Wasser, nah am anderen Ufer.

Ich sah eine Frau im Widerwasser treiben. Die rückläufige

Strömung verhinderte, dass sie von der Emme fortgetragen wurde. Sie lag mit dem Gesicht nach unten im seichten, durchschäumten Wasser.

Regula verscheuchte die Kinder: «Das ist nichts für euch. Genug geschaut. Los, geht nach Hause!»

Der Junge glaubte, sich und seine Kumpane entschuldigen zu müssen. «Der Ball ist über den Damm geflogen. Die Emme hat ihn mitgenommen. Normalerweise holen wir ihn hier wieder raus.»

Sie sagte zu ihm: «Ist schon gut. Ich bin froh, dass du mich geholt hast. Bitte lauf zu Ruth. Sag ihr, sie soll die Leute wegschicken, den Laden schliessen und auf die Polizei warten. Sag ihr, ich habe es gesagt. Du kannst dir morgen was abholen dafür.»

Er sauste los.

Sie nahm ihr Handy aus der Tasche und rief die Polizei.

Ich watete durch den Fluss. Ich brauchte mich nicht zu beeilen, der Junge hatte recht, die Frau war tot. Sie trug weisse Turnschuhe, schwarze Leggins, eine blau-weisse Sportjacke und ein weisses Stirnband. Auf den ersten Blick eine verunfallte Joggerin. Auf den zweiten die ermordete Piroska.

Ich zog sie ans diesseitige Ufer und legte sie nah dem Wasser auf die Steine.

Regula zischte: «Das Schwein hat sie ermordet.»

Ich nickte. «Mit einem Stich ins Herz.»

Sie kraxelte hoch zu der Stelle, wo sich die Emme über die Schwelle wälzte, und setzte sich auf die Betonkante am Dammende. Sie legte die Arme übers Kreuz, klemmte sich beide Fäuste verkrampft unter die Achseln und wiegte den Oberkörper ein paarmal vor und zurück.

Von hier aus hatte sie die Übersicht, die es ihr ermöglichte, flanierende Gäste rechtzeitig zu warnen und Schaulustige abzuweisen. Wenigstens auf dieser Seite der Emme konnte sie einschreiten – sollte sie die Kraft dazu wiederfinden.

Auf der anderen Seite führte ein Uferweg dem Fluss entlang. Dort sammelten sich Sonntagsspaziergänger. Sie machten sich gegenseitig auf die Tote aufmerksam. Die abgebrühtesten unter ihnen zückten ihr Handy, gafften und telefonierten aufgeregt. Die empfindsameren suchten gegenseitigen Beistand und stahlen sich davon.

Regula sah auf mich herab. Im ersten Anlauf versagte ihre Stimme, im zweiten sagte sie: «Du musst nicht warten. Wir machen das. Sorge dafür, dass Muller hinter Gitter kommt.» Sie brauchte erneut zwei Anläufe: «Noch was: Vergiss, was ich vorhin gesagt habe: Komm auf keinen Fall her, solange er frei herumläuft. Sieh nur, dort kommt einer mit einer Kamera. Los, verschwinde! Ich will nicht, dass er ein Bild macht, auf dem wir beide drauf sind. Schon gar nicht zusammen mit ihr. Ich will nicht die Nächste sein.»

«Wie kommst du denn darauf?»

«Hast du nicht gesehen? Ihr fehlt die Zunge.»

VIERZEHN

Ich fuhr mit dem Wagen nach Hause. Ich musste dringend die nassen Schuhe, Socken und Hosen ausziehen.

Während der Fahrt dachte ich an Hammer-Joe. Hatte er mit Piroska telefoniert? Sich mit ihr nochmals getroffen? Sie in ihrem Haus aufgesucht? Hatte sie ihm von ihrer Komplizenschaft im Mädchenhandel gebeichtet? Vielleicht hatte sie ihre Schwester angelogen, vielleicht war sie gar nie spielsüchtig gewesen. Vielleicht war das ein Vorwand, ein verzweifelter Versuch, Katalin um Hilfe anzugehen.

Vermutlich hatte Hammer-Joe die Geschichte nicht geglaubt. Er hatte Erkundigungen eingezogen und war dahintergekommen, dass ihr das Gebäude in Burgdorf nie gehört hatte. Somit konnte sie das Bordell im Spiel auch nie verloren haben.

Je länger ich darüber nachdachte, desto stärker kam ich zu der Überzeugung: Er hatte herausgefunden, dass sie log. Er hatte sie damit konfrontiert und sie gezwungen, die Wahrheit zu sagen.

Muller hatte von dem Treffen Wind bekommen. Er hatte sie ermordet. Oder von einem Handlanger ermorden lassen. Das entsprach eher dem Verhalten eines Bordellkönigs, wie er es war.

Ich beschloss, gegen Abend im Boxclub vorbeizugehen. Ich wollte warten, bis die traurige Nachricht Hammer-Joe erreicht hatte. Vielleicht würde er mir danach mitteilen, was er von Piroska erfahren hatte.

Zu Hause erfasste mich eine bleischwere Müdigkeit. In meinem Kopf begann wieder dieses Prickeln, das bald in ein heilloses Sticheln und Pochen übergehen konnte. Ich schluckte vorsichtshalber eine Tablette und schleppte mich aufs Bett. Eine Stunde Schlaf würde guttun.

Das Handy weckte mich, ich drückte auf Annehmen: «Bergmann.»

«Ursina Trummer.»

«Hallo, Ursina. Hast du was rausgefunden?»

«Ja, eine ganze Menge. Du hast nach der Frau gefragt, die wegen Brandstiftung in Hindelbank ist.»

«Vanessa Muller.»

«Ah», sagte sie, «du hast den Namen rausgefunden. Gut. Das bedeutet, wir reden von denselben Personen. Ihr Vater besitzt ein Bordell in Burgdorf. Über ihn besteht ein ellenlanges Dossier in unserer Datenbank. Da kann man sich drin verlieren. Die ersten Einträge sind über zwanzig Jahre alt. Der Mann steht unter Dauerverdacht der Polizei sozusagen.»

«Hat er Vorstrafen? Ist er mal verurteilt worden?»

«Nein. Über ein Dutzend Anzeigen, alles Mögliche. Entweder zurückgezogen, abgeschmettert oder gütlich geeinigt.»

«Ein Bordellkönig.»

«So würde der ‹Blick› vermutlich über ihn schreiben. Was auffällt, sind wiederholte Vermerke über Anschuldigungen von der FMF. Das ist die Stiftung ‹Fachstelle gegen Mädchen- und Frauenhandel›. Die Damen der FMF behaupten hartnäckig, Muller betreibe Handel mit Mädchen. Die Kollegen in Burgdorf haben das Bordell in den letzten drei Jahren fünfmal durchkämmt. Das hat immer was gebracht, klar, ein, zwei Personen bleiben meistens hängen, nur nicht das Geringste, das Muller belastet hätte.»

«Haben sie ihn jemals angetroffen?»

«Nein. Nie.»

«Wann hat die letzte Razzia stattgefunden?»

«Im April. Eine Mitarbeiterin der FMF hat angerufen und gesagt, sie hätten eine anonyme Information erhalten. Demnach werde ein Mädchen im Haus festgehalten. Eine Truppe ist vom Standort Burgdorf aus am selben Tag ausgerückt und hat das ganze Haus umstellt und durchsucht.»

«Lass mich raten: Resultat negativ, kein Mädchen.»

«Es ist so. Ich habe den Rapport überflogen. Sämtliche Personen sind aufgelistet: die Mitarbeitenden der Bar, des Restaurants, zwei Wachleute, Tänzerinnen, Prostituierte und eine Schar Gäste. Niemand unter achtzehn Jahre alt.»

«Haben sie auch die Mansarde durchsucht? Steht das in den Unterlagen?»

«Selbstverständlich. Im Dachgeschoss gibt es gemäss Rapport einen Überwachungsraum mit Bildschirmen, Reservezimmer und eine Privatwohnung. Selbst in der Wohnung sind sie gewesen und haben die Bewohnerin kontrolliert.»

«Die Bewohnerin? Hat da jemand gewohnt?»

«Die Geschäftsführerin des Bordells. Zusammen mit ihrer Tochter.»

«Wer? Was?»

«Die Geschäftsführerin. Warte, hier steht ihr Name: Piroska Kovács. Sie stammt ursprünglich aus Ungarn und ist als Kind in die Schweiz gekommen und hier zur Schule gegangen.»

«Mit ihrer Tochter.» Mir wurde schwindlig. Es lag gewiss nicht an der Tablette.

«Ja. Warum?»

«Hat sie sich ausgewiesen? Ich meine, sich und ihre Tochter?»

«Ja. Das heisst, nein, nicht an dem Abend. Hier steht, sie sei ausser sich gewesen wegen so viel Polizeipräsenz. Zudem habe die Tochter aus Angst ganz furchtbar geweint. Sie habe die Papiere deshalb nicht finden können. Sie habe das nachgeholt. Sie sei auf den Posten in Burgdorf gekommen, habe sich entschuldigt und die nötigen Papiere für sich und ihre Tochter vorgelegt.»

«Wann hat die Razzia stattgefunden?»

«Samstagabend, 11. April.»

«Wann hat sie die Papiere vorbeigebracht?»

«Donnerstagnachmittag. Am 16. April, vierzehn Uhr dreissig.»

«Fünf Tage. Hat sie ihre Tochter zu der Nachkontrolle mitgebracht? Steht das dort?»

«Du stellst Fragen. Ich muss den Abschnitt suchen, normalerweise müsste das aufgeführt sein. Warte.»

Ich hörte, wie sie den Hörer hinlegte.

Sie nahm ihn wieder auf und sagte: «Vermutlich nicht. Es steht nur ihr Name im Rapport.»

«Sind die beiden Ausweise kopiert worden?»

«Selbstverständlich.»

«Kannst du auf den Fotos eine Ähnlichkeit erkennen? Ich meine, gleicht die Tochter der Mutter?»

«Alexander, das ist unseriös. Es sind billige Schwarz-Weiss-Kopien in geringer Auflösung. Was soll die Frage?»

«Entschuldige. Eine andere Frage: Hat eine Dame der FMF deine Kollegen während der Razzia begleitet?»

«So was ist nicht üblich. Die Burgdorfer haben bei der Kantonspolizei in Bern Unterstützung angefordert. Die haben einen Mitarbeiter des Psychologischen Dienstes abkommandiert.»

«Und?»

«Wann er dazugestossen ist, kann ich nicht sagen, das müsste ich nachlesen. Wahrscheinlich ist der Zeitpunkt sowieso nicht vermerkt. Beim Schlussgespräch ist er dabei gewesen. Im Protokoll steht der Name eines Mannes, ergänzt mit dem Zusatz: psych. D., KaPo Bern. Daran kann ich mich erinnern. Warum erzähl ich dir das eigentlich alles bis ins kleinste Detail?»

«Ich kenne Piroska Kovács. Sie ist Hammer-Joes Schwester.» Fast hätte ich «Hammer-Joes Schwester *gewesen*» gesagt. Es war nicht an mir, sie über den Mord an Piroska zu informieren. Hätte ich es ihr gesagt, sie hätte bestimmt nachgehakt und gefragt, wieso ich das vor ihr wusste. Eine ehrliche Antwort auf ihre Frage hätte weitere Fragen nach sich gezogen. Was ich dort an der Emme gesucht hätte und so weiter.

Und ich fügte an: «Ich glaube, sie hat keine Kinder.»

«Was sagst du da? Du meinst, das ist nicht ihre Tochter gewesen? Das würde heissen ... Nein, das darf nicht wahr sein!»

«Sicher bin ich nicht. Ich werde Hammer-Joe fragen.»

«Alexander.»

«Ja?»

«Wenn der Chef erfährt, dass ich dir interne Angaben weitergebe, dann ... Versprich mir, mich nie zu verraten.»

«Ursina, stell dir vor, Muller verkauft seit Jahren Mädchen aus Ungarn an Leute am Genfersee. Die Damen von der FMF beschuldigen Muller mit gutem Grund.»

«Falls das stimmt, warum meldet sich denn nie ein entführtes Mädchen bei der Polizei? Warum schweigen sie weiter, auch wenn sie erwachsen sind? Warum verständigen sie die FMF anonym? Wir brauchen Zeugen, sonst sind wir machtlos.»

«Ich habe neulich einen Bericht der FMF gelesen. Darin stand, egal aus welchen Ländern die Mädchen und jungen Frauen stammen, die Muster gleichen sich. Wenn das, was dort beschrieben war, auf Muller zutrifft, entführt er die Mädchen nicht, er kauft sie. Vermutlich steht eine ungarische Organisation dahinter, die gezielt Mädchen aus armen Familien auswählt. Sie besuchen die Familie, kaufen ihnen ihr Mädchen ab und versprechen ihm eine bessere Zukunft. Muller kauft der Organisation die Mädchen ab und verkauft sie weiter. Sind die Mädchen in der Schweiz, übt er mit Sicherheit gewaltigen Druck auf sie aus, indem er ihnen droht, die Organisation in Ungarn werde ihre Eltern oder Geschwister schikanieren oder gar töten, wenn sie sich nicht fügen. Im Bericht stand, diese Leute suchten sich bewusst keine Waisen.»

«Wenn das wahr ist – Himmel, was sind das für Verbrecher!»

«Legal oder nicht, Ursina, deine Hilfe macht Sinn.»

«Kannst du was damit anfangen?»

«Du hast mich ein gutes Stück weitergebracht. Wenn wir Muller vor Gericht bringen, ist das auch dein Verdienst. Du hast einen grossen Anteil am Erfolg. Schade nur, dass das nie jemand erfahren wird.»

«Damit kann ich leben. Hauptsache, er wird gefasst. Was wirst du jetzt tun?»

Was hätte ich ihr sagen sollen? Ich hatte keinen Plan. Dafür umso mehr neue Fragen.

«Letzte Frage», sagte ich. «Werden Telefongespräche in oder aus der Anstalt Hindelbank abgehört? Weisst du das?»

«Nein.»

«Kannst du das bitte für mich abklären?»

«Ich weiss es. Mit ‹nein› meine ich: Die Anrufe werden nicht abgehört. Weder eingehende noch ausgehende. Wir sind hier in der Schweiz, Alexander. Das gilt übrigens auch für die Strafanstalt Thorberg, das Gefängnis für Männer.»

«Keine Ausnahmen?»

«Sonderfälle gibt es immer. Für Terroristen zum Beispiel gelten Sonderbestimmungen. Für Drogenbarone ebenso.»

«Wie viele Terroristinnen sitzen zurzeit in der Anstalt Hindelbank?»

«Keine.»

«Drogenbaroninnen?»

«Das kennen wir in der Schweiz nicht. Hier leisten Frauen höchstens Kurierdienste. Wenn sie Pech haben und erwischt werden, landen sie für ein paar Jahre im Gefängnis. Andere sitzen wegen Diebstahls, Betrugs, Brandstiftung. Solche Sachen. Die meisten Insassinnen sind kleine Fische. Kein Grund, ihre Telefone abzuhören.»

«Verstehe.»

«Was wirst du jetzt tun?»

«Mir ist übel, und ich habe grässliche Kopfschmerzen. Ich muss ein paar Stunden schlafen.»

«Mach das. Und pass besser auf dich auf.»

«Ich habe keinen Grund, übervorsichtig zu sein. Du bist gestern im Schiesskeller gewesen. Wenn Muller mich tötet, erwarte ich, dass du mich rächst und ihn erschiesst.»

«Mach keine Witze.»

«Magst du Fisch?»

«Ja, warum?»

«Sobald er im Gefängnis sitzt, lade ich dich zum Essen ein. In den Gasthof zum Goldenen Löwen.»

«Das gefällt mir schon besser. Ruh dich aus, schlaf dich gesund; und halte mich auf dem Laufenden.»

«Mein Wort drauf.»

Ich blieb im Bett, schlief bald ein und erwachte am nächsten Morgen nach acht Uhr. Mit dem prächtigen Gefühl, mich erholt zu haben, beschloss ich, Hammer-Joe in seinem Boxclub zu besuchen.

Ich hatte die Öffnungszeiten seines Clubs nie nachgeschlagen, ich ging einfach hin.

Bis ich durch die Pendeltür trat, war es zehn Uhr. Licht brannte, Fenster standen offen. Ein absonderliches, lautes Dröhnen wehte aus dem Büro. Ich blieb stehen und rief: «Hallo?» Niemand antwortete, niemand kam.

Ich bewegte mich langsam Richtung Büro und rief mehrmals laut und deutlich «Hallo». Endlich sah ich eine Frau: blaue Schürze, Kopftuch, gebückte Haltung. Sie hantierte mit einem Staubsauger, daher das Gedröhn.

Die Bürotür stand offen. Ich klopfte an den Rahmen. Sie schien mich nicht zu hören, arbeitete beflissen weiter.

Ich trat vorsichtig näher und berührte sie an der Schulter.

Sie fuhr herum und rief: «Jesses, haben Sie mich erschreckt!»

«Es tut mir leid», rief ich zurück, «ich habe …»

Sie zog den Stecker. Es wurde plötzlich sehr still.

Ich wiederholte mich in gewohnter Lautstärke: «Es tut mir leid. Ich habe gerufen und geklopft.»

«Ja, ja», sagte sie, «der Staubsauger macht Krach wie ein Düsenjäger.» Sie versetzte ihm einen Tritt. «Er ist obendrein schwer wie ein Hornschlitten und stinkt wie ein Koffer voll alter Schuhe.»

«Ich suche Hammer-Joe. Ist er nicht da?»

Sie zuckte mit den Achseln: «Es ist Montag.»

«Aha», sagte ich.

«Montag ist Putztag.»

«Ach so.»

«Ja. Da kommt er nie.»

«Das habe ich nicht gewusst.»

«Wenn was ist, schreibt er einen Zettel.»

«Na, dann will ich nicht länger stören.»

Sie schaute auf die Uhr und sagte: «Höchste Zeit für eine Pause. Kommen Sie, wir trinken einen Kaffee.»

Sie marschierte durch den Saal in einen Raum, in dem ein Getränkeautomat und ein paar Tische standen.

Sie fragte: «Zucker? Milch?»

«Zucker», sagte ich.

Sie löste zwei Becher Kaffee aus dem Automaten, ging zu einem der Tische, schob Werbeprospekte und Gratiszeitungen zur Seite, stellte die beiden Becher hin und setzte sich. Ich setzte mich ihr gegenüber.

Sie schaute mich an. «Kann ich Sie was fragen?»

«Sicher.»

«Trainiert Hammer-Joe wirklich Mädchen? Ich meine, lehrt er sie so richtig boxen?»

«Ja, das tut er.»

«Mein Sohn ist mit Magdalena Fellmer zur Schule gegangen. Er kommt neulich nach Hause und sagt zu mir: ‹Mutter, denk nur, die Fellmer geht zu Hammer-Joe ins Boxen.› Ich habe ihm nicht geglaubt.»

«Nun, es stimmt. Magdalena hat grosses Talent. Sie kämpft nächstens um den Europameistertitel. Es bestehen gute Chancen.»

«Dass sie Europameisterin wird?»

«Ja.»

«Und was hat sie davon?»

Ich grinste in mich hinein und trank den Kaffee. Er schmeckte richtig gut.

Sie dachte offenbar über die Sache nach und sagte: «Mädchen und boxen. Unsereinem hätte man das verboten.»

«Es ist nie zu spät. Sie können morgen damit anfangen», tröstete ich sie.

Sie schüttelte den Kopf und blickte verdrossen. «Wir leben auf einem kleinen Bauernhof. Da bleibt keine Zeit für so was.»

«Ermuntern Sie Ihren Sohn. Magdalena würde sich freuen. Sie könnten gemeinsam trainieren.»

Sie senkte ihre Stimme: «Ich muss Ihnen was sagen.»

«Ja?»

«Da draussen hängt ein Sack aus braunem Leder.»

«Der Sandsack. Was ist damit?»

Sie senkte ihre Stimme eine Stufe weiter. «Jedes Mal wenn ich herkomme, stelle ich mir vor, das sei mein Schwiegervater. Ich mache Licht, gehe rum, öffne die Fenster und richte alles her, damit ich loslegen kann, und dann …»

«Und dann?»

«Ich stehe vor den Sack hin und haue ihm zünftig ein paar Kräftige rein. Links, rechts, links, rechts. Verstehen Sie?»

«Denken Sie sich was dabei?»

«Natürlich», sagte sie schroff.

«Darf ich wissen, was Sie denken?»

«Du halt-end-lich-dei-ne-Klap-pe!»

«Ihr Schwiegervater ärgert Sie oft, was?»

«Ständig. Er ist ein Plagegeist und Tyrann. Seit seine Frau tot ist, schikaniert er mich. Sie hat mehrfach gedroht, ihn zu verlassen. So manches Mal ist sie nahe dran gewesen. Die Kraft hat nie gereicht. Niemand hat ihr geholfen, nicht einmal ihr eigener Bruder. Vor zwei Jahren ist sie gestorben. Wissen Sie, ich glaube, der Wille allein reicht nicht, um auszubrechen und abzuhauen. Denn mit dem Davonlaufen ist es nicht getan. Egal, ob aus einer Familie, einer Verpflichtung, einer Abhängigkeit oder aus einem Kerker, man muss irgendwohin können. Man braucht einen Ort der Zuflucht, ein sicheres Ziel. Das geht nicht ohne Hilfe. Die Welt ist voll von Geschichten über Menschen, die entweder verloren herumirren oder wieder umkehren.»

«Man muss nicht immer davonlaufen, man kann auch versuchen, sich der Situation zu stellen. Wenn er sie wieder ärgert, stehen Sie vor ihn hin wie vor den Sandsack: aufrecht und entschlossen. Strecken Sie ihm die Handflächen entgegen und sprechen Sie ruhig und bestimmt Ihren Denkspruch: Du!-Halt-endlich-deine-Klappe!»

Sie lachte und hob den Zeigefinger. «Sie sind mir einer. Wollen Sie, dass ich mich mit meinem Schwiegervater anlege? Er ist über siebzig und immer ein Tyrann gewesen. Er wird mir eine runterhauen.»

«Nein. So weit wird es nicht kommen. Üben Sie Ihren Auftritt vorher am Sandsack. Sobald er anfängt, Sie zu schikanieren, schneiden Sie ihm das Wort ab. Lassen Sie ihn nicht ausreden. Zeigen Sie ihm, wie entschlossen Sie sind, und wiederholen Sie Ihren Denkspruch klar und deutlich, bis er schweigt. Er wird begreifen, dass Sie sein Verhalten nicht länger dulden.»

«Er wird sich bei meinem Mann beschweren.»

«Ja, rechnen Sie damit. Schlagen Sie den Sandsack, so oft und so hart Sie mögen, aber prügeln Sie sich niemals mit Ihrem Schwiegervater. Geben Sie sich entschlossen. Drohen Sie ihm nie mit den Fäusten. Entschlossenheit, keine Gewalt. Wer will Ihnen da was vorwerfen? Schlagen Sie den Sandsack. Dafür ist er da.»

Sie lachte nicht mehr, sie nickte grimmig.

Es war Zeit für mich, zu gehen, ich sagte: «Danke für den Kaffee.»

«Danken Sie Hammer-Joe. Er lässt immer ausreichend Chips da.»

«Ich werde ihm sagen, er soll Ihnen Geld für einen neuen Staubsauger dalassen.»

«Das wäre toll. Ich wüsste einen, da kann man während dem Staubsaugen Radio hören.»

Ich stand auf.

Sie sagte: «Warten Sie, so können Sie nicht rumlaufen. Setzen Sie sich nochmals hin.»

Der Verband hatte sich gelöst.

Sie trat hinter mich und wickelte ein paar Windungen ab und fragte: «Woher kommt diese Wunde? Unfall gebaut?»

«Jemand hat mir einen Knüppel auf den Kopf gehauen.»

Sie legte ihre Hand mit grösster Sorgfalt auf die Naht. «Hier?»

«Ja, genau da.»

«Muss ein Linkshänder gewesen sein.»

«Meinen Sie?»

«Ich bin Rechtshänderin. Ich hätte Ihnen den Knüppel mitten auf den Kopf geschlagen. Oder vielleicht da hin.» Sie tippte auf eine Stelle schräg über dem rechten Ohr.

«Ich bin höher gestanden als er.»

«Trotzdem. Ich wüsste nicht, wie ich Sie hier hätte treffen können. Jedenfalls nicht mit voller Wucht», sagte sie und legte den Verband neu.

«Danke», sagte ich und gab ihr die Hand.

«Grüssen Sie Hammer-Joe und denken Sie an den Staubsauger.»

FÜNFZEHN

Ich ging in meine Agentur und überlegte, wo ich Hammer-Joe finden könnte. Er hatte Magdalena am Freitag an einen sicheren Ort gebracht. Wenn ich Glück hatte, verbrachte er seinen freien Tag bei ihr.

Ich nahm an, Gloria wusste inzwischen, wo er Magdalena hingebracht hatte, und wollte sie anrufen. In dem Moment klingelte mein Handy.

«Bergmann.»

«Gloria. Hallo, Alexander. Wie geht's?»

«Besser, danke. Ich wollte dich eben anrufen.»

«Ja? Warum?»

«Ich suche Hammer-Joe.»

«Was fragst du mich? Ich habe keine Ahnung, wo der steckt.»

«Könnte er bei Magdalena sein? Hat sie sich gemeldet?»

«Nein. Das heisst, ja, sie hat sich heute Morgen gemeldet, und nein, Hammer-Joe ist nicht bei ihr. Darum rufe ich dich an. Du hast recht gehabt, sie braucht Ruhe und schaltet ihr Handy nur morgens ein. Lange genug, um ein paar SMS zu empfangen und zu senden. Und sie haben da oben eine winzige Solaranlage. Das zwingt sie, haushälterisch mit der Energie umzugehen.»

«Klingt nach Alphütte.»

«Ist es auch. Weisst du was? Am Nachmittag hätte ich Zeit, wir könnten sie gemeinsam besuchen. Was meinst du?»

«Unter einer Bedingung: Ich fahre.»

«Von mir aus. Holst du mich um ein Uhr ab?»

«Klar. Wo?»

«Bei mir zu Hause, an der Oberstrasse.»

Sie erklärte mir, sie wohne gegenüber dem Haus mit dem Berner-Mundart-Archiv.

Ich holte sie mit dem Wagen ab. Ehe sie zustieg, legte sie einen schweren Rucksack in den Kofferraum.

«Hast du genug Benzin?», fragte sie scherzhaft. «Wir müssen

nach Bumbach fahren und von dort ein gutes Stück den Berg hinauf. Die Alp liegt zuhinterst im Emmental.»

Ich fuhr los. «Kennst du den Ort? Bist du schon mal dort gewesen?»

«Nein, ich bin nie dort gewesen. Sie hat mir heute Morgen eine Wegbeschreibung übermittelt. Hast du einen Regenschutz oder einen Schirm dabei? Es sieht nach Regen aus. Wir müssen den Wagen auf der mittleren Alp stehen lassen und zur oberen Alp zu Fuss gehen.»

«Mit so was habe ich gerechnet.»

«Sie werden sich freuen.»

«Du sprichst ständig von mehreren Personen. Wer ist bei ihr? Weisst du das?»

«Ein junger Mann aus dem Boxclub.»

«Gregi?»

«Richtig, Gregi ist sein Name. Kennst du ihn?»

«Nur flüchtig.»

«Muss ein feiner Kerl sein.»

«Er will eines Tages den Boxclub übernehmen.»

«Ah, Hammer-Joes Nachfolger. Darum darf er auf Magdalena aufpassen. Übrigens: Warum suchst du Hammer-Joe? Hast du einen besonderen Grund?»

Dunkle Wolken zogen auf. Ich legte die Sonnenbrille in die Konsole, sah sie an und sagte: «Seine Schwester ist ermordet worden.»

«Was? Hammer-Joes Schwester? Wann?»

«Gestern Morgen.»

«Nein! – Ist sie die Tote, die in der Emme lag, bei Burgdorf?»

«Woher weisst du davon?»

«Von den Frühnachrichten im Lokalradio. Woher weisst *du* davon?»

«Ich habe sie aus dem Wasser geholt.»

«Du hast sie gefunden?»

«Nein, Kinder haben sie gefunden. Ich bin zufällig in der Nähe gewesen.»

«Kinder? Du meine Güte! Weiss man, wer der Mörder ist?»

«Ich habe Muller in Verdacht. Er hat den Auftrag dazu erteilt, davon bin ich überzeugt.» Ich liess mich zu der Bemerkung hinreissen, er sei ein hinterhältiger Verbrecher.

«Ist das der Mann, von dem du glaubst, er habe Magdalena entführt?»

«Genau der.»

«Hast du Beweise? Gibt es einen Zeugen? Was bringt dich zu dieser Annahme? Hängt ihr Tod mit Magdalenas Entführung zusammen?»

«Willst du das wirklich wissen? Die Zusammenhänge und alles? Ich kann dir die Geschichte und meine Gedanken darüber nicht in einem Satz darlegen.»

«Wir haben dreissig Minuten Fahrt vor uns», sagte sie, schraubte am Drehrad der Rückenlehne und machte es sich bequem. «Du musst mir ja nicht die ganze Welt erklären.»

Die Zeit reichte nicht. Anfangs wusste ich nicht so recht, wo beginnen, und wenige Minuten später, nachdem wir im Dorf Schangnau in Richtung Bumbach abgebogen waren, verschmolzen die Wolken zu einer einzigen, tief hängenden schiefergrauen Decke, die den Nachmittag verdunkelte.

Tropfen, gross wie Südseeperlen, fielen aus dem Nichts. Sie knallten auf die Strasse, auf die Felder und auf unseren Wagen.

Die Luft kühlte merklich ab.

Es folgten bald kleinere Tropfen. Sie fielen dichter und in grosser Menge, deckten alles ein und glitzerten silbern im Licht der Scheinwerfer.

Der Lärm nahm stark zu und vereitelte damit meine Bemühungen, Gloria die Dinge zu erklären, die ich über Mullers Machenschaften gelernt hatte. Das Tosen zwang mich zu schweigen. Das wenige, das ich vermitteln konnte, dürfte kaum gereicht haben, um sie zu überzeugen. Ich bezweifelte, dass sie meinen Verdacht teilte.

Ich steuerte den Wagen behutsam auf der kurvenreichen Bergstrasse hinauf und beobachtete mit wachsender Unruhe das Anschwellen der Sturzbäche, die uns entgegenschossen. Die Lüftung verströmte aufdringliche Gerüche. Mal roch es nach wässrigem Strassenstaub, mal nach Moder, mal nach frisch aufgeschwemmter Wühlerde.

Wir gelangten ohne Zwischenfall zur mittleren Alphütte.

Ich wendete den Wagen auf dem Vorplatz und parkierte ihn nah am Gatter zur Strasse. Das hatte den Vorteil, dass wir nach unserem Besuch rasch wieder wegfahren konnten. Was ich nicht bedacht hatte, war die Wirkung des Regens auf den nackten Platz vor der Hütte. Das Wasser hatte die mit Dung vermischte Erde aufgeweicht. Auf unserem Gang vom Wagen unter das Vordach versanken wir knöcheltief in diesem pappig-klebrigen Morast.

Die Läden der beiden Fenster waren geschlossen. Die solide Holztür mit einem rostigen Vorhängeschloss verriegelt. Der Stall leer. Das separate Käselager offensichtlich geräumt. Die Sennleute hatten die Habseligkeiten weggepackt und das Vieh ins Tal getrieben. Die Gebäude und die Alpweiden wurden während den Herbst- und Wintermonaten sich selbst überlassen.

Zum Glück bot das Vordach ausreichend Schutz für zwei Personen.

Gloria las zum wiederholten Mal die Wegbeschreibung. Wir würden, sagte sie, an zwei Abzweigungen vorbeikommen. Wenn wir beide Male die richtige wählten, würden wir die Hütte der oberen Alp in weniger als vierzig Minuten erreichen.

Das dürfte nicht allzu schwer sein, dachte ich. Hingegen die vierzig Minuten im Regen zu Fuss auf die obere Alp steigen – davor grauste mir.

Ich hatte Trockenfleisch, Pumpernickel und baumfrische Äpfel gekauft und in eine Einkaufstasche gefüllt; die stellte ich vor der Tür auf die Schwelle.

Gloria sagte: «Warten bringt nichts, der Regen wird eine Weile anhalten.»

Sie zog die Kapuze über den Kopf, zurrte die Bändel fest und verknüpfte diese unter dem Kinn. Viel mehr als ihr Gesicht war nicht mehr zu sehen. Sie grinste mich an – ich hatte nie jemand breiter grinsen sehen.

Sie schnallte sich den Rucksack um, stapfte zum zweiten Mal

durch den Morast, bog auf den Pfad ein und ging die Steigung mit ruhigen, gemessenen Schritten an.

Mich fröstelte. Ich schloss den Reissverschluss meiner Jacke bis obenhin, spannte den Schirm auf, griff nach der Tasche und folgte ihr.

Die wächserne laubfroschgrüne Pelerine reichte ihr bis zu den Knien. Wir waren beide im Emmental aufgewachsen. Im Gegensatz zu mir hatte sie sich zweckmässig angezogen, wie jemand, der oft und gern über die grünen Hügel wandert. Ihr konnten die Regengüsse nichts anhaben.

In der einen Hand den Schirm, in der anderen die Tasche versuchte ich, Schritt zu halten.

Ein leichtes Lüftchen wehte mal von hier, mal von da.

Wir wanderten durch einen Tannen- und Föhrenwald, der seitlich steil abfiel. Unzählige Steine und Felsbrocken lagen herum, und in eigenartigen Gruppen vereint zeigten sich rätselhafte Erdhügel.

Das Moos, das alles, was herumlag, überdeckte, saugte das Wasser auf wie ein flaumiges Polster und milderte das Plätschern und Rauschen. Es herrschte ein gedämpftes Sausen unter den Bäumen, ein mildes Schwirren.

Und Pilze: Wo man hinsah, reckten Pilze ihre Köpfe.

Ich fragte mich, wie Waldarbeiter in diesem unwegsamen Gelände es fertigbrachten, eine hundert Jahre alte Tanne beispielsweise zu fällen, zu entasten und zu bergen, ohne den Stamm zerstückeln zu müssen.

Nach dem Wald kämpften wir uns quer durch eine von Geröll übersäte Flanke. Mit einem mulmigen Gefühl linste ich unter dem Schirm hervor hoch zum Hohgant, wo das Gebröckel herstammte. Eine Bergkette riegelte das Emmental gegen das Berner Oberland ab. Der Hohgant war der Abschluss des Gebirges und zugleich dessen höchster Gipfel.

Ich sah den Ansatz, das Fundament, könnte man sagen. Die Regenschauer begrenzten die Sichtweite. Der Berg war da, ein Urgestein, ein Koloss, ein Zinken von über zweitausend Metern Höhe. Nur sehen konnten wir ihn nicht.

Der Weg führte durch eine Senke und über einen Steg, der einen wild gewordenen Gebirgsbach überspannte.

Am Ende der Senke musste eine Kante überwunden werden, der Rand der Senke sozusagen. Er war steil und hoch wie ein Stockwerk. Die Sennleute hatten mit armdicken Rundhölzern und flachen Steinen einen treppenartigen Aufstieg gebaut.

Gloria zögerte keinen Moment. Tritt für Tritt stieg sie hoch und ging, oben angekommen, einfach weiter. Sie legte weder eine Schnaufpause ein, noch warnte sie mich vor Stolperstellen.

Ich bildete mir ein, dass mir der Aufstieg trotz Schirm und Tasche gelingen würde, denn Kühe bewältigten dieses Hindernis ebenfalls, bekanntermassen hinauf wie hinunter.

Ich lag falsch.

Auf der Hälfte blieb ich an einer Wurzel hängen, schlug hin, brach dem Schirm zwei Spannfinger, verlor ein paar Äpfel und zerriss mir die Hose über dem Knie.

Gloria nahm keine Notiz von meinem Missgeschick.

Kaum hatte ich die Hürde hinter mir, sah ich fünfzig Meter vor mir die froschgrüne Pelerine mit dem Rucksack hinter einer Felswand verschwinden. Es wäre zwecklos, ihr zuzurufen, dachte ich, da sie im Regen unter der zugeschnürten Kapuze so gut wie taub sein musste; es wäre ratsamer, sich zu beeilen.

Ich sputete mich, dampfte ihr mit Riesenschritten hinterher und schloss nach dem Felsen tatsächlich zu ihr auf. Sie war stehen geblieben und schaute zu einer Alphütte hoch.

«Das muss die Hütte sein», sagte sie.

Ein Räuchlein stieg aus dem Kamin. Die Läden standen offen. Gelbe Lichter glimmten hinter den Fenstern. Wer immer sich in der Hütte aufhielt, er oder sie schien unser Kommen nicht zu bemerken.

Wir stapften hinauf zur Hütte und traten unters Vordach. Ich stellte die Tasche ab, Gloria klopfte.

Gregi öffnete und rief überrascht: «Hallo, Alexander! Und Sie sind Frau Egli, nicht wahr? Was machen Sie denn hier? Kommen Sie rein.»

Gloria stellte den Rucksack ab, zog die Pelerine aus, gab Gregi die Hand und sagte: «Gloria.»

«Gregi.»

Magdalena trat langsam heran. Sie sah bleich und müde aus. Gloria nahm sie in die Arme.

Ich stellte die Tasche hin, faltete den defekten Schirm, so gut es ging, zusammen und warf ihn in eine Ecke.

Gregi schloss die Tür, gab mir die Hand und sagte: «Alexander. Schön, dass du uns besuchst.»

Er sah mich an. Meine Schuhe waren verdreckt, die Hosen bis über die Knie durchnässt, und die Jacke hatte an den Ärmeln Feuchtigkeit durchsickern lassen. Der Verband auf meinem Kopf hatte gehalten, er hatte den Marsch sowie den Sturz überstanden und war trocken geblieben.

Gregi lachte und sagte: «Der Weg ist bei guter Sicht und schönem Wetter eine Herausforderung. Bei diesem Sauwetter möchte ich ihn nicht gehen müssen.»

Er legte Holz nach und empfahl mir, Hose und Jacke auszuziehen und über einen Stuhl zu hängen. In der Wärme, meinte er, würden meine Kleider rasch trocknen. Während ich mich auszog, holte er mir eine Wolldecke und schob den Stuhl näher ans Feuer.

Magdalena gab mir die Hand.

«Alexander», sagte ich.

«Magdalena», antwortete sie.

«Wie geht es dir?», fragte ich.

«Es geht.» Ihre Stimme war schwach. «Es ist unglaublich still hier, und die Luft ist kühl und rein. Am Morgen ist es jeweils eiskalt. Gregi hackt Holz und macht Feuer, und ich versuche mit ein paar Körperübungen wach zu werden. Ich hoffe, dass ich bald wieder richtig trainieren kann. Und wie geht es dir?»

«Ganz gut, bis auf die Kopfschmerzen», antwortete ich und wandte mich an Gregi: «Bevor ich es vergesse …»

«Ja?»

«Ich bin heute Morgen im Club gewesen und habe die Frau getroffen, die bei euch sauber macht. Sie braucht dringend Geld für einen neuen Staubsauger.»

«Ist das so? Sie hat sich nie beschwert. Egal. Sie wird das Geld bekommen. Danke dir.»

Ich rieb mir die Hände über dem Herd und sah mich um. Der Raum war Küche und Wohnzimmer zugleich, und durch die offene Tür sah ich zwei Betten im Nebenzimmer.

Magdalena setzte Wasser auf, und Gloria packte die Dinge aus, die wir hochgeschleppt hatten.

Wir hatten sie beim Kartenspiel überrascht. Gregi räumte das Spiel weg, tischte Teller, Tassen und Gabeln auf, und Gloria stellte einen Schokoladenkuchen in die Mitte.

Magdalena forderte uns auf, Platz zu nehmen.

Die Holzwände, die dicken, ungehobelten Balken und das unverschalte Dach, das auf der Bergseite bis auf einen halben Meter zum Boden hinunterreichte, gaben einem das Gefühl, sowohl gegen Gewitter, Hagel und Sturmböen wie auch gegen eine hochgradige Hitzewelle geschützt zu sein.

Wir tranken Kräutertee aus riesigen Tassen und verdrückten Stück um Stück des Kuchens. Der heisse Tee und der Herd mit seiner Glut sorgten bei allen für rote Wangen und glänzende Augen.

Gregi stand auf, holte eine Flasche Schnaps und ein Branntweinglas, stellte das Glas vor mich hin, entkorkte die Flasche, goss ein und sagte: «Quittenschnaps. Was anderes habe ich nicht gefunden.»

«Kann ich auch ein Glas haben? Den möchte ich versuchen», sagte Gloria.

Er holte gleich zwei neue Gläser, eines für Gloria und eines für sich.

Magdalena legte ihre Hand auf seinen Arm. «Lass das! Gregi, bitte! Du musst mir helfen, die Meisterschaft zu gewinnen.»

Er gab ihr nach und schenkte nur Glorias Glas voll.

Wir stiessen an und tranken, wie Gloria vorschlug, auf Magdalenas Sieg an der Meisterschaft.

Gloria wollte von Magdalena wissen, wie sie da oben zurechtkomme.

«Jeden Tag besser», sagte sie. «Ich habe immer Durst und

werde schnell müde, verspüre immerhin Appetit und kann gut schlafen.»

«Ohne Alpträume?», fragte ich.

«Ja. Schwindelanfälle habe ich, aber keine Alpträume.»

«Sie hat sich ein Ziel gesetzt», sagte Gregi und schaute Magdalena zärtlich an.

«Gregi schaut gut zu mir.»

«Wir gehen jeden Tag langsam an», sagte Gregi. «Heute haben wir nach dem Frühstück eine Stunde lang den Gämsen zugesehen. Auf dem Plakat draussen an der Schopfwand steht, die Gämsenjagd sei eröffnet. Gämsen können wir sehen, ein schönes grosses Rudel. Sie äsen friedlich jeden Morgen hoch auf dem Grat im Westen. Sie sind immer dort, wo die Sonne zuerst hinkommt. Jäger haben wir bisher keinen entdeckt.»

«Fühlt ihr euch sicher?», fragte ich.

Die vordere Nacht habe er Geräusche gehört und sei aufgestanden, sagte Gregi. Vermutlich hätten Marder ums Haus und auf dem Dach gespielt oder gestritten. Er habe am Morgen Fussspuren entdeckt und auf der Bergmauer zwei Kothaufen. Abgesehen davon hätte er in den drei Tagen nichts Auffälliges bemerkt.

«Ich bin wegen Hammer-Joe hergekommen», sagte ich. «Weiss jemand, wo er steckt?»

Sie schüttelten ihre Köpfe.

«Keine Ahnung, wo er sein könnte?»

Magdalena fragte: «Jagen Sie immer noch meinem Entführer hinterher?»

«Hammer-Joes Schwester ist ermordet worden», sagte ich.

«Oh nein, wie schrecklich! Das habe ich nicht gewusst. Das tut mir leid», entfuhr es ihr.

«Wann?», fragte Gregi.

«Vermutlich Samstagnacht. Jemand hat sie erstochen und bei Burgdorf in die Emme geworfen. Gegen halb elf haben wir sie gefunden.»

«Gestern ist Sonntag gewesen. Er hat uns am Freitagnachmittag hergebracht. Da hat sie noch gelebt. Vielleicht hat er sie an dem Abend treffen wollen. Er hat es nämlich sehr eilig gehabt», sagte Gregi.

«Das stimmt», bestätigte Magdalena, «das ist mir auch aufgefallen. Er hat uns bis zur mittleren Hütte gefahren und ist im Auto geblieben. Er hat gewendet, Gregi den Schlüssel übergeben, sich verabschiedet und ist gleich wieder weggefahren. Gregi hat unsere Sachen allein hochtragen müssen, ich bin zu schwach.»

Gregi ergänzte: «Er ist seltsam gewesen, nicht wie sonst. Ich habe ihn zum Beispiel nie mit einer Uhr gesehen. An dem Nachmittag, da hat er eine Uhr am Handgelenk getragen und die Zeit immer im Auge behalten.»

«Gregi hat nicht alles aufs Mal tragen können», sagte Magdalena, «er ist zweimal hinuntergestiegen, um den Rest zu holen. Er hat sich beeilen müssen, wegen der Dämmerung. Am Abend sind wir beide erschöpft gewesen.»

«Hat er nicht gesagt, wohin er will?», fragte ich.

«Nein», sagten beide.

«Hat er ein Handy? Kann ich ihn anrufen?», fragte ich Gregi.

«Nein, Hammer-Joe hat kein Handy. Ich glaube nicht, dass er sich je eines anschaffen wird. Er hasst nichts so sehr, wie wenn es in der Garderobe dudelt, orgelt oder klingelt», erklärte er.

Magdalena murmelte: «Wenn er bloss keine Dummheit macht.»

«Was meinst du damit?», fragte Gloria.

«Er hat einen Revolver. Er könnte nach Burgdorf gefahren sein, um den Mörder seiner Schwester zu erschiessen.»

«Dazu hat er am Freitag keinen Grund gehabt», sagte Gregi, «seine Schwester ist seit gestern tot.»

«Stimmt es, dass seine Schwester in Burgdorf ein Bordell geführt hat?», fragte Magdalena.

«Hat er das erzählt?», fragte ich zurück.

«Ja», sagte sie.

«Was hat er sonst alles erzählt?»

«Dass sie mich in dem Bordell festgehalten hätten und dass seine Schwester geholfen habe, mich zu entführen.»

«Das ist wahr. Hat er auch gesagt, wer dahintersteckt?»

Sie schüttelte den Kopf und schaute zu Gregi.

«Vielleicht weiss er das gar nicht», sagte Gregi.

Magdalena sagte: «Ich habe ihn gefragt, ob seine Schwester mir Blut abgenommen habe. Das werde ich ihr nämlich nie verzeihen. Er hat versprochen, sie zu fragen. Jetzt ist sie tot.»

«Hängt ihr Tod mit Magdalenas Entführung zusammen?», fragte Gregi.

«Ja, das nehme ich an», sagte ich. «Sie hat das Bordell in Burgdorf geleitet. Der Besitzer ist ein gewisser Muller. Er ist ein Verbrecher, so viel steht fest. Sie hat Bescheid gewusst über seine Machenschaften, auch das steht fest. Vielleicht ist sie in einigen Schandtaten sogar seine Komplizin gewesen. Sie könnte beschlossen haben, auszusteigen. Sie könnte sich Hammer-Joe anvertraut haben, weil sie angenommen hat, er würde ihr dabei helfen. Muller hat Männer in Burgdorf, die sein Bordell Tag und Nacht überwachen. Sie sind für die Sicherheit in und um das Haus zuständig. Das Haus der Schwester steht unmittelbar neben dem Bordell. Die Männer könnten eine Leitung gelegt und sie ausspioniert haben. Sie wären durchaus dazu in der Lage; sie sind gut ausgebildet und haben moderne Geräte. Muller wohnt in Genf, er hält sich selten in Burgdorf auf. Höchstens ein paar Tage im Jahr. Das will nichts heissen. Sie haben mit Sicherheit einen direkten Draht zu ihm. Falls also Hammer-Joe seine Schwester in ihrem Haus besucht hat und falls sie ihm dort Dinge verraten hat, die Muller ins Gefängnis bringen könnten, haben die Kerle das auf jeden Fall mitbekommen – vielleicht sogar aufgezeichnet – und Muller darüber informiert. Muller hat keinen Moment gezögert. Er hat seine Handlanger beauftragt, sie zu töten. Dieser Muller ist ein skrupelloser Hintermann.»

«Ich verstehe nicht», sagte Magdalena. «Was habe ich damit zu tun? Warum haben sie mich entführt?»

«Das kann ich nicht sagen», antwortete ich.

Gloria zeigte auf meinen Verband und sagte: «Er hat versucht, das herauszufinden. Einer von den Wachleuten hat Alexander von hinten einen Knüppel auf den Kopf gehauen und ihn fast umgebracht. Ich glaube, wer so was tut, ist auch imstande, für Geld eine Frau abzustechen.»

«Wenn das alles stimmt», warf Gregi ein, «ist Hammer-Joe auch in Gefahr.»

«Vielleicht ist er schon tot», hauchte Magdalena.

Gloria sagte ruhig: «Das glaube ich nicht. Das mit der Schwester habe ich im Radio gehört. Wenn sie Hammer-Joe ermordet hätten, wäre er gefunden worden. In diesem Fall hätten sie das auch in den Nachrichten gebracht, oder? Ich glaube eher, er ist ihnen entkommen. Er versteckt sich. Wenn ich bloss wüsste, wo.»

«Ich vermute auch, dass er in Gefahr ist», sagte ich. «Eins ist sicher: Wenn ihm was zustösst, ist seine Schwester vergebens gestorben.»

Nach einer längeren Pause fragte Magdalena: «Was wollen Sie jetzt tun?»

«Gute Frage. Im Moment habe ich keine Ahnung, wie ich an diesen Muller herankomme. Ich habe gehofft, über Hammer-Joe und seine Schwester einen Zugang zu finden. Nun muss ich einen anderen Weg suchen», antwortete ich.

Es entstand ein längeres Schweigen.

Ich stand auf. «Ich möchte in die Agentur und nach Hause. Vielleicht hat Hammer-Joe eine Nachricht hinterlassen.»

Beim Abschied sagte ich zu Magdalena: «Heute oder morgen rede ich nochmals mit Ihrer Mutter. Vielleicht erfahre ich von ihr endlich ein paar Tatsachen, die mir weiterhelfen.»

«Da fällt mir ein», sagte Magdalena, «ich habe vorgestern Abend mit ihr telefoniert. Ich habe sie angerufen, um ihr zu sagen, dass wir uns eine Weile verstecken müssen. Sie hat gefragt, wie es mir gehe. Ich habe gesagt, ganz gut. Ein paar Tage werden wir es hier locker aushalten. Länger möchte ich nicht da oben bleiben, ich würde zu gern wieder im Boxclub trainieren. Darauf hat sie gesagt, ich könne beruhigt sein. Lange bräuchten wir uns nicht zu verstecken.»

«Was hat sie gesagt?», fragte ich.

«Wir bräuchten uns nicht lange zu –»

«Halt! Bitte wiederholen Sie wortwörtlich, was sie gesagt hat. Versuchen Sie sich zu erinnern und wiederholen Sie Wort für Wort, was Ihre Mutter gesagt hat.»

Sie setzte sich wieder an den Tisch, stützte den Kopf in die Hände und besann sich. Sie trank hastig einen Schluck Tee, sah zu mir hoch und sprach: «Es ist bald vorbei, Maggie. Kannst beruhigt sein. Spätestens am Wochenende bist du wieder zu Hause.»

SECHZEHN

Der Abstieg bereitete mir weniger Mühe. Ich hatte eine Hand frei, die ich erfolgreich einsetzte, um an kniffligen Stellen zusätzlichen Halt zu gewinnen und das Gleichgewicht zu bewahren. Es regnete indessen weiter, senkrecht und mit durchdringendem Rauschen.

Wir waren spät dran. Die Dämmerung setzte ein und raubte im Nu das letzte Licht. Zum Glück hatten wir zu dem Zeitpunkt den Wagen bereits vor uns.

Die Nässe in unseren Kleidern brachte die Lüftung an den Rand ihrer Leistung, sie vermochte die Scheiben nicht tadellos trocken zu halten.

Während der Fahrt hörten wir Radio. Sie unterbrachen das Programm und meldeten Überschwemmungen und Erdrutsche im Entlebuch. In mehreren Ortschaften sei die Feuerwehr im Dauereinsatz. Wegen einer Unterspülung der Geleise sei die Bahnstrecke zwischen Langnau und Entlebuch unterbrochen. Es würden Ersatzbusse eingesetzt, und es müsse mit Verzögerungen gerechnet werden. Der Regen, sagte der Wetterfrosch, dürfte über Nacht anhalten, eine Entspannung der Situation frühestens gegen morgen Mittag eintreten.

Die Leute im Entlebuch haben ihre Sorgen und ihren Ärger. Ich habe im Moment meine eigenen, dachte ich und schaltete das Radio aus.

In Langnau lenkte ich den Wagen in die Oberstrasse und fand vor dem Haus mit dem Berner-Mundart-Archiv einen freien Parkplatz.

Alles war nass, und in den Pfützen spiegelten sich die Lichter der Laternen. Der Regen klatschte unablässig auf das Pflaster, auf das Trottoir, auf die parkierten Autos vor und hinter uns und auf das Blech meines eigenen Wagens. Es war kein Vergleich zu dem weichen, gedämpften Eintauchen der Tropfen in die Moosteppiche im Bergwald.

Gloria fragte: «Wirst du Astrid heute Abend anrufen?»
«Auf jeden Fall.»
«Es ist nicht sicher, dass du sie sprechen kannst. Du musst einen guten Grund haben, sonst weisen sie dich ab.»
«Ich muss es wenigstens versuchen.»
«Selbst wenn es klappt, am Telefon wirst du nichts aus ihr herausbringen.»
«Davon gehe ich aus.»
«Was wirst du machen?», fragte sie.
«So rasch wie möglich einen Besuch beantragen.»
«Kann ich mitkommen?»
«Du willst mitkommen?»
«Sie ist meine Schwester.»
«Sie hat mich zum Narren gehalten. Ich werde ihr den Kopf waschen, nicht die Füsse», murrte ich.
«Du bist rachsüchtig», bemerkte sie in bewundernswerter Ruhe.
«Ach was, rachsüchtig. Nein! Ich bin wütend. Sie hat mich angelogen. Sie ist eine …» Ich musste mich bändigen, ich war drauf und dran, Astrid vor ihrer Schwester mit einem Schimpfwort zu betiteln.
Gloria schwieg, schaute geradeaus und strich sich übertrieben aufmerksam eine nasse Haarsträhne aus dem Gesicht.
Ich setzte neu an: «Sie hat mich vorgeführt. Damit ist Schluss. Sie muss meine Fragen beantworten und Klartext reden. Sie muss auspacken, gründlich und rasch. Verdammt, ich dulde keine Ausflüchte mehr, keine Geschichten, kein Theater. Tränen hin oder her, ich will wissen, was Muller von ihr verlangt. Ich muss wissen, was er plant. Welche Aufgabe sie hat. Welche Rolle sie spielt. Ich werde sie ausquetschen, wie ich noch nie jemanden ausgequetscht habe.»
Sie sah mich an. «Davon gehe ich aus.»
«Es wird dir nicht gefallen.»
«Das ist mir klar.»
«Willst du trotzdem mitkommen?»
«Sie ist meine Schwester.»

«Wie du willst. Falls sie mir einen Besuch gewähren, wann beginnt die übliche Besuchszeit?»

«Unter der Woche um vierzehn Uhr.»

«Gut. Dann bis morgen. Ich hole dich ab, genau hier, um halb zwei.»

«Dann bis morgen», sagte sie, stieg aus und angelte den leeren Rucksack vom Rücksitz.

Ich beugte mich rüber und sagte durch die offene Tür: «Gloria.»

«Ja?»

«Ich bin froh, dass du mitkommst.»

Sie lächelte säuerlich, winkte stumm, schloss die Tür, überquerte die Strasse mit schweren Schritten und verschwand im Haus.

Ich fuhr auf den Dorfplatz, parkierte den Wagen vor dem Haupteingang, stieg in meine Agentur hoch, riss die Fenster auf, trank ein Glas Wasser und rief in der Anstalt an. Eine Frau hob ab. Ich verlangte, Astrid Fellmer zu sprechen. Sie sagte, das sei nicht möglich, dazu müsse ich einen Antrag stellen. Per Post oder per E-Mail. Ich erklärte ihr, wer ich war, und erzählte, Astrid Fellmers Tochter befinde sich auf einer Alp und könne von dort aus nicht telefonieren. Sie habe mich beauftragt, ihrer Mutter ein paar Dinge auszurichten. Ich hatte den Eindruck, die Frau wisse mehr über Astrid Fellmer, als ich vorausgesetzt hatte, und zeigte tatsächlich Verständnis. Sie sagte, ich soll auflegen. Falls Frau Fellmer die Erlaubnis bekäme, würde sie mich zurückrufen.

Es dauerte wenige Minuten.

Ich stand mit dem Hörer am Fenster und atmete tief durch. Die kalte und feuchte Luft erfrischte mein Gesicht und erhellte mein Gemüt, ich fand wieder zu mir.

«Fellmer.»

«Alexander Bergmann.»

«Hallo, Alexander. Was gibt es Neues?»

«Wir haben Magdalena auf der Alp besucht. Es geht ihr gut. Wir sollen dir Grüsse ausrichten.»

«Wer wir? Gloria und du?»

«Ja.»

«Rufst du deswegen an?»

«Nein. Wir würden dich gern besuchen. Ich muss dich sprechen.»

«Das geht nicht so einfach.»

«Was muss ich tun?»

«Einen Antrag stellen. Schriftlich.»

«Das geht zu lange. Gibt es keine Ausnahmen?»

«Ein Todesfall in der Familie. Aber sonst? Mir fallt nichts ein.»

«Was ist, wenn Gloria anruft und fragt?»

«Das macht keinen Unterschied. Was willst du mich denn fragen? Ist es so dringend?»

«Ja. Kannst du uns einladen?»

Sie lachte und sagte: «Das wäre schön. Ich würde euch jeden Tag einladen, aber das geht nicht.»

Ich fluchte.

«Du tönst verärgert. Was ist los?»

«Ich bin nicht verärgert. Ich stehe vor dem offenen Fenster, du hörst den Regen plätschern, das ist es.»

«Nein, *du* tönst verärgert.»

«Ich werde einen Weg finden. Wir sehen uns morgen.»

«Sag mir, was los ist. Sag-mir-was-los-ist!»

«Morgen. Wir bereden das morgen.»

«Alexander, ich muss niemanden empfangen, wenn ich nicht will. Ich arbeite in der Küche bis vierzehn Uhr. Danach habe ich Pause bis sechzehn Uhr. Wenn ich keine Lust habe, bleibe ich im Zellentrakt. Ich habe das Recht, mich –»

«Hör zu! Du kommst morgen um vierzehn Uhr in das Sprechzimmer. Hast du verstanden? Ich muss mit dir reden. Ich muss dich was Wichtiges fragen.»

«Siehst du? Du bist doch verärgert.»

«Verärgert? Ich bin wütend! Was heisst wütend? Ich bin –» Ich musste Luft holen, sagte: «Warte.» Ich legte den Hörer ab, schloss die Fenster, nahm ihn wieder auf und fragte: «Bist du noch da?»

«Ja.»

«Du hast mir was vorgemacht. Du hast mir irgendwelche Geschichten über Vanessa Muller erzählt. Damit ist Schluss. Ich muss wissen, was Muller, was Vanessas Vater von dir verlangt. Du erzählst es mir morgen. Ich muss wissen, was läuft. Hast du mich verstanden?»

Pause. Ich hörte sie atmen.

«Hast du mich verstanden?»

«Ich weiss nicht, von was du redest.» Ihre Stimme klang unsicher.

«Hör verdammt noch mal mit dem Theater auf! Du hast mit diesem Muller eine Abmachung. Was verlangt er von dir? Ich will wissen, was das ist.»

Keine Antwort.

«Wir sehen uns morgen um vierzehn Uhr im Sprechzimmer.»

Sie wirkte kleinlaut. «Ich weiss wirklich nicht –»

«Hast du Nachrichten gehört? Radio hören ist in der Anstalt nicht verboten, oder?»

«Nein, natürlich nicht.»

«Also. Hast du Nachrichten gehört?»

«Die Unwetterschäden im Entlebuch? Oder habe ich was verpasst?»

«Muller hat Hammer-Joes Schwester ermordet.»

«Oh nein, das ist nicht wahr.»

«Gestern Morgen. Sie haben sie erstochen und bei Burgdorf in die Emme geworfen.»

«Das, ja, das habe ich im Radio gehört. Gestern. Die tote Frau in der Emme. Sag nicht, das sei Hammer-Joes Schwester gewesen …»

«Ist es aber.»

«Und was habe ich damit zu tun?»

«Muller steckt dahinter. Er ist ein Verbrecher und Mörder. Und du deckst ihn. Morgen will ich wissen, was er von dir verlangt. Ich muss es wissen, hast du mich verstanden?»

«Ich freue mich über jeden Besuch, Alexander, darum werde ich da sein. Mehr kann ich dazu nicht sagen.»

Ich schloss die Agentur, ging nach Hause und dachte nach. Wer könnte mir helfen, rasch eine Bewilligung für einen Besuch zu bekommen? Wer erhält ohne lange Formalitäten sofort Zutritt in ein Gefängnis? Mir kamen ein Arzt, die Feuerwehr, die Lebensmittelkontrolle und Rechtsanwälte in den Sinn. Die Polizei? Vermutlich kam es auf die Umstände an. Ich legte mich ins Bett und dachte an Ursina Trummer mit dem Vorsatz, sie morgen nach acht Uhr anzurufen und zu bitten, einen Besuch bei Astrid für mich zu arrangieren.

Ich lag längere Zeit wach und versuchte, die Ereignisse zu ordnen. Welche Verquickungen hatte ich bisher übersehen? Was war offensichtlich, was verborgen? Was wusste ich, was nicht? Wie hingen die Dinge zusammen? Wo versteckte sich Hammer-Joe? Was beabsichtigte Muller? Und die wesentlichste Frage: Wie oder auf welche Weise konnte ich an diesen Verbrecher herankommen?

Einerseits hatte ich das Gefühl, Muller auf der Spur zu sein. Andererseits hatte ich keine Ahnung, wo er sich aufhielt und was er beabsichtigte. Ich hatte ausserdem weder eine Idee noch einen Plan oder eine Vorstellung, wie ich ihn herausfordern, provozieren oder gar ködern könnte. Deshalb war ich begierig darauf, Astrid zu befragen.

Ich schlief ein, aufgewühlt, unruhig und im höchsten Grade unzufrieden.

Am Morgen entfernte ich den Verband, wusch den Kopf mit einem milden Shampoo und setzte eine Schiebermütze auf. Gewappnet für den Tag begab ich mich in die Agentur und tat, was mir bisher in jeder verzwickten Lage geholfen hatte: Ich nahm ein Stück Papier und schrieb Mullers Namen in die Mitte.

Weiter kam ich nicht. Vom Kirchturm erschollen acht dunkel klingende Glockenschläge.

Ich wartete, bis sie verklungen waren, griff nach dem Telefon und rief Ursina an.

«Ursina Trummer.»

«Hallo, Ursina. Alexander. Hast du kurz Zeit?»

«Hallo, Alexander. Wie geht's? Machst du Fortschritte?»

«Es geht. Ich brauche wieder einmal deine Hilfe.»
«Wieder geheime Informationen?»
«Nein. Ich brauche von Astrid Fellmer dringend ein paar Auskünfte, dazu muss ich sie in Hindelbank besuchen. Kannst du das für mich in die Wege leiten?»
«Das kannst du selbst. Schreibe ein Gesuch.»
«Es muss schnell gehen.»
«Wie schnell?»
«Sie erwartet mich heute Nachmittag um vierzehn Uhr.»
«Typisch Bergmann.»
«Kannst du mir keine Bescheinigung oder so was machen?»
«Keine Ahnung.»
«Hat die Polizei nicht Sonderrechte?»
«Doch. Nur wie soll ich das begründen?»
«Dir fällt schon was ein.»
«Die kleinste Mauschelei und ich bin draussen.»
«Ach was. Das gibt höchstens einen Verweis.»
«Noch schlimmer. Das würde meine Karriere für alle Zeit blockieren.»
«Versuch es wenigstens.»
«Hmmm.»
«Rufst du mich an, wenn es klappt?»
«Kann ich über Mittag zu dir in die Agentur kommen?», fragte sie.
«Klar. Ich bin da. Soll ich uns was zu essen besorgen?»
«Sandwiches von Eichenberger wären super.»
«Gut. Ich bin da.»
«Bis dann.»
Sie hängte ein, und ich lief hinüber zur Bäckerei Eichenberger und kaufte drei verschiedene Sandwiches.
Ursina kam kurz nach zwölf Uhr.
Ich hatte das Pult abgeräumt und sauber gemacht.
Wir setzten uns hin.
Auf meine Frage, ob sie mir einen Zutritt ermöglichen könne, sagte sie: «Ja. Ich habe angerufen und gesagt, du seist im Rahmen deiner Ermittlungen in Sachen Entführung Magdalena Fellmer

mit Fragen, gestützt auf neue Erkenntnisse, an uns gelangt. Unsere eigenen Ermittlungen seien mangels Personal vorübergehend zum Erliegen gekommen. Deshalb hätte ich den Auftrag, dich mit Frau Fellmer zusammenzubringen, um deine Erkenntnisse zu überprüfen.»

«Das haben sie dir geglaubt?», fragte ich.

«Niemand bezweifelt, dass du voll und ganz auf der Seite der Polizei stehst. Oder anders gesagt: Dein Ruf ist besser, als du denkst.»

«Hast du dir das selbst ausgedacht?»

Sie wählte mit Bedacht das Poulet-Sandwich, setzte sich aufrecht hin und sagte mit ausdrucksstarker Miene: «Ich habe mein Praktikum dort gemacht und ähnliche Anträge weitergeleitet.»

«Verstehe. Und deine Beziehungen haben dir dabei geholfen.»

Sie biss ein schönes Stück ab und sagte kauend: «Ja und nein. Natürlich habe ich die richtigen Leute gefragt, aber die Polizei hat allgemein Sonderrechte. Eine gute Begründung wird praktisch nie hinterfragt.»

«Bekommen wir rasch und unkompliziert Zutritt?»

«Höchstwahrscheinlich ja.»

«Kann Astrids Schwester, Gloria Egli, auch mitkommen?»

«Wenn wir vor dem Tor stehen, werden sie ihre Schwester kaum abweisen.»

«Du bist mutig. Warum tust du das?»

«Piroska Kovács ist tot. Jemand hat sie erstochen und in die Emme geworfen. Ich habe den Eindruck, dass ihr Tod mit Magdalenas Entführung zusammenhängt.»

«Davon bin ich sogar überzeugt», sagte ich und biss in mein Sandwich. «Ich habe sie übrigens aus dem Wasser gezogen.»

Sie zögerte, deutete mit ihrem Sandwich auf mich und zischte: «Mach bitte keine Witze!»

«Das ist kein Witz. Ich bin am Sonntagmorgen auf dem Campingplatz in Burgdorf gewesen. Kinder haben sie gefunden. Sie hat beim Wasserfall am anderen Ufer im Widerwasser gelegen. Ich bin durch den Fluss gewatet und habe sie herübergeholt und ans Ufer gelegt.»

«Das ist nicht wahr, oder?»

«Wenn ich es sage.»

«Nenne mir einen Beweis, ein Detail, einen Anhaltspunkt, damit ich weiss, dass du nicht … dass du mich nicht anlügst.»

«Der oder die Mörder haben ihr die Zunge rausgeschnitten.»

Sie warf das Sandwich hin, sprang auf, drehte eine halbe Runde um den Schreibtisch und verschwand in der Toilette.

Drei Minuten später stand sie wieder neben mir. Sie war bleich im Gesicht, streckte die Hände mit gespreizten Fingern von sich und sagte mit kindlicher Stimme: «Du hättest die Farbe der Schuhe nennen können … ihre Sportjacke beschreiben … ihre goldenen Ohrstöpsel erwähnen … Doch nicht ausgerechnet die …!»

«Ich habe gedacht, ich nenne dir einen Umstand, den die Öffentlichkeit nicht kennt», sagte ich.

Zeit für einen Härdöpfeler, dachte ich, nahm die Flasche aus der untersten Schublade, bat sie, zwei Schnapsgläser ab dem Regal zu holen, und deutete ihr an, sich wieder zu setzen.

Sie holte die Gläser und setzte sich. Ich goss Härdöpfeler in die kleinen Gefässe, gerade so viel, dass es als Medizin gelten konnte.

Wir stiessen an, und ich sagte: «Auf das Leben!»

«Auf das Leben», hauchte sie und beobachtete, wie ich mein Glas leerte. Sie schnupperte an ihrem Glas, führte es an die Lippen, schloss die Augen, kippte den Kopf nach hinten und den Schnaps in den Rachen, trank, biss auf die Zähne und behielt die Augen geschlossen.

Ich versuchte ihr zu begründen, weshalb ich Piroska aus dem Wasser geholt und ins Trockene gelegt und danach nicht auf die Polizei gewartet hatte. Regula wollte ich dabei aus dem Spiel lassen.

«Piroska», begann ich, «Piroska hat mich im Spital besucht und übel beschimpft. Eine Ratte hat sie mich genannt. Trotzdem: Ich hätte sie niemals dort lassen können. In dem kalten Wasser. Gesicht nach unten. Die Haare voll von diesem Schaum. Kein schöner Anblick, das kannst du mir glauben. Ich habe nicht lange nachgedacht.»

Ursina hatte ihr Sandwich wieder in beide Hände genommen und biss erneut hinein.

«Früher oder später wäre sie fortgeschwemmt worden», sagte ich. «Auch das wollte ich verhindern. Und vor allem wegen der Kinder habe ich sie unterhalb der Graskante auf die Steine gebettet. Ich hätte auf deine Kollegen warten sollen, ich weiss. Ich habe es nicht getan, weil ich es nicht für nötig fand. Es sind genug Leute da gewesen, und Piroska … Nun, sie ist kalt und steif gewesen. Schon seit Stunden tot.»

Sie wickelte das angebissene Sandwich in das Papier ein und sagte: «Kann ich es mitnehmen? Ich esse es später. Mir ist der Appetit vergangen.»

«Wegen mir?»

«Nicht nur.»

Sie lehnte sich zurück, liess die Arme sinken und meinte, es sei dieser Mord. Das ganze Drum und Dran, das ihr unter die Haut gehe und auf den Magen schlage. Denn die Spurensicherung, fuhr sie fort, habe wenig Brauchbares zum Vorschein gebracht. Piroska sei wahrscheinlich am frühen Samstagabend getötet worden. Weiter flussaufwärts münde ein Kanal in die Emme. Die Mündung werde durch zwei hohe Betonmauern abgeschirmt. Dort hätten die Fahnder Fussspuren und Blutstropfen entdeckt. Es seien höchstwahrscheinlich zwei Männer gewesen. Sie hätten oben auf dem Dammweg hinter einem Busch oder Baum auf sie gewartet. Der eine habe sie von hinten gepackt, ein Tuch oder ein kleines Kissen auf den Mund gepresst, währenddessen habe der andere ihr ein Stilett ins Herz gestossen. Mitten auf dem Kiesweg, hätten die Fahnder festgestellt, sei eine Menge Blut versickert. Die Männer hätten sie offenbar mitten auf dem Weg abgelegt und nach einer gewissen Zeit gemeinsam zur Mündung hinuntergetragen. Vielleicht habe ein dritter Mann auf Spaziergänger und Hunde achtgegeben und sie nötigenfalls abgelenkt.

Im Kanal verlaufe auf der ganzen Länge dem Rand entlang eine schmale Betonkante. Sie diene als Laufsteg für die Arbeiter, die von Zeit zu Zeit durch den Kanal schreiten und festsitzenden Abfall oder Unrat beseitigen.

Sie hätten die Leiche ein gutes Stück in den Kanal hineingeschleppt und offensichtlich auf diese Kante gelegt. Hatten wohl gehofft, sie würde nicht vor der nächsten Kanalbegehung entdeckt. Aus unerklärlichen Gründen sei sie im Laufe der Nacht in den Kanal gekippt. Das Wasser habe sie hinausgespült in die Emme, dort sei sie mitgerissen worden, über den Wasserfall abgeglitten, von den Wirbeln erfasst und vom Widerwasser in die Ecke getrieben.

Sie sank in sich zusammen. Die Uniform liess sie härter und älter aussehen, als sie in Wirklichkeit war.

Ich hätte nichts zu befürchten, fuhr sie leise fort. Gestützt auf die Angaben im Dossier liessen sich keine Rückschlüsse auf mein Handeln ziehen. Es spiele ohnehin keine Rolle, denn im Dossier stehe, wenn sie das mal zusammenfassen dürfe, alles deute darauf hin, dass die Frau von Auftragsmördern hingerichtet wurde.

Ich machte uns Kaffee.

Ursina wärmte sich die Finger an der Tasse und sagte: «Eine Frau wird im Emmental von Auftragsmördern hingerichtet. Alexander: im Emmental! Kannst du dir vorstellen, was das bedeutet?»

Ich trank den Kaffee und hörte zu.

Sie gab die Antwort gleich selbst: «Nichts unterscheidet uns mehr von Neapel, Chicago oder Moskau. Heile Welt, ade! Die Fahnder haben ausser Blut von ihr und Fussabdrücken von den Tätern nur belangloses Zeugs gefunden. Keine Tatwaffe, keine Handschuhe, keine blutverschmierten Kleider, keine Zeugen. Wenn die Männer im Auftrag gehandelt haben, gibt es nicht einmal ein Motiv, das zu ihnen führen könnte.»

Ich hob die Hand und sagte: «Es gibt ein Motiv.»

Sie trank ihren Kaffee in kleinen Schlucken und schaute mich an; schwer zu sagen, ob fragend oder einfach nur zweifelnd. Auf jeden Fall mutlos.

Ich sagte: «Muller hat ein Motiv. Die Verstümmelung ist eine Botschaft an die Adresse seiner Gefolgsleute. Er glaubt, Piroska habe ihn verraten, und hat sie deshalb ermorden lassen. Ob sie nur gedroht hat, gegen ihn auszusagen, oder ob sie tatsächlich jemandem Dinge über ihn weitergegeben hat, Dinge, die ihn ins Gefängnis bringen könnten, weiss ich nicht. Die Botschaft der Verstümmelung hat Muller nicht erfunden, sie ist eine weltweit bekannte und berüchtigte Warnung an die Mitglieder einer Organisation: Verrat wird mit dem Tode bestraft.»

«Das mag sein, es reicht trotzdem nie und nimmer für eine Verhaftung», sagte sie. «Er wird für ein Alibi gesorgt haben, das jeder Prüfung standhält.»

«Das bezweifle ich nicht.»

Sie legte sich die Hände in den Nacken und fragte: «Was hast du vor? Was willst du Astrid Fellmer fragen?»

«Ich wette, Muller erpresst sie.»

«Na und? Glaubst du wirklich, sie wird dir frank und frei angeben, was Muller von ihr fordert? Sie weiss, was ihr blüht, wenn sie auspackt.»

«Ich muss es wenigstens versuchen. Sie darf diesen Mann nicht mehr länger decken. Wie soll ich sonst an ihn rankommen?»

«Wir werden ja sehen, ich bin gespannt.»

«Fahren wir gemeinsam nach Hindelbank?»

«Nein. Um vier Uhr findet im Hauptquartier in Bern eine Pfefferspray-Demonstration statt. Da muss ich hin, wir werden mit einem Pfefferspray der neusten Generation ausgerüstet.»

«Auf welche Zeit hast du uns angemeldet?»

«Auf zwei Uhr.»

«Gut», sagte ich. «Um Astrid Fellmer die richtigen Fragen zu stellen, muss ich vorher ein paar Dinge wissen. In den Gefängnissen herrscht unter den Insassen eine strenge Rangordnung. Ab und zu hört man von gewalttätigen Übergriffen. Auf dem Thorberg zum Beispiel hätten sie vor einem Jahr fast einen Franzosen zu Tode geprügelt, wenn die Wärter nicht dazwischengegangen wären. Ist die Hierarchie in Hindelbank auch so? Sind Frauen im Gefängnis ähnlich rabiat? Weisst du das?»

«In Hindelbank gibt es auch eine Rangordnung. Ich glaube, das ist menschlich. Und Reibereien kommen vor, öfter und auch bösartiger, als der Anstaltsleitung lieb ist. Ich habe während meiner Praktikumszeit einen Aufstand erlebt. Bei jenem Krawall haben sich die Frauen allerdings nicht gegen, sondern für eine Insassin starkgemacht. Eine Frau ist an schweren Depressionen erkrankt. Die anderen haben bessere Haftbedingungen für sie erkämpft. Wenn es zu Streitereien kommt, werden sie beileibe nicht mit der Unerbittlichkeit ausgetragen wie auf dem Thorberg. Die beiden Gefängnisse sind in dieser Beziehung nicht zu vergleichen. Die Frauen leben in Gruppen, in unterschiedlichen Abteilungen. Wenn zwei Frauen untereinander Knatsch haben, werden sie getrennt. Manchmal vorübergehend, manchmal für die Dauer ihrer Haft. Es gibt sogar eine Abteilung, in der dürfen Mütter ihre Kinder bei sich haben. Nur Kleinkinder bis im Alter von drei Jahren. Danach werden die Kinder von den Müttern getrennt und meistens bei Pflegeeltern untergebracht. Das sind auch schwierige Momente. Mehr als die Hälfte der Insassinnen sind übrigens Mütter. Ihre Kinder leben beim Vater, bei Verwandten, bei den Grosseltern, in einem Heim, auf der Strasse … Nicht zuletzt deshalb passen sich die Frauen an. Sie wollen so schnell wie möglich freikommen. Bloss keine Strafverlängerung riskieren. Das wäre das Schlimmste. Die Mütter, nein, eigentlich wollen alle Frauen so bald als möglich wieder raus und nach Hause.»

«Ist schon mal eine Frau geflohen?»

«Nein. Noch nie. Die Anstalt existiert in dieser Form seit über hundert Jahren, und nie ist eine Frau ausgebrochen.»

«Hat es nie eine versucht?»

«Ob es Versuche gegeben hat, weiss ich nicht. Ein Ausbruch ist bisher keiner gelungen, so viel ist sicher.»

«Danke. Das hilft mir, Astrid die richtigen Fragen zu stellen.»

«Bleib dran, Alexander! Bring diesen Muller endlich hinter Gitter», sagte sie, nahm ihr Sandwich und ging zur Tür.

«Ich hole Gloria ab», sagte ich. «Wir treffen uns auf dem Parkplatz der Anstalt.»

SIEBZEHN

Gloria wartete hinter dem Gartentor, kam heraus und stieg, kaum dass ich den Wagen anhielt, sofort ein.

«Hast du lange gewartet?», fragte ich.

«Keine drei Minuten. Hast du eine Bewilligung, werden sie uns reinlassen?»

«Ja, es sieht gut aus. Ursina Trummer, eine Kollegin von der Polizei, begleitet uns. Sie hat angerufen und eine mündliche Zusicherung bekommen.»

«Und Astrid?»

«Hat versprochen, im Besuchszimmer auf uns zu warten.»

«Na, da bin ich gespannt. Wie geht es dir? Du hast den Verband abgelegt. Sind die Fäden draussen?»

«Die Wunde ist trocken», sagte ich. «Das habe ich im Spiegel geprüft. Die Fäden bleiben drin bis am Samstag.»

«Und sonst? Bist du bereit für das Kreuzverhör?»

«Ja. Und du?»

«Ich habe versucht, mir vorzustellen, wie du meine Schwester zum Reden bringen willst. Wenn Muller sie tatsächlich erpresst, wird sie aus Angst schweigen oder lügen.»

«Hammer-Joe hat Magdalena in Sicherheit gebracht. Warum soll sie sich weiter gegen meine Fragen sperren?»

«Mach dir nichts vor», entgegnete sie in einem gereizten Ton.

«Ich mache mir nichts vor, es geht nicht um mich. Astrid soll das Gefühl haben, ihre Tochter sei in Sicherheit.»

«Vielleicht ist Magdalenas Entführung nur ein Fingerzeig gewesen: Sieh her, ich kann dir wehtun, wie, wo und wann immer ich will. Es sei denn, du tust, was ich dir sage.»

«Darum müssen wir sie vom Gegenteil überzeugen.»

«Das wird nicht leicht sein. Vielleicht verlangt er von ihr keine dauerhafte Unterstützung.»

«Wie meinst du das?»

«Ich kann mir vorstellen, dass er eine einmalige Mitwirkung

fordert. Eine Beihilfe zu einer einmaligen Handlung. Eine für ihn oder Vanessa nützliche oder gar notwendige Hilfestellung bei einer Tat. Ich kenne meine Schwester, ich habe den Eindruck, das hat sie bewogen, einzuwilligen.»

«Wie kommst du darauf?»

«Du erinnerst dich: Sie hat zu Magdalena am Telefon gesagt, es sei bald vorbei.»

«Du kombinierst gut. Könntest bei mir einsteigen. Du hast Talent.»

«Wie steht es mit dem Gehalt? Wie willst du mich bezahlen? Wer bezahlt dich für das, was du hier tust?»

«Wir könnten Partner werden. In einer Partnerschaft ist jeder für sein Honorar selbst verantwortlich. Bergmann & Egli, wie klingt das?»

«Als Partnerin müsste ich dir dringend abraten, in diesem Fall weiterzuermitteln.»

«Weshalb? Auf Muller ist ein enormes Kopfgeld ausgesetzt. Im Handschuhfach findest du den Steckbrief.»

«Das ist nicht wahr, oder?» Sie erforschte mein Pokerface.

Ich wechselte das Thema. «Wie geht es den jungen Hunden? Hast du den Schwarzen verkauft?»

Sie lachte und ging darauf ein. Wir redeten während der restlichen Fahrt über Welpen und Hunde und Hundehaltung im Allgemeinen.

Ich parkierte den Wagen auf dem Aussenparkplatz der Anstalt. Ursina war bereits da.

Sie klingelte, und wir wurden ohne Vorbehalte eingelassen und passierten danach die Schleuse reibungslos, wie beim letzten Mal.

Ein Wärter in Uniform führte uns ins nächste Gebäude, dort in den ersten Stock und schliesslich bis vor das Zimmer, in dem wir Astrid zu treffen hofften.

Vor der Tür sah er auf seine Uhr und fragte Ursina: «Wie lange werden Sie brauchen?»

«Längstens bis drei Uhr, ich muss um vier in Bern sein.»

Der Wärter nickte, trat vor uns in den Raum und sagte laut: «Frau Fellmer, Besuch für Sie!»

Astrid stand am Fenster. Gloria schritt rasch auf sie zu, die beiden Schwestern umarmten sich.

Der Wärter zog sich zurück und schloss die Tür.

«Bleibt er nicht da?», fragte ich Ursina.

«Ich bin im Dienst», sagte sie und legte ihre Fingerspitzen auf das Kantonswappen und den weissen Schriftzug «Police». «Es braucht nicht zwei Uniformierte, die aufpassen.»

Astrid begrüsste Ursina und mich mit ausgestrecktem Arm und einem Flackern in den Augen.

Wir setzten uns.

Sie legte ihre Hände flach auf den Tisch und sah darauf nieder.

Ursina sagte: «Frau Fellmer, es geht um Magdalenas Entführung. Bitte beantworten Sie Herrn Bergmann ein paar Fragen.»

«Würde ich ja gern. Darf nicht. Versteht das doch.»

Ich sagte: «Du fürchtest Mullers Rache, das kann ich verstehen.»

Sie sah leidend aus, nickte nur schwach.

Gloria fragte: «Womit hat er dir gedroht?»

Sie hob die Schultern und drehte den Kopf zur Seite.

Gloria griff nach ihren Händen und versuchte zu beschwichtigen: «Magdalena ist in Sicherheit.»

Sie brauste auf: «In Sicherheit? Dort auf der Alp? So ein Humbug! Das glaubt ihr doch selbst nicht, oder?»

«Was hat er gesagt?»

«Gelacht hat er.»

Ich fragte: «Wie droht er dir? Ich meine, womit droht er dir?»

Keine Antwort.

«Hat er gesagt, wenn du nicht mitspielst, siehst du deine Tochter nie wieder?»

Sie hob den Blick. An ihrem Hals und auf ihren Wangen flammten rote Flecken auf, Zeichen von Schrecken, Zorn und Kummer.

«Hat er gesagt, wenn du nicht mitspielst, hole ich Magdalena und verkaufe sie?»

Sie starrte mich an. Ich fühlte, wie ihre Augen Löcher in meine Lippen brannten.

«Er verkauft Mädchen. Darauf versteht er sich. Hast du das gewusst?»

Sie riss ihre Hände von Gloria los, legte die Finger an die Schläfen und schloss die Augen. Ihre Brust wogte schwer auf und ab.

«Hat er Magdalena fotografiert?»

Sie gab keine Antwort.

Ich wartete. Tränen quollen aus ihren Augen und glitten über ihre Wangen. Sie weinte mit offenem Mund, doch gegen ihren Willen, jedenfalls unterdrückte sie jeglichen Ton.

Ich fragte: «Wann hast du zuletzt mit ihm telefoniert?»

Sie richtete sich auf, atmete tief durch und wischte sich mit den Ärmeln die Tränen quälend langsam aus dem Gesicht. «Gestern.»

«Werden die Telefone aufgezeichnet?», fragte ich Ursina.

«Das habe ich dir schon mal gesagt: nur wenn ein schwerer Verdacht vorliegt.»

Gloria mischte sich ein: «Astrid, wenn du uns hilfst, können wir Muller überführen –»

«Und wenn nicht?», fragte Astrid.

Ich stand auf und trat aus ihrem Sichtfeld. Aus der Zimmerecke heraus begann ich bemüht gelassen und sachlich zu sprechen: «Astrid, bitte höre mir zu. Ich vermute, Muller will Vanessa zur Flucht verhelfen. Er will sie so schnell wie möglich aus der Anstalt raushaben. Das Problem ist, er kann ihr hier drin nicht behilflich sein, weder mit Geld noch mit seinen Männern. Er befürchtet mit Recht, der Ausbruch würde misslingen. Bekäme Vanessa keinerlei Unterstützung, wäre sie ganz auf sich selbst gestellt. Um sicherzugehen, hat er jemanden gesucht, der sie bei der Flucht unterstützt, ihr beisteht. Es muss jemand sein, der sich hier drinnen aufhält und sich mit den Gepflogenheiten auskennt. Jemand, der ihr – gewissermassen – über den Zaun hilft und danach zurückbleibt und die Wärter so lange ablenkt, bis sie ausser Sichtweite ist. Eine Insassin muss es sein, eine mit Schneid. Ich vermute, das ist es, warum Muller ausgerechnet dich erpresst. Er will, dass du, Astrid, Vanessa zur Flucht verhilfst. Habe ich recht?»

Ich legte eine Pause ein.

Astrid rührte sich nicht, Gloria schaute gebannt zu mir, und Ursina blickte geradezu entgeistert.

Ich hob wieder an: «Stellen wir uns vor, du tust genau, was er von dir verlangt. Nehmen wir mal an, Vanessa gelingt die Flucht. Dank deiner Hilfe. Wo wird sie hingehen? Muller ist ein Hintermann, er wird in seinem Versteck hocken und auf sie warten. Sie wird, so vermute ich, auf direktem Weg zu ihm eilen. Er wird sie feierlich in Empfang nehmen, keine Frage. Doch wo das ist, hat er dir nicht gesagt. Das würde er nie ausplaudern. Niemals. Das weiss nur sie. Stell dir vor, wir wissen, wann der Ausbruch geplant ist, weil du es uns gesagt hast. Gloria und ich liegen draussen auf der Lauer. Wir sehen sie herauskommen und folgen ihr. Unauffällig. Glaube mir, das ist etwas, worauf ich mich verstehe. Wir folgen ihr also unauffällig. Was tut sie? Sie segelt geradewegs in Mullers Versteck. Wir segeln hinter ihr her. Daraus ergeben sich zwei Möglichkeiten. A: Wir schnappen die beiden und übergeben sie der Polizei. Oder B: Sie gehen uns durch die Lappen. In beiden Fällen, Astrid, hast du nichts zu befürchten. Du hast deine Aufgabe erfüllt. Egal wie es ausgeht, Muller wird keinen Grund haben, den kleinsten Verdacht gegen dich zu hegen.»

Die beiden Schwestern schauten sich an.

«Stimmt das mit der Flucht?», fragte Ursina.

«Ja», murmelte Astrid kaum hörbar.

«Ich finde, in dem Fall hat er recht», betonte Gloria dafür umso deutlicher. «Du hast nichts zu verlieren.»

Ursina sprang auf und sagte: «Nein, nein, vergesst die Sache. Das geht nicht.»

«Was?», fragte ich.

«Ich muss das melden. Das kann ich nicht zulassen.» Sie stampfte hin und her und schimpfte: «Auf was habe ich mich da eingelassen? Ich fasse es nicht. Was mache ich bloss?»

«Wird Fluchthilfe hart bestraft?», fragte Astrid.

Ich setzte mich wieder an den Tisch und sagte ruhig: «Sie wird uns nicht entwischen. Ich werde vor Gericht aussagen, ich hätte dich zur Komplizin gemacht. Du hättest getan, was ich von dir verlangte, nicht mehr und nicht weniger. Welcher Richter würde das bestrafen?»

Ursina fuchtelte mit den Armen und fauchte mich an: «Bist du wahnsinnig? Sie soll einer Insassin zur Flucht verhelfen?»

«Ja. Ich finde, wir sollten es wagen. Astrid bleibt hier drin, und Vanessa wird uns zu Muller führen.»

«Kommt nicht in Frage!», rief Ursina scharf. Wieder leiser sagte sie: «Ich hole den Direktor.» Und sie eilte mit schnellen Schritten zur Tür.

Ich hielt sie auf. «Warte. Vielleicht brauchst du nicht zum Direktor zu gehen.»

«Warum?»

«Vielleicht ist der Plan lächerlich, taugt zu nichts.»

Ursina sah mich an und überlegte lange. Schliesslich setzte sie sich an den Tisch und fragte Astrid: «Habt ihr einen Plan? Wie will Vanessa fliehen? Was sollst du tun, was sind deine Aufgaben? Je mehr ich weiss, desto besser.»

«Wir arbeiten beide in der Küche», begann Astrid. «Normalerweise arbeiten da der Küchenchef, zwei Köche und acht Insassinnen. Wir müssen um sechzehn Uhr wieder antreten. Der Küchenchef und die Köche kommen in der Regel fünf Minuten früher. Wir haben abgemacht, dass wir uns zwanzig Minuten vor Arbeitsbeginn im Lebensmittellager treffen. Wir stellen eine leere Brotkiste in einen Rolli. Vanessa kriecht in die Kiste, und ich stopfe ihr ein paar Geschirrtücher in den Nacken und lasse eines über den Rand hinaushängen. Sie muss atmen können, wir haben das ausprobiert. Sobald sie drinliegt, staple ich zwei leere Brotkisten drauf und drei daneben und gebe sonstiges Leergut dazu. Auf diese Weise ist nicht zu erkennen, dass eine Person eingerollt in der untersten Kiste liegt. Die Stapel befestige ich auf dem Rolli mit Gummizügen. Das tun wir generell so. Wenn der Lieferwagen kommt –»

«Der rote Lieferwagen der ‹Backwaren AG›?»

«Ja, der. Die Fahrerin fährt rückwärts an die Rampe. Sie öffnet die Hecktüren und schiebt den Rolli mit der bestellten Ware aus dem Wagen über die Rampe in den Gang. Sie muss mit dem Rolli in einer Nische warten, sie darf keinen Schritt weiter. Ich schiebe den Rolli mit Vanessa und dem Leergut aus dem Lager hinaus, an der Fahrerin und ihrem vollen Rolli vorbei, über die Rampe und in den Lieferwagen. Der Küchenchef kontrolliert mit ihr zusammen die Lieferung und unterschreibt den Lieferschein. Das gibt mir Zeit, den Rolli mit Vanessa im Laderaum ganz vorn einzureihen und festzumachen. Wenn die Fahrerin herauskommt, schliessen wir mit vereinten Kräften die Hecktüren. Ich verziehe mich in die Küche, sie fährt weg und –»

«Steht da nicht ein Wärter auf der Rampe?», warf ich ein.

«Eben, das wollte ich gleich sagen. Der Wärter auf der Rampe achtet darauf, dass ich brav wieder in die Küche gehe. Er kontrolliert weder die Lieferung noch das Leergut. Er öffnet die Schiebetür auf der Rampe und schliesst sie hinter mir wieder. Das ist alles. Wärter haben die Aufgabe, uns zu beaufsichtigen und wo nötig einzuschliessen. Sie dürfen keinesfalls mit anpacken. Das ist ihnen verboten, denn das könnte für sie gefährlich werden.»

«Wie kommt Vanessa wieder aus dem Wagen raus? Halten Mullers Männer die Fahrerin an? In einem Waldstück oder in der Nähe einer Kiesgrube? Weisst du was darüber? Was werden sie mit der Fahrerin machen?», fragte ich.

«Das habe ich Muller auch gefragt. ‹Was geschieht mit der Fahrerin? Werden deine Männer sie töten?› Er hat gelacht. Wörtlich hat er gesagt: ‹Das wäre dumm, Schätzchen. Das wäre das Dümmste, das meine Männer tun könnten, die Flucht würde zu schnell entdeckt.› Er hat gemeint, je später Vanessas Entweichen bemerkt werde, desto besser für ihn und Vanessa. Die Fahrerin werde lange danach, bei der Vernehmung durch die Polizei, erkennen und begreifen, was für eine tolle Fracht sie transportiert habe. Nein, sie würden der Fahrerin nichts anhaben, hat er mir versichert; und ich soll schön den Mund halten, dann würde mir auch nichts geschehen.»

«Glaubst du ihm?», fragte ich.

«Ich habe letzte Woche zweimal das Leergut verladen. Beide Male haben neben mehreren Rollis mit Leergut drei volle Rollis gestanden. Nachschub für drei andere Betriebe. Jeder Rolli ist mit einem Blatt Papier gross und deutlich beschriftet gewesen. Damit es beim Ausliefern keine Verwechslungen gibt. Ich habe die Fahrerin darauf angesprochen. Sie hat gesagt, ihre Tour führe sie zurück nach Burgdorf. Sie müsse nach uns drei Betriebe beliefern, danach habe sie Feierabend. Neulich habe ich hier oben im anderen Zimmer am Fenster gestanden und ihr nachgesehen. Sie ist zur Kreuzung hinuntergefahren und rechts abgebogen. Sie ist auf der schmalen Strasse durch die Ebene Richtung Burgdorf gebraust. Das ist der kürzeste Weg. Ich nehme an, Vanessa wird während der Fahrt aus der Kiste kriechen. Sie wird sich im Wagen verdeckt halten und hinausschleichen, sobald die Fahrerin beim nächsten Betrieb stoppt und mit dem vollen Rolli im Betrieb verschwindet.»

«Hat auf einem Blatt an einem der vollen Rollis der Name ‹Drei Perlen› gestanden?», fragte ich weiter.

«Ja, und auf dem zweiten das Altersheim –»

«Das ist es: ‹Drei Perlen› ist das Restaurant in dem Bordell in Burgdorf, das Muller gehört. Er wird dort auf sie warten. Ab wann wird man sie definitiv vermissen? Was meinst du?»

«Sie hat über das Wochenende gearbeitet. Dafür hat sie Montag und Dienstag frei. In der Küche werden alle denken, sie sei in ihrer Zelle. Ausser denen, die freihaben, hält sich tagsüber praktisch niemand im Zellentrakt auf. Alle sind auf der Arbeit. Ihr wisst schon, in der Werkstatt oder im Garten. Sollte einer Kollegin auffallen, dass Vanessa fehlt, zum Beispiel beim Nachtessen oder in der freien Zeit am Abend, so dürfte sie es für sich behalten. Die Wärter werden kaum vor dem Appell zur Nacht feststellen, dass Vanessa geflüchtet ist. Der Appell zur Nacht findet pünktlich um einundzwanzig Uhr statt. Jede weiss das, und jede ist an ihrem Platz. Da fällt schnell auf, wenn eine Insassin fehlt. Trotzdem würde es mich nicht wundern, wenn der Direktor zunächst die Anstalt durchkämmen lässt. Ich kenne ihn, er wird den Alarm erst auslösen, wenn er sicher ist. Das wird eine Weile dauern.»

«Fünf bis sechs Stunden Vorsprung. Das ist reichlich Zeit.

Durchdacht, muss ich sagen. Weisst du zufällig, wo er Vanessa hinbringen will? Bestimmt ins Ausland», mutmasste ich.

«Sie hat mir vorgestern zwei Fotos gezeigt. Seit wir das Verstecken im Lagerraum geübt haben, vertraut sie mir. Komisch, nicht? Auf dem ersten Bild habe ich einen Gutshof gesehen. Auf dem zweiten Bild Stallungen und Pferde. Sie hat gesagt, ihr Vater habe genug von der Arbeit und der Schweiz. Er habe den Gutshof gekauft. Er werde sich dort zur Ruhe setzen, und sie, Vanessa, werde den Pferdebetrieb leiten.»

«Ein Gutshof? In Südfrankreich?»

«Nein, nicht in Frankreich. Auf dem Bild habe ich eine Fahnenstange mit einer locker hängenden Flagge in den drei Farben Rot, Weiss und Grün gesehen.»

«Italien?»

«Nein. Die Balken mit den Farben übereinander, nicht nebeneinander.»

«Ungarn.»

«Ja, Ungarn. Ich habe in einem Buch in der Bibliothek nachgesehen. Vor den Stallungen haben sich Hunde aufgehalten. Eine Hündin und vier prächtige Jährlinge. Zuchttiere der Rasse Magyar Vizsla. Glaube mir, ich kenne mich aus mit Hunden. Das sind ungarische Vorstehhunde. Ich bin überzeugt, der Gutshof liegt in Ungarn.»

«Es reicht.» Ursina schlug beide Hände auf die Tischplatte. Sie stand auf und sagte: «Ich hole den Direktor.»

Ich konnte sie nicht mehr aufhalten. Sie lief zur Tür und streckte den Kopf hinaus. Offenbar befand sich niemand auf dem Flur. Sie riss die Tür ganz auf, trat hinaus, wandte sich um und sagte: «Rührt euch nicht von der Stelle. Ich bin gleich wieder da.»

Astrid sah verzweifelt aus.

Ich fragte sie: «Sage mal, du redest dauernd von Montag und Dienstag. Heute ist Dienstag. Ist ihre Flucht etwa für heute geplant?»

«Jaaa!», sagte sie gedehnt, wie wenn sie uns dies die ganze Zeit schon hätte begreiflich machen wollen.

Die Uhr zeigte fünf vor drei. Was jetzt? Ich musste mich entscheiden.

«Machst du mit?», fragte ich Astrid.

Sie zuckte mit den Schultern. «Was fragst du? Es ist vorbei, gleich kommt der Direktor.»

«Das glaube ich nicht», sagte ich. «Ursina holt den Wärter. Es bleibt ihr keine Zeit, sie muss um vier in Bern sein. Wenn sie fehlt, muss sie sich gegenüber ihrem Chef und den Kollegen rechtfertigen. Ich bin sicher, das will sie um jeden Preis vermeiden. Wenn sie zurückkommt, wird sie vorschlagen, morgen zum Direktor zu gehen, mit dir zusammen.»

«Wenn das so ist … Sage mir, was ich tun soll.»

«Mach alles so wie vereinbart. Lass niemand Verdacht schöpfen. Du wirst Nerven brauchen. Denk an das Gute in der Sache. Wir werden Muller schnappen. Muller und Vanessa, alle beide. Wir werden sie stellen und der Polizei übergeben. Dieser Muller wird bekommen, was er verdient.»

Astrid nickte, machte ein Gesicht, das man als tapfer bezeichnen könnte, und fragte: «Was ist mit Ursina? Sie wird sich ausgenützt vorkommen, wenn sie erfährt, dass wir gegen sie gehandelt haben.»

Ich gab ihr die Hand und sagte: «Nicht, wenn wir keinen Fehler machen.»

Gloria sass stocksteif da und starrte mit aufgerissenen Augen auf die Tischplatte. Man hätte meinen können, eine Klapperschlange richte sich auf und peile sie an.

Ich berührte sie an der Schulter und sagte: «Komm, beeil dich, sonst entwischen sie uns.»

Sie erhob sich mit einem Ruck, umarmte Astrid nur flüchtig und murmelte: «Mach es gut, Schwesterherz.» Vor der Tür drehte sie sich nochmals um und bekannte: «Ich bin mächtig stolz auf dich.»

Astrid antwortete mit einem entwertenden Wink.

Ich fragte: «Können wir uns auf dich verlassen?»

«Ich werde es tun.»

«Gut. Melde dich eine halbe Stunde nach der Flucht beim

Direktor und erzähle ihm alles. Er wird den Alarm auslösen. Die Polizei wird uns eher glauben, wenn wir sie rufen, und ausrücken.»

«Er wird mich ins Kellerloch werfen.»

«Nicht für lange. Wenn alles vorbei ist, wird er deine Situation und die Umstände verstehen.» Ich hatte eine letzte Frage: «Warum ist Vanessa nicht gestern geflohen?»

«Montags liefert die ‹Backwaren AG› nicht. Sonst wäre alles schon vorbei.»

«Unser Glück», sagte Gloria.

«Mullers Pech», sagte ich.

ACHTZEHN

Ursina kam im selben Augenblick mit dem Wärter zurück. Sie hatte es eilig, verabschiedete sich von Astrid und sagte: «Ich muss dringend nach Bern. Wir gehen morgen zum Direktor. Ich werde uns anmelden, dann sehen wir weiter.»

Astrid gab keine Antwort.

Drei Minuten später sassen Gloria und ich im Wagen. Ich fuhr zur Kreuzung hinab, bog in Richtung Langnau ein und brauste los.

Gloria hatte sich auf den Etappen durch die Schleuse beim Verlassen der Anstalt beispielhaft verhalten und uns nicht verraten. Kaum sass sie auf ihrem Platz, konnte sie ihre Erregung nicht mehr unterdrücken und wetterte: «Warum fährst du nach Langnau? Dadurch verlieren wir viel zu viel Zeit. Wir dürfen die Sache auf keinen Fall vermasseln.»

Sie war zittrig und unwohl in der Enge des Wagens. Ich zählte sie nicht, die Anzahl Versuche und Vorstösse, die sie in ihrer Erregtheit ausführte, um sich anzuschnallen. Indes, ich hörte sie weder schimpfen noch lästern.

«Du redest schon wieder von ‹wir›», sagte ich. «Willst du mich weiterhin begleiten? Dabei sein und mitmachen? Hast du keine Angst?»

«Wäre ich Astrid, ich hätte mehr Angst. Ich will meinen Teil dazu beitragen, den Kerl zu fassen. Das bin ich ihr schuldig. Beantworte meine Frage: Wieso fährst du nach Langnau? Hast du vor, mich abzusetzen? Rauszuschmeissen?»

«Nein. Ich muss in meiner Agentur was holen.»

«Deine Pistole?»

«Die auch, ja.»

«Oje, es wird ernst», jammerte sie und rutschte ein gutes Stück tiefer in ihren Sitz.

Ich versuchte, ihre Bedenken über den Zeitverlust zu zerstreuen und sie auf der anderen Seite zu ermutigen. «Wir brauchen uns nicht auf die Lauer zu legen. Das ist überflüssig. Nach allem, was wir wissen, wird die Fahrerin das Bordell mit dem Restaurant ‹Drei Perlen› in Burgdorf ansteuern. Sie wird der Küche die bestellten Backwaren und Rohstoffe liefern. Ob vor oder nach dem Altersheim, spielt keine Rolle. Ich weiss, wo sich der Lieferanteneingang befindet. Ich nehme an, einer von Mullers Handlangern wird dort bereitstehen. Wenn die Fahrerin den Rolli mit der Ware durch den Lieferanteneingang schiebt, wird er Vanessa ein Zeichen geben. Sie wird sich aus ihrem Versteck schälen, den Wagen verlassen und auf einem anderen Weg ins Haus treten. Nein, Gloria, ich will dich nicht rausschmeissen, ich bin auf deine Unterstützung angewiesen.»

«Hast du einen Plan? Was muss ich tun? Wie sieht meine Aufgabe aus?», fragte Gloria.

Einen Plan? Nein, ich hatte keinen Plan. Ich hatte eine Idee und eine vage Absicht, zwanzig Minuten Fahrzeit vor mir und auf dem Beifahrersitz eine Gefährtin mit Verstand.

«Ich hole in meiner Agentur die Knarre und ein paar nützliche Sachen. Wenn du es dir nicht anders überlegst, fahren wir anschliessend gemeinsam nach Burgdorf. Ich habe eine Vorstellung, was wir tun könnten. Einen Plan würde ich das allerdings nicht nennen.»

«Erzähl! Wir sind über eine halbe Stunde zusammen unterwegs, du brauchst das Freudenhaus ja nicht zu zeichnen.»

«Muller hat sich im obersten Stock, in der Mansarde des Hauses, eine Wohnung eingerichtet. Ich nehme an, er wartet dort auf seine Tochter. Das grösste Hindernis besteht darin, da hinaufzugelangen. Alle Ein- und Ausgänge, das Treppenhaus, der Lift, ja das ganze Gebäude ist gespickt mit Überwachungskameras.»

«Verstehe. Vor den Bildschirmen hockt ein Mann, der sofort einen aufgeblasenen Kerl losschickt, wenn ihm eine Person verdächtig vorkommt. Wenn ein Eindringling auftaucht, herumschleicht und sich in Bereiche vorwagt, die ihn nichts angehen.»

«Bei einer Alarmanlage merkst du, wenn du in die Falle tappst. Mit Kameras beobachten sie dich; sie sehen dich kommen, sie sehen, wo du hingehst, was du anstellt, ob du allein bist – und du hast keinen Schimmer.»

«Wie willst du sie austricksen? Musst du überhaupt da hinauf? Kannst du ihn nicht herunterlocken?»

«Gute Frage. Ich denke, in seinem Horst fühlt er sich am sichersten. Wenn es mir gelingt, ihn in seinen eigenen vier Wänden zu überrumpeln, ist der Rest ein Kinderspiel.»

«Sag so was nicht.»

«Hast du dein Handy dabei? Du könntest im Restaurant sitzen, einen Kaffee trinken und auf Vanessa warten. Wenn du sie siehst, sendest du mir eine SMS.»

«Ich kenne sie nicht. Ich habe diese Person nie gesehen. Wie soll ich wissen, ob sie es ist?»

«Ganz einfach: Setz dich hin und behalte den Lieferanteneingang im Auge. Wenn ein roter Lieferwagen vorfährt und eine junge Frau hinten herausspringt, sich vorsichtig umsieht, von einem aufgeblasenen Kerl empfangen und rasch ins Haus geführt wird, wirst du wissen: Das ist sie!»

«Wo wirst du sein? Wirst du im Foyer herumlungern und, wenn sie kommt, dich neben sie in den Lift stellen? Und wenn der Aufzug losfährt, ihr die Pistole unter die gepuderte Nase halten und sie zwingen, dich ihrem Papa vorzustellen?»

«Du bist nahe dran.»

«So?»

«Mehr kann ich dir nicht sagen. Meine Annahmen sind vage, es besteht keine Garantie, dass sie zutreffen.»

«Wann rufen wir die Polizei?», fragte Gloria.

Ich stellte eine Gegenfrage: «Was meinst du, wird Astrid den Direktor informieren?»

«Ja. Sie muss es tun. Je länger sie darüber nachdenkt, desto eher wird sie zum Schluss kommen, dass es das Beste ist. Für sie wie auch für uns. Der Direktor ist kein Unmensch, er wird sie verstehen. Vielleicht nicht sofort, aber hinterher auf jeden Fall.»

«Gut», sagte ich. «Damit wir uns richtig verstehen: Wir werden Muller stoppen, damit die Polizei ihn und auch Vanessa verhaften kann. Ich meine, der Zeitpunkt, jetzt die Polizei zu rufen, wäre verfrüht. Wenn du ihre Nummer wählst, was willst du dem Beamten in der Zentrale erzählen? Bitte, bitte schicken Sie schnell ein paar Polizisten her, wir glauben, dies und das wird passieren? Sie sind, und das weiss ich aus erster Hand, mehrmals vergebens ausgerückt. Er hat sich stets vor ihnen versteckt. Sie sind mehrmals gestützt auf belastende Hinweise hingefahren, um ihn auf frischer Tat zu verhaften, und jedes Mal gescheitert. Nein, Gloria, der Zeitpunkt, die Polizei zu rufen, ist gekommen, wenn sie über Vanessas Flucht Bescheid wissen. Wenn du Vanessa siehst, sendest du mir eine SMS, danach rufst du die Polizei. Erkläre dem Beamten, dass du Vanessa Muller, die Gefangene, die aus der Strafanstalt Hindelbank entwichen ist, eben hast eintreffen sehen. Wenn Astrid den Direktor informiert hat, wird er eine Mannschaft aufbieten, ohne langes Wenn und Aber.»

«Du bist der Chef.»

«Nein, wir sind Partner.»

Ich stellte den Wagen auf einem Parkfeld vor dem Nagelstudio ab, sagte zu Gloria: «Bin gleich wieder da», und lief hoch in meine Agentur.

Die Pistole lag eingeschlossen in der Schublade. Ich holte sie raus, schob ein volles Magazin ein, lud einmal durch, prüfte die Sicherung, blickte über Kimme und Korn, streifte das Tragehalfter über und steckte das Ding ein.

Über all die Jahre, seit ich dieser Tätigkeit nachging, hatten sich Kleidungsstücke, Hüte, Schirme, Taschen, Brillen, Handschuhe und natürlich allerlei Vorhängeschilder und Feinwerkzeuge angesammelt. Die Kleider und Utensilien dienten zur einfachen und schnellen Tarnung, die Schilder zur Vorspiegelung falscher Tatsachen und die Werkzeuge zum Knacken von Türen, Fenstern, Koffern, Vitrinen, Schatullen und dergleichen mehr. Mittlerweile füllte das Zeug einen Schrank. Für die Schilder und Werkzeuge besass ich eine handliche Kiste.

Ich schlüpfte in einen grauen Berufsmantel, knöpfte ihn zu, steckte eine Taschenlampe in die linke Tasche und eine Laborbrille in die Brusttasche. Die Schiebermütze tauschte ich gegen eine graue neutrale Baseball-Mütze.

Handschellen besass ich keine. Hätte ich in meinen Einsätzen ein einziges Mal welche gebraucht, hätte ich sie mir umgehend besorgt. Ich hoffte, dass es auch diesmal keine bräuchte.

Ich nahm die Werkzeugkiste in die Hand und posierte vor dem Spiegel. In der Aufmachung könnte ich als Servicemonteur durchgehen. Nur jemand mit einem geschulten Auge würde erkennen, dass ich unter dem Mantel eine Waffe trug, und Verdacht schöpfen.

Ich schloss die Agentur ab, ging zum Wagen, legte den Werkzeugkasten in den Kofferraum und setzte mich wieder hinters Steuer.

«Ich mache so was zum ersten Mal», sagte Gloria.

«Du verlässt das Restaurant besser und rufst die Polizei von einem sicheren Ort aus an», sagte ich, «damit du offen sprechen und genaue Angaben machen kannst.»

«Das ist mir klar.»

«Und sage dem Beamten in der Zentrale, du rufest in meinem Auftrag an. Nenne ihm meinen Namen gleich zu Beginn.»

«Hör auf, mir Dinge aufzutragen, die selbstverständlich sind. Erkläre mir lieber, was du vorhast. In diesem Gewand siehst du aus wie ein Handwerker mit einem Schiesseisen. Warum trägst du die Pistole rechts, bist du etwa Linkshänder?»

Bis wir in Burgdorf eintrafen, war die Uhr im Wagen auf Viertel nach vier vorgerückt. Das Schloss erstrahlte in der Nachmittagssonne. Die Fensterscheiben blitzten, die fahlen Farben der Mauern flimmerten kräftig, und die Dachziegel schwelten in hellem Rot. Der Bau schien weit freundlicher und märchenhafter, als er in Wirklichkeit war.

Während der Fahrt hatten wir uns auf einen Plan geeinigt. Dazu gehörte, dass wir uns trennten. Ich würde vorangehen, Gloria würde drei Minuten später folgen. Sie würde sich im hinteren Bereich der Gaststube einen Fensterplatz suchen und einen Kaffee bestellen.

Der Feierabendverkehr hatte zum Glück noch nicht eingesetzt. Ich fand dreissig Meter vor dem Eingang einen Parkplatz.

«Wir müssen uns beeilen», sagte ich. «Wenn der Lieferwagen von der Anstalt auf direktem Weg hierherfährt, bleibt uns nicht mehr viel Zeit.»

Gloria beugte sich rüber und drückte mir einen Kuss auf die Wange. «Mach es gut, Alexander. Ich bin in drei Minuten auf meinem Posten.»

Sie stieg aus und schlenderte in die Gegenrichtung.

Ich holte die Werkzeugkiste aus dem Kofferraum, schloss den Wagen ab, legte den rechten Arm quer vor meine Brust und marschierte los.

Vor dem Haupteingang zog ich die Mütze tiefer in die Stirn, beugte mich vor wie jemand, der vorsichtig auf den Kiesweg und die abgetretenen Stufen der Steintreppe achtete, und trat geschwind ein.

Ich wusste aus der Erinnerung, dass der Flur quer durchs Haus führte. Links befand sich die Tür zur Gaststube, rechts die Tür zum Speisesaal für gehobene Ansprüche. In der Regel wurde dort nicht vor neunzehn Uhr serviert.

Ich streifte geradeaus weiter, vorbei an den Türen zu den Toiletten, und erreichte bald den Knotenpunkt: Links befand sich der Eingang in die Küche – zwei automatische Schiebetüren mit je einem runden Glasfenster –, rechts der Lift, gegenüber das Treppenhaus.

Im Vorbeigehen nahm ich die Gerüche von Fleischbouillon und Frittieröl wahr.

Ich zögerte keinen Augenblick, hielt auf die Stufen ins Untergeschoss zu und trippelte hinab.

Ein Liftmonteur, ich bildete mir ein, ich sei ein Liftmonteur, der einen Auftrag hat, sein Ziel kennt und keine Minute Zeit vergeudet.

Auf dem untersten Tritt blieb ich stehen. Ich kramte die Laborbrille hervor, setzte sie auf und hielt Ausschau nach der Überwachungskamera. Ich entdeckte sie eher zufällig genau über mir. Damit hatten die Beobachter in erster Linie den Lift im Blickfeld, aber auch die Tür zur Bar rechts davon.

Ich trat vor den Lift und fand an der Seite des Liftschachts eine halbhohe Metalltür. Sie war mit dem Firmennamen des Liftbauers angeschrieben. Das musste die untere Einstiegsklappe sein. Genau wie ich gehofft hatte.

Das Geräusch einer zuschnappenden Kühlraumtür ertönte. Schritte hallten von der linken Seite herkommend aus dem schwach erleuchteten Gewölbekeller. Ich suchte in der Werkzeugkiste rasch nach einem Schild mit der Aufschrift «Service».

Ein junger Mann kam aus dem schummrigen Gewölbe. Der Bekleidung nach war er Hilfskoch oder Küchengehilfe. Unter dem Arm schleppte er ein in Folie eingeschweisstes längliches Stück Fleisch.

Er blieb stehen, löschte hinter sich das Licht, kam Schritt für Schritt näher, umweht von einem Hauch Schimmel oder Moder, und sah mich an.

Ich hielt das Schild wie zufällig vor der Brust, führte den Finger an die Mütze und sagte: «Hallo, Chef! Tut mir leid, ich bin ein bisschen spät dran.»

«Spät? Wofür?», fragte er und blinzelte verwirrt.

«Der Alarmknopf im Lift ist ausgefallen. Wir haben die Meldung schon heute Morgen bekommen. Ich bringe das gleich in Ordnung.»

«Hey, das ... das macht nichts. Tagsüber ist immer jemand da. Falls mal einer stecken bleibt.»

«Das sag mal meiner Chefin», sagte ich, nickte ihm dankbar zu und befestigte das Schild über der Klappe an einen Kabelkanal. «Es wird nicht lange dauern.»

«Ich, äh ...», er wuchtete das Fleisch hoch auf seine Achsel, «nehme wohl besser die Treppe.»

«Nicht nötig.» Ich drückte den Knopf des Lifts. «Ich muss am Schaltkasten ein Relais auswechseln. Das Problem ist bekannt. Du kannst trotzdem Lift fahren. Stört mich nicht. Einzig den Alarmknopf, den solltest du nicht drücken. Sonst ...» Ich hob den Arm wie zum Schutz über meine Augen und drehte den Kopf zur Seite. «Du verstehst schon», sagte ich und grinste ihn an.

«Klar, das versteh ich.» Er grinste keck zurück, trat in den

Lift, hörte nicht auf zu grinsen, drückte zum Schein auf den Alarmknopf, stiess einen hellen Zischlaut aus, schreckte zurück, verdrehte die Augen, schüttelte sich, verlor fast das Fleisch und lachte.

Die Türen rollten zu, der Lift schwebte aufwärts.

Ich hörte ihn auf der Fahrt hinauf ins Parterre lachen, grölen und wiehern, immerfort, bis die Küche ihn schluckte.

Ich ging in die Hocke, mit dem Buckel gegen die Kamera, fand in der Werkzeugkiste einen Vierkantschlüssel, öffnete die Verriegelung und steckte den Schlüssel in die Tasche.

Ehe ich durch die Öffnung kroch, streckte ich den Kopf hinein und leuchtete mit der Taschenlampe vorsorglich in den Schacht. Die Kabine sah relativ neu aus und füllte den Schacht nicht aus. Vielleicht war die alte Kabine breiter gewesen. Jedenfalls bot der Schacht seitlich freien Raum. Der Platz reichte aus für einen Aufstieg mit einer eisernen Leiter.

Ich zwängte mich durch die Luke, holte den Werkzeugkoffer nach und stellte ihn auf den Gitterrost, auf dem ich stand.

Die Taschenlampe klemmte ich zwischen die Zähne und begann, hastig an den Sprossen hochzuklettern. Zum Schutz der Augen behielt ich die Laborbrille auf.

Die Luke liess ich offen. Die Luft schmeckte abgestanden, ein bisschen Sauerstoff konnte nicht schaden.

Die Kabine befand sich vier Stockwerke über mir. Ich hörte, wie sich die Türen öffneten, sah einen Lichtkeil an der Mauer, hörte zwei Frauen einsteigen, die Türen glitten zu, der Lichtkeil verschwand, die Kabine setzte sich abwärts in Bewegung. Die Frauen unterhielten sich und kicherten vergnügt. Die Kabine nahm Fahrt auf und schwebte zügig auf mich herab.

Ich knipste die Lampe aus und klammerte mich im Dunkeln an die Leiter, so nah es nur ging, zog den Kopf ein und schloss die Augen.

Ein warmer Windstoss traf meinen Nacken.

NEUNZEHN

Die Kabine rauschte vorbei. Luftwirbel zerrten an meinem Mantel. Zurück blieb ein Gestank, der von einem schlecht gewarteten Elektromotor stammen mochte oder von warm gelaufenen Gummirollen oder erhitzten Bremsbacken.

Ich hing verkrampft in den Sprossen. Mein Atem ging schwer. Meine Nackenhaare sträubten sich. Ich schwitzte, und einen kurzen Moment glaubte ich obendrein, Zigarrenrauch gerochen zu haben.

Der Lift stoppte im Keller. Die Frauen entfernten sich plaudernd.

Ich schüttelte meine Arme und Beine aus, um die Verkrampfungen zu lösen, sah auf die Uhr, knipste die Lampe an und hastete dem Lichtkegel nach aufwärts.

Ein Stockwerk vor dem Ziel traf eine SMS ein. Ich hielt inne, nutzte die Gelegenheit zu einer Verschnaufpause und las die Nachricht.

Gloria schrieb: «Hammer-joe ist da. In begleitung einer jungen dame. Sie sind zusammen in kellerbar gegangen. G.»

Hammer-Joe? Wenn er da unten bloss keinen Ärger machte, dachte ich und kletterte eilends weiter. Vor der Ausstiegklappe gab es einen zweiten Gitterrost. Die Leiter führte daran vorbei, bis hinauf zur Decke des Schachtes, wo der Liftmotor und die Rollen der Stahlseile auf zwei Stahlträgern festgemacht waren.

Ich hängte meinen Arm in die Leiter, stieg auf den Rost hinüber und leuchtete mit der Taschenlampe in die Tiefe: Das Licht traf sechs Stockwerke weiter unten auf den schmutzigen Betonboden. Zum Schutz vor einem Sturz gab es anstelle einer soliden Brüstung eine dürftige Kette zum Vorhängen.

Ich atmete bewusst tief durch, um das mulmige Gefühl zu überwinden, und kramte den Vierkantschlüssel hervor. Ich musste ihn sogleich in die Tasche zurückgleiten lassen, weil mein Handy klingelte.

«Ja?», hauchte ich ins Mikrofon.

«Bist du es, Alexander?»

Ich hielt die Hand wie eine Muschel um das Handy und hauchte ein zweites Ja.

«Ich bin es, Regula vom Campingplatz.»

«Ja?»

«Ich habe versprochen, dich anzurufen, wenn ich von hier aus sehen kann, dass Muller anwesend ist.»

«Ja?»

«Ich glaube, er ist da. Er hat über den Mittag alle Fenster seiner Wohnung aufgerissen. Kurze Zeit später hat er sie wieder geschlossen – und die Läden gleich mit. Ich kann durch den Feldstecher erkennen, dass in der Wohnung Licht brennt. Praktisch überall.»

«Aha.»

«Was ist los, Alexander? Du flüsterst so komisch. Bist du krank?»

«Kann jetzt nicht …»

«Wo bist du? Im Bett?»

«Nein. Vor seiner Wohnung.»

«Das glaub ich nicht!» Sie glich ihre Lautstärke an, flüsterte nunmehr ebenfalls: «Du bist in dem Haus? Dort oben? Vor seiner Wohnung? Lauerst ihm auf?»

«Ja.»

«Uiii, willst du ihn schnappen? Willst du diesen Schuft wirklich vor Gericht bringen? Mann, Alexander, viel Glück!»

«Danke.»

«Kann ich was für dich tun?»

Ich überlegte, was ich ihr sagen könnte, hörte über mir den Motor surren und sah tief unten die Kabine. Sie setzte sich in Bewegung, schwebte einen Stock höher und stoppte. Die Türen gingen auf, ich sah den Lichtkegel.

«Soll ich die Polizei rufen?», fragte sie.

«Gute Idee», flüsterte ich.

«Mach ich, verlass dich darauf. Tschüss!»

Ich drückte sie weg.

Die Türen gingen zu, die Kabine kam hoch.

Ich wollte das Handy in die Tasche stecken, da erreichte mich wieder eine SMS. «Vanessa ist angekommen. Sie ist sofort mit dem kerl in den lift. Sind unterwegs nach oben. Beide. Ich gehe telefonieren. Die polizei. Machs gut! G.»

Ich stand im Liftschacht auf dem Gitterrost auf der Höhe der Mansarde. Vor mir die Ausstiegsklappe. Die Kabine stoppte genau in meinem Rücken. Ich löschte die Taschenlampe. Die Türen gingen auf, Licht fiel seitlich durch den Spalt. Ich wagte kaum zu atmen. Ich hörte zwei Personen aussteigen. Eine Frau hüstelte. Sie schritten dem Flur entlang, vermutlich auf Mullers Wohnung zu.

Ich nahm den Vierkantschlüssel, drehte den Riegel zurück, öffnete die Klappe und stahl mich mit grösster Vorsicht aus dem Liftschacht ins Treppenhaus. Erleichtert stand ich da, wo ich schon mal gestanden hatte und wo ich hinwollte: im schummrigen Treppenhaus, zuoberst auf dem Treppenabsatz vor der hölzernen Tür zum Flur der Mansarde.

In der Kabine gab es eine Kamera, die hatte ich damals auf der Fahrt mit Céline gesehen. Ob es im Flur der Mansarde welche gab, wusste ich nicht. In diesem gesonderten Treppenabschnitt, der vom vierten Stock in die Mansarde hinaufführte, mit dem schimmligen Dachfenster und den Stufen, die bei jedem Tritt knarrten, hatte Muller es bestimmt nicht für nötig befunden, Kameras einzurichten. Hier war ich sicher.

Ich hörte die Klingel einer Wohnungstür. Eine Tür wurde geöffnet. Es folgte eine ziemlich freudige Begrüssung in französischer Sprache. Ich hörte die Ausrufe «Vanessa!» und «Dad!» und abwechselndes Lachen.

Die Türen des Lifts rollten zu, er glitt hinunter.

Ich steckte die Brille ein, nahm meine Beretta aus dem Halfter und prüfte die Tür. Sie liesse sich mühelos öffnen. Ich musste mich indes gedulden, denn Vanessas Begleiter verabschiedete sich und kam über den Flur zurück. Er verschwand durch eine Tür gegenüber.

Der Lift hielt schätzungsweise im Keller.

Endlich! Ich setzte die Baseball-Mütze verkehrt herum auf, lauschte, wartete drei Atemzüge lang, drückte die Klinke, öffnete die Tür zwei Fingerbreit und spähte in den Flur der Mansarde.

Ich hörte, wie der Aufzug sich wieder in Bewegung setzte. Er rauschte herauf.

Mullers Wohnungstür war geschlossen. Das Licht im Flur dämmrig. Niemand da. Ich konnte keine Kameras entdecken.

Um ein Haar wäre ich losmarschiert. Der Lift hinderte mich daran. Die Kabine sauste herauf und stoppte neben mir. Die Türen gingen auf.

Ich drückte die Holztür schleunigst wieder zu. Die Klinke in der rechten, die Pistole in der linken Hand wartete ich, legte das Ohr ans Holz und lauschte.

Drei Personen, so vermutete ich, stiegen aus der Kabine. Sie redeten kein Wort miteinander, gingen schnellen Schrittes vorüber. Jemand klingelte an Mullers Wohnungstür.

Ich wollte wissen, was da vor sich ging, und zog die Holztür einen winzigen Spaltbreit auf. Was ich sah, versetzte mich in eine gehobenere Stimmung: Hammer-Joe stand da! Wie gewohnt: forscher Blick, blassblaues T-Shirt, Golfermütze. Seine Körperhaltung, seine Beinstellung – er wirkte sprungbereit wie in einem Kampf.

Er drückte sich neben Mullers Tür an die Wand, um nicht gleich gesehen zu werden. Seine Faust, das gefiel mir weniger, umklammerte den Knauf seines alten silbernen Revolvers.

Wenn ich nur wüsste, was er vorhat, dachte ich. Sollte ich ihm ein Zeichen geben? Oder mich gleich zu ihm gesellen?

Céline war ebenfalls da. Céline alias Zofia Wójcik. Sie trug ein sehr kurzes rotes Kleid, goldene Strümpfe und rote Stöckelschuhe und eine goldene Schlaufe im Haar. Ihr Gesicht konnte ich nicht sehen, sie stand vor der Tür und drückte die Klingel erneut, länger diesmal.

Neben ihr befand sich eine zierliche Person. Ein Mädchen im Teenageralter. Die langen schwarzen Haare hatte sie zu einem Pferdeschweif gebunden. Sie trug grüne Jeans, Turnschuhe und eine, wie mir schien, zu grosse Lederjacke.

Ich begann mich zu ärgern, weil er mich über seinen Plan nicht in Kenntnis gesetzt hatte. Wie stand ich jetzt da?

Die Wohnungstür ging ein gutes Stück weit auf, Céline begann zu reden. Eine Hand erschien im Spalt, winkte ab – Hammer-Joe wirbelte herum. Mit einem Fusstritt sprengte er die Tür auf. Sie schlug mit einem lauten Knall an einen Gegenstand. Glas zersplitterte. Ein Schrei ertönte.

Hammer-Joe schwang den Revolver über den Köpfen der beiden Frauen und befahl mit lauter Stimme: «Los, rein mit euch!»

Céline und das Mädchen hasteten in die Wohnung. Joe folgte ihnen auf den Fersen.

Die Tür knallte ins Schloss, dass die Mansarde erzitterte.

Was sollte ich tun? Ich war gehemmt, weil ich dachte, gleich fallen Schüsse. Ich schloss die Holztür wieder und überlegte fieberhaft. Sollte ich eingreifen? Zuwarten? Losrennen und versuchen, ein Blutbad zu verhindern?

Mein Instinkt sagte mir: warten. Der Lärm und vor allem der Schrei riefen bestimmt die Sicherheitsleute auf den Plan.

Und schon sprang eine Tür auf der gegenüberliegenden Seite auf. Mindestens zwei Männer eilten mit grossen Schritten durch den Flur in Richtung Mullers Wohnungstür.

Sobald die Tritte verhallt waren, öffnete ich meine Tür wieder und wagte einen Augenschein.

Zwei Männer standen vor Mullers Tür. Der grössere schlenkerte in seiner Linken einen Schlagstock. Er hob den Arm mit dem Stock, betätigte die Klinke und stampfte in die Wohnung wie ein Stier. Er streckte, soweit ich sehen konnte, Hammer-Joe mit einem schnellen Schlag nieder.

Der kleinere zog seine Pistole, warf einen besorgten Blick um sich und gesellte sich zum Schläger.

Er vergass, die Tür zu schliessen.

ZWANZIG

Ich trat in den Flur und schlich auf Zehenspitzen auf die Wohnung zu.

In der offenen Tür konnte ich sehen, wie der Grosse sich bückte und versuchte, Hammer-Joe auf den Rücken zu drehen. Den Schlagstock hielt er nach wie vor in der linken Hand.

Allem Anschein nach herrschte unter den Herumstehenden eine Mischung aus Aufruhr, Bestürzung und Ratlosigkeit. Sie standen im Licht, schauten dem Grossen zu.

Ich ging bis zur Schwelle und entsicherte die Waffe. Mit einem mächtigen Schritt trat ich ein und rief: «Keine Bewegung!»

Um nicht ein zweites Mal hinterrücks übermannt zu werden, gab ich der Tür einen Tritt mit der Ferse und trat zwei Schritte nach rechts in die Ecke.

Alle schauten sie zu mir. Mit unterschiedlich starren Zügen. Alle. Ausser Hammer-Joe natürlich.

Céline erkannte mich, der Grosse ebenfalls, der Kleine war sich nicht sicher. Er fixierte mich, drehte sich in Zeitlupentempo, schob einen Fuss allmählich zurück und legte die zweite Hand an die Pistole.

Rechnete er sich echte Chancen aus?

Ich zielte auf seinen Bauch und sagte in die Totenstille: «Lass es.»

Er schwitzte wie ich. In seinem Gesicht konnte ich lesen, dass er abwog, dass er diesen Mann im Berufsmantel und mit der Baseball-Mütze verkehrt herum auf dem Kopf einzuschätzen versuchte. Ich hatte nicht den Eindruck, dass er überlegte, ob ich überhaupt schiessen würde, nein, er versuchte eher grundsätzlich abzumessen: ob ich schnell genug wäre im Abdrücken.

Ich machte das Pokergesicht meines Lebens, legte den Finger auf den Abzug und drängte ihn, es nicht darauf ankommen zu lassen. «Leg die Waffe auf den Boden.»

Ein kleiner Rest von Mut sträubte sich in ihm, trotzdem gab er nach; er beugte sich vor und warf die Pistole auf den Teppich.

«Schieb sie zu mir rüber. Mit dem Fuss.»

Er schubste das Ding an, es schlidderte zwischen meine Füsse.

Der ergraute Herr fand die Sprache wieder. Er schalt mich in Französisch einen Einbrecher, Strassenräuber und Hurensohn und drohte mit der Polizei. Um den anderen zu zeigen, wie wenig ihn mein Auftritt beeindruckte, vielleicht auch, um seine eigenen Ängste zu überspielen, verwarf er die Hände. Er spielte den furchtlosen und zugleich genervten Hausherrn ziemlich gekonnt.

Er entfernte sich rückwärts, gab vor, seine Drohung umzusetzen, und schielte nach dem Telefon.

«Halt!», rief ich scharf. «Keiner rührt sich. Das gilt auch für Sie, Monsieur Muller.»

Er blieb stehen und verdrehte die Augen.

«Die Polizei kommt gleich», sagte ich.

Das irritierte ihn irgendwie. Er änderte nicht nur sein Vorhaben, er bekam Farbe im Gesicht und begann mir giftige Blicke zuzuwerfen.

Hammer-Joe rührte sich und stöhnte.

«Du und du, ihr beiden. Stellt euch an die Wand», befahl ich dem Grossen und dem Kleinen. «Dort. Hände an die Wand, Arme ausgestreckt, Füsse … ach was. Ihr wisst, wie das geht.»

Der Grosse und der Kleine folgten meiner Aufforderung. Der Grosse legte in seiner Verblüffung sogar den Schlagstock vor mich hin.

Hammer-Joe ächzte. Er stützte sich auf und kam auf die Knie. Den Revolver hatte er in der Hand behalten. Das war es, was der Grosse unter Joes Bauch gesucht hatte.

Céline und die Jugendliche waren auf der anderen Seite zurückgewichen, sie standen vor der Garderobe.

Joe schaute sich um, erkannte mich und nickte. «Alex?»

Versuchte er zu lächeln? Lag es am Schmerz oder am Schuldgefühl? Sein Lächeln verkam zur Fratze.

Ich nickte aufmunternd. «Hallo, Joe.»

Er schob den Revolver in den Hosenbund, berührte mit beiden Händen die Quetschwunde am Kopf, besah sich das Blut an den Fingern und wischte es an den Hosen ab. Er langte nach seiner Mütze, rollte sie ein, stand auf und stopfte die Rolle in seine Gesässtasche.

«Kannst du die beiden mal abtasten?», fragte ich. «Die haben bestimmt mehr Waffen.»

Joe tastete den Kleinen ab. Nichts. Dem Grossen zog er eine Pistole aus dem Halfter.

Er musterte die Waffe, befühlte die Schramme am Kopf und fragte: «Wieso trägst du die rechts? Bist du Linkshänder?»

Der Grosse gab keinen Ton von sich.

Joe legte die Pistole vor mir ab und hob den Schlagstock auf. Er baute sich neben dem Grossen auf und fragte eiskalt: «Ist das dein Stock?»

Schweigen.

Ich richtete meine Achtsamkeit auf Muller und Vanessa und hörte, wie Joe fragte: «Hast du mir auf den Kopf gehauen?»

Hartnäckiges Schweigen.

Was Joe tat, konnte ich nicht sehen. Ich hörte ein Pfeifen. Keinen Schlag, kein Platzen oder Bersten, nur ein kurzes, spitzes Pfeifen.

Der Grosse schrie auf und winselte: «Nein, nicht! Ja, verdammt, ja, der Stock gehört mir.»

Ich riskierte einen Augenschein: Der Mann wippte mit dem Oberkörper, den Kopf eingezogen, die Hände schützend über seinem Knie.

Joe warf den Stock hin, krallte seine Pranke in die Achsel des Grossen, riss ihn herum und schlug ihm die Faust ans Kinn.

Der Grosse, immerhin ein Neunzig-Kilo-Mann, vollführte eine Drehung, krachte an die Wand, kippte mit hängenden Armen vornüber und begrub den Kleinen unter sich, der versucht hatte, ihn aufzufangen.

«Du bist ein Feigling», sagte Joe.

Der Kleine kämpfte sich unter dem Grossen hervor, stand auf

und stellte sich brav wieder an die Wand. Er schwitzte stärker, und ich glaubte zu sehen, wie seine Hosenbeine flatterten.

Joe schüttelte die Hand, verbiss sich den Schmerz und wandte sich ab. «Feiglinge, nur Feiglinge schlagen Menschen und Tiere mit einem Stock.»

Er wankte.

Der Grosse blieb liegen. Reglos. Die Arme längs am Körper, die Beine verrenkt.

Vanessa wagte sich in meine Nähe.

Sie klagte: «Was wollen Sie? Was verlangen Sie von uns?»

Ihre Stimme war schrill, ihr Akzent hingegen charmant. Sie hatte den Arm und ihre Hand wie zum Schutz vor Schlägen oder einer Pistolenkugel erhoben.

Ich fand das übersteigert, ja geradezu albern.

Sie flehte mich an: «So reden Sie doch! Was sollen wir tun?» Und bekam dennoch keine Antwort auf ihre Fragen. Zumindest keine direkte.

Es lag nicht an mir.

Joe wankte auf Vanessa zu und verpasste ihr im Vorbeigehen aus dem Handgelenk heraus einen unerwartet groben Stoss.

Sie stolperte rückwärts, schlug hin, knallte mit dem Kopf an einen Koffer. Sie blieb neben dem Koffer sitzen, zog die Beine an und begann aus Schmerz, Wut oder Verzweiflung zu heulen.

Joe packte Muller mit einer Hand am Handgelenk, mit der anderen am Kragen. «Und nun zu dir.»

Er zerrte ihn vor die Jugendliche und liess ihn los.

«Kennst du das Mädchen?»

«Non. Jamais vu.» Der Ausdruck seiner Augen verriet das Gegenteil.

«Lüg nicht. Du hast sie vor einem Jahr vermittelt und dafür kassiert.»

«Je ne l'ai –»

«Hör auf, Französisch zu schwafeln!»

Muller zeigte keine Angst, im Gegenteil, er feuerte furchteinjagende Blicke auf das Mädchen ab.

Sie schlug ihre Augen nieder.

Céline legte den Arm um sie.

Joe blieb das alles nicht verborgen. Er packte Muller erneut am Kragen und zog ihn weg. In einem harschen, tiefen Ton sagte er: «Auf der Fahrt hierher hat sie mir von ihrem Schicksal erzählt. Weisst du, was ich gesagt habe? Den Muller, habe ich ihr gesagt, den Mann, der dir das eingebrockt hat, erschiesse ich vor deinen Augen.»

Er gab seinen Worten Zeit, in Mullers Bewusstsein zu sickern. Er tippte auf seine Brust und fuhr fort: «Weisst du, warum ich vorhin nicht abgedrückt habe? Sie will, dass du lebst. Kannst du dir denken, weshalb? Mir hat sie den Grund genannt. Ich habe sie sofort verstanden.»

Muller schenkte dem Gerede offensichtlich kein Gehör, er grinste schamlos.

Joe legte ihm die Hand auf die Achsel und sah ihm aus nächster Nähe in die Augen. «Du lachst? Du glaubst wohl, ich mache Witze.»

Muller lachte ihm frech ins Gesicht.

«Du wirst es gleich selbst verstehen.» Joe zog ein Handy aus der Tasche und zeigte es Muller. «Schau her. Wegen dir habe ich mir ein Handy besorgt. Ich habe nämlich einen Freund in Budapest. Ich habe ihm vor Jahren geholfen, einen Boxclub aufzubauen. Er ist mir was schuldig. Ich weiss, es ist lange her, aber egal, Freund bleibt Freund. Also: Ich habe ihn angerufen und das Handy ihr gegeben. Sie hat mit ihm geredet. Lange, sage ich dir. Ich habe mich schon gewundert, wie lange der Akku hält.»

Muller wurde stutzig. Auf jeden Fall hatte er aufgehört zu grinsen.

Ich blieb in meiner Ecke. Nach dem Verklingen der Worte und des Lachens hörte ich schwache Geräusche. Sie kamen aus dem Flur, drangen durch die Wand. Geraschel, Geflüster, Schuheknarzen und mindestens zweimal ein metallisches Klicken.

Joe hatte offenbar nichts gehört, er setzte seine Rede fort: «Sie hat meinem Freund alles über deinen Freund erzählt. Kannst du mir folgen? Alles über deinen Freund und seine falschen Versprechen, seine Gemeinheiten, seine Drohungen, seine Erpressungen. Und über seine Geschäfte, die er mit dir macht.»

Mullers Visage gefror.

«Wie nennt er sich, dein Kumpel? Ich meine, der Mann, der ihre Mutter belogen hat. Der nicht aufhört, sie zu belügen und zu bedrohen. Der auch alle anderen Mütter und Väter belügt und bedroht und mit Gewalt dafür sorgt, dass die Mädchen in der Fremde schweigen. Ah, der Name fällt mir wieder ein: Fejes.»

Muller geriet unter Druck. Er schien zu realisieren, dass Joe daran war, den Bann zu brechen. Sein geheimes Netzwerk war nicht mehr geheim, die Mechanismen wurden nach und nach sichtbar. Damit drohte er die Kontrolle über das Mädchen zu verlieren.

Das Mädchen richtete wieder seine volle Aufmerksamkeit auf Muller. Es hatte die Augen weit geöffnet. Nun war er es, der die glühenden Blicke nicht ertrug.

«Praktisch, so ein Ding», sagte Joe.

Er liess das Handy in der Tasche verschwinden, beugte sich vor und redete Muller wieder ins Gesicht: «Mein Freund hat vor einer Stunde zurückgerufen. Er hat gesagt, seine Freunde haben Fejes gefunden. Lázár Fejes heisst er mit vollem Namen, nicht wahr? Weisst du, was sie mit ihm gerade machen? Sie …» Er flüsterte ihm den Satz ins Ohr.

Muller verlor einen kurzen Moment die Fassung. Ich glaubte, er würde auf seinen eigenen Teppich kotzen.

Joe packte ihn an der Gurgel, richtete ihn auf und drückte ihn an die Wand.

Mullers Füsse berührten kaum mehr den Boden. Er wollte sich befreien, mit den Fingernägeln kratzte er an Joes Arm, mit einem Fuss trat er nach Joes Beinen. Er krächzte: *«Arrête!»* Seine Stimme glich einer Ententröte.

Joes Pranke umschloss die Kehle enger.

Muller lief rot an, er japste nach Luft.

Joe wechselte die Tonlage, er redete mit abgrundtiefem Groll und Abscheu in der Stimme: «Ich bin nicht fertig. Vor ein paar Monaten hast du ihre kleine Schwester verkauft. Das ist es, was sie antreibt, verstehst du? Was glaubst du, was sie alles tun wird, damit sie ihre Schwester wiedersieht. Sie hat verlangt, dass ich dich am Leben lasse. Du sollst reden. Und du sollst geradestehen müssen für die Dinge, die du ihr angetan hast. Ihr und ihrer Schwester und all den anderen Mädchen. Sie will dich hinter Gittern sehen, nicht im Grab. Kapierst du endlich? Darum habe ich dich nicht erschossen.» Mit der freien Hand zog er den Revolver aus dem Hosenbund.

Muller riss den Mund auf.

Joe sagte: «Keine Angst. Was dich betrifft, hat sie mein Ehrenwort. Es gilt dir gegenüber. Nur dir gegenüber, verstehst du? Es gilt nicht gegenüber deiner Tochter.» Er spannte den Hahn, winkelte den Arm an und rief: «Sieh her! Schau genau hin!»

Vanessa schrie auf. Sie verkroch sich hinter den Koffer.

Muller kreischte, er übertönte alles. *«Non! Non, non.»* Er strampelte wie toll mit den Beinen, hängte sich an Joes Arm, schüttelte den Kopf so weit möglich und keuchte: *«Je suis prêt ...»*

Die Augen wollten ihm aus dem Schädel springen.

Die Polizei stürmte die Wohnung mit zwölf Mann. Sie kamen in Vollmontur und besetzten alle Räume zielbewusst, schnell und gründlich.

Ein paar Polizisten in herkömmlichen Uniformen drängten nach. Sie sammelten die Waffen ein und führten die beiden Wachmänner sowie Muller in Handschellen ab.

Vanessa litt unter einer Art Nervenzusammenbruch. Sie heulte und schluchzte zum Herzerweichen, klammerte sich an den Koffer und musste von Sanitätern losgelöst, behandelt und hinausgetragen werden.

Ich lieh Céline meinen Berufsmantel, weil sie fror und auch weinte, und Hammer-Joe setzte sich beim Kommandanten für das Wohl des Mädchens ein. Soweit ich verstand, fürchtete sie sich davor, in ein Heim oder Frauenhaus gebracht zu werden, wo sie niemanden kannte. Sie wünschte, bei Céline bleiben zu dürfen.

Der Kommandant hatte ein Einsehen, und Céline nahm sie fürsorglich in die Arme. Die zwei kannten sich seit gut zwei Stunden und waren bereits unzertrennlich.

Das Bild der beiden rührte sogar Gloria zu Tränen, die auf wundersame Weise den Weg durch alle polizeilichen Schranken gefunden hatte. Sie stand plötzlich wie eine Vertraute unter der Tür und winkte.

Sie kam herein und untersuchte Joes Kopfverletzung, tupfte das Blut weg und bot ihm an, ihn mit seinem Wagen nach Langnau ins Spital zu fahren.

Ich begleitete den Kommandanten – nicht ganz freiwillig – auf den Polizeiposten.

Anfangs stellte er mir Fragen über Fragen. Aus dem einseitigen Verhör wurde mit der Zeit ein sachlicher Austausch, weil ich ihn überzeugen konnte, dass ich wohl eigenmächtig gehandelt und Muller mit einer Finte überrumpelt, den Einsatz der Polizei jedoch in keiner Weise behindert oder gar in Frage gestellt hatte.

Was meine Angaben stützte, war die Tatsache, dass zwei Personen, Gloria und Regula, unabhängig voneinander die Polizei gerufen hatten. Nicht nur das. Die Beamtin in der Zentrale hatte ausdrücklich erwähnt, die beiden Frauen hätten angegeben, sie telefonierten in meinem Auftrag.

Der Kommandant zeigte nicht in allen Belangen Verständnis für mein Verhalten, billigte letztlich meinen Einsatz im Dienst der Sache und liess mich gehen.

Ich kam gegen drei Uhr nachts nach Hause, trank ein Bier und legte mich ins Bett.

Ich schlief ein und träumte von einem Lift, der wie von Geisterhand gesteuert auf und ab sauste. Die Türen öffneten und schlossen sich, ohne dass jemand ein- oder ausstieg.

EINUNDZWANZIG

«Woher hast du gewusst, dass Hammer-Joe auftauchen würde?» Gloria stellte mir die Frage. Wir waren auf dem Weg nach Burgdorf.

Ich sass neben ihr im Wagen. Sie hatte wieder einmal darauf bestanden, selbst zu fahren, was mir, in Anbetracht der wertvollen Fracht, die wir mitführten, recht war.

Es war Sonntag, der 18. Oktober. Ein Morgen wie aus einem Kalenderbild. Milde Sonne, ein paar segelnde Wolken, der Himmel blau und ein Rotmilan, der hoch in der Luft einsam seine Kreise zog.

Auf der Geraden vor Lützelflüh rollte uns eine Kolonne englischer Oldtimer entgegen. Ein paar Cabriolets hatten ihr Verdeck aufgeschlagen.

Die eitlen und zumeist älteren Ladys und Gentlemen würden sich, das wusste Gloria, auf der Sonnenterrasse der Lüderenalp an einen langen Tisch setzen und gediegen tafeln. Derweil konnten die fahrbaren Untersätze auf dem Parkplatz, unter Aufsicht, bestaunt werden.

«Das Treffen findet zum zweiten Mal im Emmental statt», ergänzte sie.

Das erstaunte mich nicht. Wo in der Welt hoben sich diese chromglänzenden Fahrzeuge besser und vor allem schöner ab als im Emmental? Auf dem Sattel dieser Alp mit der fabelhaften Aussicht, inmitten der grünen Hügel mit den Tannenwäldern und der reinen Luft?

Ich kam zurück auf ihre Frage und sagte: «Ich habe angenommen, dass Hammer-Joe kommen wird. Oder besser gesagt, ich habe es gehofft. Sicher bin ich nicht gewesen. Wenn er mich angerufen hätte, hätten wir uns absprechen und diesen Schläger und seinen Kumpan austricksen können. Ich weiss nicht, was er sich gedacht hat.»

«Vermutlich nichts. Boxer sind Einzelkämpfer.»

«Das mag sein.»

Sie schmunzelte vielsagend. «Meine SMS über ihn hat dich nicht wirklich überrascht, oder?»

«Nun, ja, ich gebe zu, es hat meine Annahme, dass er was im Schilde führt, bestätigt. Ich bin davon ausgegangen, dass Piroska ihm Informationen über Muller gegeben hat. Ich hätte gern gewusst, welche Informationen und vor allem wann sie ihm die gegeben hat oder bei welcher Gelegenheit.»

«Und? Hat er es dir gesagt?»

«Ja. Er hat es mir erzählt. Ich habe ihn im Spital besucht und befragt.»

«Hast du ihm Vorwürfe gemacht?»

«Ach woher, das ist nicht nötig. Die macht er sich selbst. Er hat im Alleingang gehandelt und ist für seinen Starrsinn mit einem Schlag auf den Kopf bestraft worden. Der Kerl hat ihn übel erwischt.»

«Das habe ich mir gedacht: Auf der Fahrt ins Spital ist er mir zweimal ohnmächtig geworden. Ich habe richtig Angst bekommen. Ich habe gehört, die Ärztin habe ihm geraten, nie mehr zu boxen.»

«Stimmt, das hat sie. Ich bin dabei gewesen. Er hat sie ausgelacht und gesagt, das rate sie doch jedem, weil sie finde, boxen sei ungesund.»

«Was hat sie gesagt?»

«Was sie in solchen Momenten immer sagt: ‹Ja. Absolut.›»

Gloria lachte. Sie kannte die Ärztin. «Zurück zu Piroska», sagte sie. «Hat er dir erzählt, was er von ihr erfahren hat?»

«Sie hat ihm einen Brief geschrieben. Sie habe ihn zu einem Treffen eingeladen, hat er gesagt. Es ist nicht mehr dazu gekommen. Sie ist in der Nacht davor getötet worden. Im Brief hat sie – zum Glück, muss ich hier sagen – ein paar Sachen angeführt. Zum Beispiel die Adresse, an die Muller das Mädchen verkauft hat. Und auch den Namen des Mannes in Ungarn. Und das Wichtigste: Sie hat ihm geschrieben, dass Muller vorhabe, sich nach Ungarn abzusetzen. Das ist der Hauptgrund gewesen, wieso sie sich entschlossen hat, auszupacken. Muller hat sie angeblich nie richtig bezahlt, immer nur vertröstet. Sie hat nachgeforscht und herausbekommen, dass er in der Schweiz alles verkauft und das Vermögen in Ungarn in ein Gestüt investiert hat. Für sich und Vanessa. Er hätte Piroska ohne einen Rappen sitzen lassen. Damit hat er sich sie zur Feindin gemacht –»

«Und sie am Ende gar ermordet.»

«Stimmt. Er hat gestanden, den Auftrag dazu erteilt zu haben.»

«Das Urteil steht noch aus, was?»

«Sie haben die Zeit gebraucht, um alle Mädchen zu befreien und die Eltern in Ungarn zu benachrichtigen. Die meisten von denen werden anreisen und gegen ihn aussagen. Es sind über zwanzig Familien betroffen. Das Ganze dürfte sich eine Weile hinziehen.»

«Hauptsache, er bekommt seine Strafe. Übrigens, meine Schwester hat keine Strafverlängerung bekommen, wie du es gesagt hast. Wir haben sie am Samstag vor einer Woche besucht, Magdalena, Gregi und ich.»

«So? Und wie geht es ihr?»

«So weit gut. Gregi gefällt ihr. Sie findet, Magdalena und Gregi passen gut zusammen.»

«Hast du ihr wieder einen Kuchen mitgebracht?»

«Nein, natürlich nicht. Aber ich sage dir, das ist der erste Besuch gewesen, von dem ich glücklich heimgekehrt bin.»

«Ich bin vor zwei Wochen im Boxclub gewesen und habe gesehen, dass Magdalena wieder trainiert. Sie hat sich erstaunlich gut erholt.»

«Aber sicher. Sie will an die Meisterschaft. Der Kampf findet in der Altjahrswoche statt. Ich werde hingehen. Kommst du mit?»

«Ich weiss nicht. Frauen und Boxen ist nicht mein Ding.»

«Magdalena kämpft um den Europameistertitel. Kannst du da nicht eine Ausnahme machen? Sie würde sich freuen.»

«Ich überlege es mir.»

«Ich wäre froh, denn ich suche jemanden, der fährt.»

«Warum? Bist du so ein Landei und traust dich nicht, mit dem Wagen in die Stadt Bern zu fahren?»

«Werd nicht frech!»

«Was ist es denn?»

«Wenn sie gewinnt, werde ich mich betrinken.»

«Wenn sie verliert?»

«Erst recht.»

«Du könntest den Zug nehmen.»

«Kommst du mit, wenn ich dir sage, dass Ursina mitkommt?»

«Hast du sie gefragt?»

«Ja klar. Ist sie dir immer noch böse?»

«Sie wird mir wohl nie verzeihen.»

«Komm mit, los, sag zu, da könnt ihr euch versöhnen.»

Wir trafen kurz vor zehn Uhr auf dem Parkplatz ein. Gloria parkierte in der hintersten Ecke.

«Ich komme nach», sagte sie.

«Alles klar», sagte ich und schritt an den beiden Fahnenmasten vorbei und gelangte auf dem Pfad zur Blockhütte.

Ich sah Zofia Wójcik alias Céline von Weitem. Sie war daran, die Sonnenschirme aufzuspannen und die Tische sauber zu machen.

Ein älteres Ehepaar frühstückte an einem der Tische. Sie trugen warme Fleecejacken. Abgesehen davon war nichts los.

Zwei Wohnwagen standen im hintersten Drittel, die anderen Standplätze lagen verlassen da. Der Rasen sah frisch gemäht aus. Die Erlen, Birken und Feldahorne hatten herbstliche Farben bekommen, auf dem Vorplatz lagen die ersten dürren Blätter. Im Blumenbeet vor dem Blockhaus blühten die Zinnien und die Herbstastern schöner denn je.

Zofia trug schwarze Schuhe, Jeans, einen dicken roten Pullover, die Ärmel hochgekrempelt, und eine weisse Schürze. Vor allem aber hatte sie ihr Haar geschnitten und rötlich blond gefärbt. Ich fand, die neue Frisur, die ganze Erscheinung stand ihr ausgezeichnet.

Sie hörte meine Schritte auf dem Kies, gab sich trotzdem ganz dem Tisch hin, um ihn von Blättern, Staub und Tau zu reinigen.

Ich fragte: «Kann man hier frühstücken?»

Sie fuhr herum: «Alexander!»

«Hallo, Zofia.»

Sie strahlte. «Was für eine Überraschung! Wie geht es dir?» Sie sagte «Uberraschungg» und «Wie gähtäss dirr?». Sie schmiss den Lappen weg, trocknete sich die Hände an der Schürze und umarmte mich.

«Mir geht es gut», sagte ich. «Wie geht es dir? Hat es geklappt? Kannst du hierbleiben und Regula ersetzen?»

«Ja! Ach, es ist herrlich hier. Ich bin so glücklich. Ruth, Regula und ich, wir verstehen uns prima. Hast du Zeit? Willst du ein Frühstück? Bist du allein gekommen?»

«Ja, ja und nein.»

«Was? Ach komm, setz dich. Nein, setz dich hier an die Sonne und erzähle.»

«Kannst du bitte Frühstück für zwei Personen bringen?»

«Zweimal Berner Frühstück?»

«Ja. Gloria begleitet mich, sie wird gleich da sein.»

«Gloria? Wo ist sie?»

«Dort kommt sie.»

Zofia schaute in Richtung Parkplatz.

Gloria stand bei den Fahnenmasten. Sie liess den kleinen Schwarzen von der Leine und kam langsam nach.

Ich pfiff. Der Schwarze legte die Ohren an und raste auf uns zu.

«Nein, was ist denn das?», rief Zofia. «Hast du einen jungen Hund?»

Sie ging in die Hocke. Der Schwarze rannte an mir vorbei direkt in ihre Arme. Er schwänzelte wie wild, streckte sich an ihr hoch, jaulte zweimal und leckte ihr den Hals.

Sie lachte: «He, hallo! Hohohoo! Was tust du da?» Sie nahm seinen Kopf in beide Hände, schaute ihm in die Augen und sagte: «Was für ein süsser Kerl. Gehört er dir?»

«Nein», sagte ich, «wir haben ihn für dich mitgebracht. Er gehört dir.»

«Mir?» Zofia kraulte ihn am Hals, strich ihm über den Rücken.

«Gefällt er dir? Ich habe Regula gefragt, sie hat gesagt, es gibt genug Platz für einen Hund.»

«Was?» Sie stand auf und rannte auf den Rasen hinaus. Der Schwarze folgte ihr, hüpfte, kläffte, liess nicht von ihr ab. Sie rannte im Kreis herum, versteckte sich hinter einem Baum, kehrte zurück, er folgte ihr auf dem Fuss.

Gloria stellte eine Tasche hin. Die beiden begrüssten sich, und Gloria sagte: «Da drin hat es Futter, eine Decke, Bürste, Leine, Impfausweis und ein paar Sachen zum Spielen. Er gehört dir.»

Eine Hündin in ähnlicher Grösse und von heller Farbe trabte über den Rasen heran. Sie beschnüffelten sich, verbeugten sich voreinander, tollten umher und jagten schliesslich gemeinsam zur Emme hinunter.

Zofia sagte: «Ist das euer Ernst? Wie heisst er denn?»

«Zorro», sagte ich.

Zofia lachte, umarmte mich und Gloria schon wieder und ging schliesslich zu dem Rentnerpaar hin und fragte: «Kann ich Ihnen mehr Kaffee bringen?»

«Nein, danke.»

«Haben Sie das gehört? Die beiden schenken mir den Hund. Als Kind habe ich mir immer einen Hund gewünscht. Heute ist es wahr geworden, heute ist mein Glückstag!»

Die beiden Alten schauten den Hunden nach, die Frau nickte. «Wirklich ein schöner Hund.»

Die helle Hundedame lief auf dem Damm, Zorro hinterher.

Regula kam heraus. Sie brachte Gedeck, eine goldene Rösti, Rührei mit Schinken, Züpfe und Honig für zwei Personen, begrüsste uns und versicherte mir: «Ich habe ihr kein Wort gesagt.»

Zofia war auf den Rasen hinausgelaufen. Sie rief: «Zorro!»

Zorro hob den Kopf, schaute her, und schon liess er die Hundedame stehen, jagte den Damm hinunter und flitzte auf sie zu.

Wenig später sassen wir zu viert um den Tisch. Das Rentnerpaar war gegangen. Gloria und ich frühstückten, Regula rauchte, und Zofia trank einen Tee. Zorro war wieder mit der Hundedame unterwegs.

Regula sagte: «Zofia hat uns erzählt, wie es gelaufen ist da oben. Wie sie Hammer-Joe niedergeschlagen haben.» Mich fragte sie: «Wieso hast du gewusst, dass er wieder aufstehen wird?»

«Er hat mir erzählt, im Ring sei er oft wieder aufgestanden. Ich habe damit gerechnet.»

Zofia sagte: «Er ist in die Bar gekommen. Er ist mit dem Mädchen auf mich zugekommen und hat gefragt, ob ich sie schon mal gesehen hätte. Ich habe ihm gesagt: ‹Nein, ich habe sie nie gesehen.› Da hat er gesagt: ‹Gut! Komm mit! Auf der Stelle!› Ich habe zu spät erkannt, was er vorhat, ehrlich, sonst hätte ich ihn gewarnt.»

«Mir hat er auch nicht gesagt, was er vorhat, ansonsten hätten wir uns abgesprochen», sagte ich.

«Was wollt ihr, er ist ein Boxer», sagte Gloria, «Boxer sind Einzelkämpfer.»

«Richtig», sagte Regula, «genau wie Detektive.»

«Tja», sagte Gloria, «das macht sie zu Einzelgängern.»

Danksagung

Ich muss gestehen, es ist verflixt schwer, ein Buch zu schreiben. Lorena Simmel, meine Mentorin aus dem Literaturinstitut in Biel, hat mich in erster Linie ermutigt, aber auch ermuntert, Ausschweifungen zu vermeiden und stattdessen dichter und treffender zu formulieren.

Irène Kost, die Lektorin, hat Widersprüche und Ungereimtheiten aufgedeckt, Erklärungen oder Ergänzungen gefordert, wo nötig, und viele, viele Fehler korrigiert.

Und das umsichtige und erfahrene Team des Emons Verlags hat sich um den ganzen riesigen Rest, von der Aufmachung über Klappentext, Layout, Druck bis hin zur Bekanntmachung des Buches im Buchhandel, gekümmert. Ohne diese rundum förderliche und allseits freundliche Beihilfe – um beim Jargon zu bleiben – wäre aus meiner Schreibe nie das geworden, was es ist: ein Kriminalroman.

Ich danke euch!